シェフ探偵パールの事件簿

ジュリー・ワスマー

年に一度のオイスター・フェスティバルを目前にした海辺の町ウィスタブル。シーフードレストランを経営するシェフのパールは、警察官になるというかつての夢をあきらめきれず副業で探偵をはじめたばかりだ。そんなパールのもとに依頼人が。ある漁師に貸した金が返ってこないので、彼の経済状態を探ってほしいというのだ。じつはその漁師はパールの友人で、依頼は断ったものの、気になって彼の釣り船に行ってみると、変わり果てた友人の姿を見つけてしまい……。英国のリゾート地を舞台に、シェフ兼新米探偵パールが事件に挑むシリーズ第一弾。

登場人物

パール・ノーラン……………………レストラン〈ウィスタブル・パール〉の店主、副業は探偵
ドリー……………………………………パールの母、B&B〈ドリーの屋根裏（ドリーズ・アティック）〉の経営者
チャーリー……………………………パールの息子、ケント大学の学生
ティツィアーナ（ティジー）………チャーリーのガールフレンド
ダグ・ストラウド……………………パールの依頼人
ヴィンセント（ヴィニー）・ロウ…牡蠣（かき）漁師
コニー・ハンター……………………ヴィニーのパートナー
ティナ・ロウ…………………………ヴィニーの最初の妻
ルビー・ヒル…………………………ウィスタブル・パールのウエイトレス
メアリー・ヒル………………………ルビーの祖母
フランク・マシソン…………………牡蠣事業者、ヴィニーの元ボス
ビリー・クラウチ……………………引退した漁師
セイディ………………………………ビリーの妻
マーティ・スミス……………………有機青果店〈コルヌコピア〉の店主

ロバート・ハーコート……………………有名な建築家
フィービー………………………………ロバートの妻
レオ・バートールド……………………投資家
サラ………………………………………レオの妻
アレックス………………………………レオとサラの息子
リチャード・クロス……………………新聞記者
フアン……………………………………ドリーのフラメンコの先生
マイク・マグワイア……………………カンタベリー署の警部

シェフ探偵パールの事件簿

ジュリー・ワスマー
圷　香　織　訳

創元推理文庫

THE WHITSTABLE PEARL MYSTERY

by

Julie Wassmer

Copyright © 2015 by Julie Wassmer
This book is published in Japan
by TOKYO SOGENSHA Co., Ltd.
Japanese translation published by arrangement with
Michelle Kass Associates Ltd.
through Japan UNI Agency. Inc., Tokyo

日本版翻訳権所有
東京創元社

シェフ探偵パールの事件簿

牡蠣漁師のアンディ・リッチズとウィスタブルに捧げる

『哀れなブリトン人よ。それでも彼らにもいいところはある。牡蠣（かき）をとることだ』

――ガイウス・サッルスティウスよりジュリアス・シーザーへ　紀元前五十五年

1

パール・ノーランは氷を敷き詰めた牡蠣の大皿を、とまどい顔の三人客の前に置くと、湿った手をエプロンでぬぐった。家族連れだ。親のほうは自分と同年配の三十代後半らしいが、わたしはまさかここまでくたびれては見えないわよね、とパールは頭の中で思った。彼らのくたびれている原因は、どうやら反抗期らしい十代の娘にありそうだ。露出度の高いトップスに鼻ピアス。あれではパパやママと過ごす面白みのない休暇旅行に、真っ向からいちゃもんをつけているようなものだ。

軽く言葉を交わした程度でもゲーツヘッドのなまりがはっきりと聞き取れたけれど、仮にひと言もしゃべらなくたって、イギリス人であることはわかっただろう。なにしろイギリス人には、アメリカ人のような自信たっぷりの厚かましさも、フランス人のような落ち着いた洗練さもない。いっぽうドイツや北欧から来た人は、いつも妙にせかせかしていて、ハイキングやらサイクリングやらに忙しく、食事なんかは片手間という雰囲気だ。だがイギリス人はたいてい不安そうに、安全地帯である外の歩道でメニューを吟味しつつ身を寄せ合いながら、どこぞの勇敢な観光客が、ウィスタブルの名物である牡蠣を味わうために〈ウィスタブル・パール〉の扉を開けるのを待ってから、ようやくそのあとについて入ってくるのだ。だがゲーツヘッドから来た家族は、牡蠣を目の前にしてもまったく感激した様子を見せなかった。それどころかぞっとしたような顔で見つめている。そこで娘が、両親のほうもおそらくは同感であろうコメントを口にした。「鼻水みたい」

両親が決まりの悪さにたじろいでいるのを見て、パールは気の毒になった。彼女は彼女で、ここ最近、大人になった息子が自分から離れていこうとしている現実を、なんとか受けとめようと努力しているところなのだ。だが少なくともチャーリーの場合、思春期につきものの反抗期だけはとっくの昔に卒業している。パールがテーブルに近づいて、〝鼻水〟をよりおいしくするお決まりの添え物――レモン、ミニョネットソース――の存在を指摘しようとしたとき、背後からいきなり大きな声がした。「そうそう、ほんとよね」

振り返ってみると、厨房から出てきた母親のドリーが、カラフルなピサの斜塔のイラストが入った防水エプロンをつけたまま近づいてきた。ドリーは片手に牡蠣をひとつ持った恰好で、ドラマティックな効果を狙うかのようにピタリと足を止めた。「でも、見た目にはだまされることが多いものよ」それから手首をすっと動かして牡蠣を口の中に入れると、湿った音を立てながら飲み込んだ。「んー、最高」

家族連れは、魅入られたようにポッカリ口を開けたまま見つめていた。いや、それともぞっとしたのか。とにかくパールは、このあたりで母親のパフォーマンスを終わらせるべきだと思った。「ごゆっくり」パールはにっこりしてみせながら、ドリーの腕をしっかりつかんで厨房のほうへと退散した。

厨房の戸口から見ていると、父親がなんとか、牡蠣をひとつ大皿から手に取る勇気を見せた。それから牡蠣を飲み込むのを見て、ドリーは口に唾をためながら正直に言った。「まったく、牡蠣なんか大っ嫌い」これを聞くと、パールもいつものように返した。「それは初耳だわ」

気の抜けた〈エリーゼのために〉の着信音に呼ばれて厨房に入ると、パールは新鮮な海老(えび)やムール貝の入った布袋の下から携帯を探った。ドリーも後ろからついてきながら、自分で作った小海老のサンドイッチの山に向け、誘惑しても無駄だから、というような自信たっぷりの視線を投げた。固形物を口にしないというダイエットのおかげで、いまやドリーは娘と同じ――六十三キロ――にまで体重を落とすことに成功していたのだ。とはいえ、それにはぞっとするようなミルクシェイクだけの生活を一か月も続けなければならなかったのだけれど。六十歳を迎えるという現実は、自分自身を見つめ直すいい機会だととらえることができなければ恐ろしいものになっていたかもしれないが、ドリーは髪に大胆な赤紫のハイライトを入れ、さらには最近ちまたで流行っているハイウエストのガードルの力を借り、死に近づく性(さが)への勝利を表明してみせたのだった。なにしろスパンデックスでできたこのガードルは、たるんだお肉を奇跡のように持ち上げてくれるのだから。

ドリーは携帯に集中しているパールを見つめながら、このひとり娘ときたらつくづくわたしには似ていないと思った。そう思うのは、何もこれがはじめてではない。パールは窓辺に立っていた。夏の日がスポットライトのように差し込んで、ヴィンテージもののライラック色のワンピースと、日に焼けた顔や手脚とのコントラストを際立たせている。長い黒髪はたいていひとつにまとめていて、アクセサリーは滅多につけない。そもそも料理の最中に外れるといけないので、指輪は論外なのだが。ただひとつ、小さなシルバーのロケットだけが、あらわな首元を飾っていた。自分の飾りっ気のなさを説明するのに、パールはよくレストランの仕事を言い訳に使う。だがドリーはドリーで、娘のささやかなクローゼットの中身が快適で機能的な服ばかりなのは、母親の派手好みに対する拒否反応のように感じていた。

真実はその中間というところだろうか。パールは何を着ても、そして特段に飾らずとも、目を見張るような美人だった。ロマのような黒髪に、ムーンストーンを思わせる灰色の瞳。彼女を見て、ブラックアイリッシュのようだという人もいる。これは死を逃れ、アイルランドの西海岸に流れ着いたのち、ソーリー・ボーイ・マクドネルや、ティロン伯ヒュー・オニールといった叛逆者の首領に仕えたスペイン無敵艦隊の船員の生き残りだ。ドリーの家は先祖代々ウィスタブルで暮らしてきたが、亡くなった夫のトミーは反骨心の強いところがあり、その先祖はアイルランドのゴールウェイにいたことがわかっている。パールは母親からは気性を、父親からは浅黒い美貌を受け継いだのだ。そのすらりと背の高いしなやかな体には、まだ当分のあいだ、奇跡のガードルの助けなどお呼びでないようだ。

「いいえ、事務所はやっています」パールは携帯に向かって説明をしていた。「ただ、ちょっと留守にする必要があって」それから時計を確認すると、するりとエプロンを外した。「二分だけお待ちいただけますか。すぐに行きますので」パールは電話を終えると、持ち上げられたドリーの眉に目をとめて言った。「とうとうお客が来たみたい」

「お客？」ドリーが言った。「あなたの〝お客〟はシーフードを食べる人たちのことで――」

「そうね――でもその人たちにならわたしの大好きなママさんウエイトレスがサービスをしてくれるでしょ」パールがにっこりしながらキャンバス地のショルダーバッグを手に取るのを見て、ドリーの顔が一気にこわばった。

「ちょっと、そんな、いやよ」ドリーは言った。

「できるだけ早く戻ってくるから」パールはあっという間に戸口に近づくと、携帯をバッグの中に落とした。

「だけど、今日はお休みのはずなのに」ドリーが声を荒げた。「ちょっとサンドイッチを作るくらいなら助けてあげると言っただけじゃない」

「なんたって、母さんのサンドイッチには誰もかなわないしね」

パールは魅力的な笑顔を浮かべたまま三角形のサンドイッチを皿からつまむと、ひと口頬張った。ドリーの顔が、どうかしらと期待をするようにやわらいだ。娘とは違い、料理は材料に頓着せずいい加減に作るほうで、たとえばマスのアーモンド焼きをピーナッツで作ったこともある。ドリーは、パールが酸味のあるレモンマヨネーズであえた新鮮な小海老のサンドイッチを平らげるのを見つめながら、さらなる誉め言葉を待った――が、結局肩透かしを食った。

パールが、いまがチャンスとばかりに厨房から店内に出ると、ドリーも文句を言いながらそのあとを追いかけた。「だけどわたしだって、フェスティバル用に窓の飾りつけをしたいし、新しい泊まり客のためにB&Bの掃除だってしなくちゃならないのよ」

「わかってるって――すぐ戻るから、約束する。だからそれまでは、忘れないでよ」パールはカウンターから牡蠣をひとつ手に取ると、母親に持たせた。「んー、最高。これでいってね」

それから三歩でパールは消えた。ドリーは口をあんぐり開けたまま、店の扉が戻ってきて閉まるのを見つめていた。それからすぐにまた扉が開いた。だがそれは、トレッキング用のショートパンツにバックパックという恰好の赤ら顔をした観光客たちだった。ドリーは手の上にある、殻の中の青白い粘液を見下ろしながら、まるで合図でも受けたかのように、彼女ならではの笑顔をパッと浮かべてみせた。

通りに出るなり熱気に打たれ、パールは休暇旅行で最後に飛行機を降りたときのことを思い出した。だがそれもずいぶん前の話だ。砂利浜や港の広がるなかに、地元の住民や観光客などさまざまな人々の行き交うウィスタブルで暮らしていると、わざわざ金を払ってまで夏をよその土地で過ごす意味がわからなくなってくる。何年か前など、ソレントへのパッケージツアーに大金をつぎ込んだというのに、向こうでは文字通り、二週間ずっと嵐だった。しかもすっかり蚊の標的にされていたようで、あちこちに刺された跡が残り、さらには厄介な風邪までもらって帰ってみると、この二週間、ケント州北部の天気は最高だったと言われたのだ。

それ以来、旅行はしていない。パールはそもそも夏の観光シーズンに店を離れるのは気が進まなかったし、母親にまかせるのは論外だった。なにしろドリーの仕事に対する態度ときたら、いつだってヒッピー風なのだ。それにシーズンが終わりに近づいたころに出発しようものなら、ヨーロッパのどこぞやで支払うチップの額も跳ね上がる。なにしろ向こうのレストランのオーナーたちも、夏の休暇を楽しもうとどこかへ――たとえばウィスタブルへ――出かけてしまうのだから。個性的な小さな漁港の町はますます人気になるばかりか、いまだかつてないほど国際色豊かになっており、パールの店〈ウィスタブル・パール〉もしっかりその恩恵にあずかっている。さらには景気後退によって〝近場での休暇（ステイケーション）〟を好む傾向が高まっていることも、ウィスタブルににぎわいをもたらしていた。

町の生き残りをかけ何年も苦労をしたかいあって、ウィスタブルはいまや、一年のほとんどを通じて観光客を見込めるようになっていた。人々は三十年に一度の寒波のなかでさえ、二月のヴァレンタイン休暇を過ごそうと、町にいくつもあるB&Bへ泊まりにくるのだ。なかでも〈ドリーの屋根裏（ドリーズ・アティック）〉は人気があった。伝統にとらわれない飾りつけのされた小さなフラットで、一階は〈ドリーズ・ポット〉という陶器店になっている。パールの母ドリーは、この店で、〝古めかしくてオシャレ（シャビー・シック）〟なお手製の陶器を売っているのだ。パールはもう何年も、自分の店の牡蠣を、ドリーの代表作ともいえる大皿に載せ振る舞ってきた。だがいまやその皿も、牡蠣と変わらぬ速さで観光客たちにより買われていく。

ウィスタブルは、この町で商売をする人々とともに潤っていた。だが新たに得た人気には代償もあった。町の性質が変わってきてしまったのだ。夏のあいだは町に出れば、ハーバー・ストリートにある土産物屋やカフェを目指す観光客の波を押し分けるようにして進まねばならない。今日もやはりそうだった。いくらでも時間のある観光客たちが、何かを目にして立ち止まったり、うろうろしたり、たくさんの新しい専門店やアートギャラリーを出たり入ったりしているいっぽう、地元の人間は観光客を迂回(うかい)するルートを足早に進み、若者たちをやり過ごしながら必要な買い物を済ませていく。最近の観光客はほとんどがDFL――地元の俗語で〝ロンドンからのお下りさん(Down From Londoners)〟の頭字語――のようだ。パールは人混みに逆らうのをあきらめて、スクイーズ・ガット・アレイという路地に入った。

網目のようにつながる古い路地を観光客が使うことは滅多にない。こういった路地は、町で商売が行なわれる主な場所――海――へ出るために作られたもので、何世紀か前には密輸業者の脱出経路にもなっていた。だが現在の住人にとっては単なる近道だ。絞った腸(スクイーズ・ガット)という名前からも想像がつくように、家々の立ち並ぶアイランド・ウォールという通りまで、ごく細い道で近道ができるようになっている。魅力的な海沿いのコテージは、どれも古風で気取りのない下見板張りの正面を見せており、裏手に回れば庭があって、低い壁とコンクリート敷きの遊歩道(プロムナード)の向こうはすぐ海になっている。この〝プロムナード〟こそが、澄み切った北部の光のもたらす景色を楽しもうと、ウィスタブルの住民がこぞってそぞろ歩いたり、自慢げに闊歩(かっぽ)したりする道なのだ。その空や日没の景色は、画家のターナーにより、〝ヨーロッパ一〟とも表されている。

パールが足を速めて近づくと、にぎやかなフランス人のティーンエイジャーの一団がプロムナードからちりぢりに去るのに合わせて、パールのコテージの前に立っている男の姿が見えた。小柄だが恰幅のよい体にスーツを着ている。暑さに辟易しているらしく、片手に持ったパナマ帽では顔をあおぎ、もう片手では眉の汗をぬぐっていた。近づくにつれ、男が老いた犬のようにあえいでいる音が聞こえてきた。

「ストラウドさんですか？」

その声に、男がサッと顔を向けた。遠目からでも、太っているために老けて見えるだけでまだ中年だろう、とパールは推測していたが、近づいてみてあらためて、おそらくは四十代の前半だと確信した。黙ったまま差し出された湿っぽい手を見たとき、パールは咄嗟にヒトデを連想した。それから彼女の家である〈シースプレー・コテージ〉の庭へと続く木の門を開けると、彼女が〝事務所〟と呼んでいる小屋のような建物へと男を案内した。ビーチ小屋だったものを増築し、いくつか窓を加えたのだ。パールはこれで、自分の新しい目的には充分かなうはずと自信を持っていた。

パールは固い鍵を開けるのに難儀しながらも、背後にいるストラウドの苛立ちが募っているのを感じていた。なにしろぬめぬめした小指で、戸枠を苛立たしげにコツコツ叩き続けているのだから。ようやく扉が開いた。

パールは木の椅子を示しながらも、もう少し大きな椅子があればいいのにと思った。「どうぞ楽になさってください」社交辞令としてそう声をかけてはみたものの、それに無理があるのはよくわかっていた。木製の小屋は息苦しいまでに暑く、パールの依頼人候補は、それこそいまにも溶けてしまいそうだ。

ストラウドが、小さなスツールに乗ろうとしているサーカスの象のように、大きな体をなんとか椅子におさめようとしているいっぽうで、パールは窓を開けにいくと、暖かなそよ風が入ってくるのを感じながら口を開いた。「それで、ご用件は？」

パナマ帽でずっと顔をあおぎ続けていたストラウドは、このときのためにこそ力を温存しておいたとでもいうかのように手を止めた。「まずは、いつ帰ってくるのか教えてもらいたいね」男は、歯切れのいいヨークシャーなまりを利かせて言った。

「誰のこと？」

「もちろんミスター・パールだ」男は苛立った視線を部屋に投げた。「どこにいるんだい？まだランチなのか？」

パールは、デスクに置かれている、新しく作らせた名刺の束に目を落とした。デザインは息子のチャーリーにまかせた。いい仕事をしてくれた。〝事業主（プロプライエター）〟ではじまる一行に、一番薄い文字を使ったところ以外は。パールは顔を上げ、説明した。「ミスター・パールは存在しません。いるのはミズ・ノーランだけよ」

これを聞くなりストラウドの口は、説明を求めるかのように半開きになった。

「ここはわたしの探偵事務所なの」パールは言った。「パールと呼んでください」

ストラウドは腰を下ろしたまま、この情報の咀嚼（そしゃく）に苦労していた。どうやらここまでもひどい一日だったようだが、このやり取りが、その好転につながるとも思えなかった。ストラウドは、ある結論に達したかのようにサッと口を閉じた。

「うまくいきっこない」

「なんですって？」

「俺の依頼のことだ」ストラウドは脱出策でも練るかのように、ドアのほうにちらりと目をやった。

「とりあえず、話すだけ話してみては？」パールは穏やかに言った。

ストラウドは胸ポケットからシワシワのハンカチを取り出すと、汗の浮いている眉のあたりをぬぐった。「金を貸していて」ストラウドはため息をついた。「未払いのままになっている。なんとかしたいんだ」

「つまりあなたは借金取りを必要としていると――」

「いやいや」ストラウドはイライラした態度で遮った。「俺が欲しいのは情報だ」ストラウドはパールに目を据えた。小さな茶色の目が、ジャガイモにはめ込まれた二粒のスグリのようだ。

パールの沈黙を受けて、ストラウドは詳細を吐き出しはじめた。「貸したのは何年か前で、いまごろは回収できているはずだった。それがまったく戻ってこない。一ペニーたりともな」ストラウドは、太く短い指でテーブルを突いた。「おまけに、その気があるところさえ見えないんだ」

パールが理解したようにうなずくと、ストラウドも一瞬落ち着いたように見えた。パールはデスクから、ティッシュの箱を取って差し出した。ストラウドは一枚取ると、ティッシュをサッと振って開いてから小さなラッパのような音を立てて洟をかんだ。

「こちらには向こうに圧力をかける当然の権利があるわけだが、下手に怖がらせるのも避けたい——向こうに返済能力があるのかどうか、確認が取れるまではな」ストラウドは言った。

「なら、それを調べてほしいというわけね？」パールがストラウドの視線をとらえると、ストラウドはさらに小さく目をすがめた。

「いくつか確認してもらえればいいのさ。簡単な身辺調査ってやつだ」ストラウドは続けた。「やつが隠し事をしていないか、知っておく必要があるもんでね」

何か重たい荷物でも下ろしたかのようにため息をつくと、ストラウドはそよ風の入ってくる窓のほうに顔を向けた。だがその束の間の平和も、電話の音に破られた。パールはかけてきた相手を確認すると、ストラウドに申し訳なさそうな笑顔を向けてから電話に出た。

電話の向こうから、ドリーが怒鳴った。「レモンがない！」

「冷蔵庫の中よ」

「ないんだってば」

「じゃあ、食糧庫を探してみて」

ストラウドは体に合わない椅子に腰かけたまま、居心地が悪そうに足をすり合わせている。パールは焦った声で電話に向かってささやいた。「あとにしてもらえる？　いま忙しいの」

この程度のほのめかしなど、ドリーには通じなかった。「わたしだって忙しいわよ。明日の予約を四件も受けたんだから」

「すごい」

「品切れを起こさなければね」

「レモンの？」

「牡蠣よ」

「それなら大丈夫。たっぷり注文してあるから」

ストラウドが時計を確認し、ますます苛立った様子を見せた。

「真牡蠣のほかに、アイルランドの種類もね」

これを聞いたところでストラウドが顔を上げたが、パールはドリーに返事のチャンスを与えることなく電話を切ると、まるで母親を黙らせておきたいとでもいうかのように受話器を押さえつけたままで言った。「失礼」パールはこわばった笑みを浮かべた。「明日からオイスター・フェスティバルがはじまるものだから」

ストラウドは疑わしげな目で電話を見つめた。「だからってあんたにどんな関係があるんだ？」

パールは、どうせストラウドが依頼人になってくれないのであれば、せいぜい店の宣伝でもしておこうと思った。「シーフードレストランをやっているのよ」パールは言った。「ハイ・ストリートの角のところで」ストラウドは何も言わなかったが、そのしかめ面を見ていると、パールはつい言い訳をしたくなった。「だからってここでの仕事の邪魔になることはないのよ。

いつもならね」

ストラウドが自分を見つめたままでいるので、パールも正直なところを言うことにした。

「じつは、この探偵事務所はまだできたばかりなの。でもわたしは地元の人間だし、調査の腕もいい。警察にいたことだってあるわ。証明が欲しいなら、わたしの最近の顧客が請け合ってくれるはずよ」

こう口にしながらも、これまでの依頼人はフィリップ・キャフェリー夫妻だけであり、愛犬のソフトコーテッド・ウィートンテリアを見つけ出すことで得た千ポンドの謝礼が、もっと本格的な仕事をしようと探偵事務所を立ち上げた軍資金になっている事実は黙っていることにした。その金で事務所用の改築をし、広告を出し、専門性の高いソフトを導入したのだ。パールには昔から〝人の気持ちを理解する〟独特の才能があるのだが、これでようやくその力を、レストランの外の世界でも活かすことができると信じていた。キャフェリー夫妻の件は、まさに絶好のタイミングで訪れたのだ。パールは極端に迷信深いほうではないけれど、人生のところどころで起こるささやかな偶然の不思議を無視するタイプでもない。それが自分を、昔から望んでいた方向へとつついているように思えるのであればなおさらだった。

パールはどこかにあるパラレルワールドでは、きっと自分のドッペルゲンガーが、警視正にまで出世しているはずだと信じていた。実際それはパール自身であるはずだったのだ。十九歳のときに妊娠するというささやかなあやまちさえ犯していなければ。それで警察の訓練もおしまいになってしまった。とはいえパールも、何はさておき、チャーリーを産んだことが間違いだったとはかけらも思っていなかったけれど。

「なら、牡蠣のことには詳しいわけだ？」ストラウドが言った。

パールはにっこりした。「ええ、もちろん。いい牡蠣と悪い牡蠣を見分けることも、最高においしい形でお出しすることもできるわ」

ストラウドはしばらく考え込んでから、意見をあらためたように言った。「だったら、結局助けになってもらえるかもしれんな」ストラウドはハンカチをポケットにしまいながら声を落とした。「ある男が、ひとりで牡蠣を養殖しているんだが知っているか？」

「ある男？」

ストラウドは動じた気色もなく続けた。「ヴィンセント・ロウという漁師だ。そいつがしばらく前に、ある計画を持って会いにきた。タンカートンにある砂州の――」ストラウドはどうしても名前が思い出せないという顔で言葉を切った。

「〈ストリート〉ね」パールが助け舟を出した。

ストラウドは小さくうなずいてから話を続けた。「その東側の海に自由に使える場所があるから、資金さえ出してくれれば、そこでウィスタブル在来種の牡蠣を養殖できるというのさ。ほかの投資をするよりも、よっぽど早く、でかい儲けを得られると。そろそろリターンが出るころだってのに、いまのところ一ペニーも戻ってこない。で――向こうに金を払うことができないんなら、その理由を知りたいと思ったわけだ」

「それなら直接聞いてみればいいのに」パールも、前浜の漁業権について複雑な区分があることはよく承知していた。なにしろ彼女の父親は、牡蠣を獲ることに一生を費やしたのだから。一生を無駄にした、という人もいるかもしれない。トミー・ノーランは、間違いなく詩人の心を持っていたのにと。若いころのトミーは、人生や愛や牡蠣漁を隠喩で語る物哀しい詩を音楽にのせて披露しては、海岸沿いのバーで人々を魅了したものだった。ただしそれも、詩が嫌いなドリーと結婚するまでの話だ。

「なんだかんだ、はぐらかされてきたもんでね」ストラウドはぼやいた。「それに俺は、だまされるのが嫌いなんだ」そう言って、ジャケットからこじゃれた革の財布を取り出した。「探ってくれたら、報酬はキャッシュでたんまりと払おう。やつの経済状態をチェックして、どれだけのものを持っているのか調べてくれ。何か隠していることがあるなら、そいつも知っておきたい」

パールは窓の外に目をやった。深紅の凧が軽々とそよ風に乗り、飛び去っていく。あれにつかまって飛ぶことができたらいいのにと思ったが、ストラウドの声で、はっと現実に引き戻された。

「どうだい？」

パールは、ストラウドの湿った手の上で広げられている分厚い革の財布に目を落とした。申し出には心を惹かれた。お金の面だけではない。新しくはじめた探偵業で本物の依頼人を満足させることができれば、長いあいだ胸の中で温めてきた夢が、やはり間違ってはいなかったと思える糸口になるはずだ。しかし慎重に、よくよく考えてから返事をした。「おっしゃる通りわたしには無理だわ、ストラウドさん。その依頼はお引き受けできません」

ストラウドにはそれほど驚いた様子もなく、どちらかといえば、最初の直感が当たっていたことに静かな満足を覚えているように見えた。財布をしまうと、ぎこちなく立ち上がった。そのときにパナマ帽が落ち、床をデスクの下まで転がった。帽子を拾うという単純な動作も、ストラウドにとっては最後の藁(わら)をつかむようなひと苦労らしく、顔を赤黒くしながら必死に手を伸ばしている。パールが慌てて手を貸した。拾ってみると、じつにいい帽子であることがわかった。内側には、こじゃれたシルクのラベルが縫い込まれており、大聖堂のシルエットと、〈ポールテルズ〉という製造元の名前が記されていた。パールが帽子を渡すと、ストラウドは礼も言わずにしっかりと頭に載せた。それから扉の前のところでしばらくためらってから、ぼそりと言った。「ありがとよ――役には立たなかったがな」

ドアが閉まると、パールは開いた窓に目をやった。年配の観光客が数名、プロムナードに立って海に面したパールの庭を感心するように眺めていたが、失われた依頼人のほうはそのそばをかすめ、町のほうへと足早に消えていった。

新鮮な海の香りを大きく吸い込んで、客の置き土産であるよどんだ匂いを追い払うと、携帯に登録されている中からある番号に電話をかけた。何回か呼び出し音が続いてから、留守録用のメッセージに切り替わった。ピーッという音がすると、パールは相手を警戒させないように、さりげない口調でメッセージを吹き込んだ。

「ヴィニー、パールだけど。これを聞いたら、できるだけ早く電話をもらえるかしら？」

2

「何をしたって？」

「断ったのよ」

レストランの正面入り口に鍵をかけながら、ドリーが言った。「あら、いったい何を頼まれたっていうの？　奥さんのスパイとか？」

パールは、あんな男と結婚するとしたらどんな女かしらと、一瞬そんなことを思いながらためらった。「まあ、そんなとこ」それ以上は何も言わずにおいた。なにしろ探偵業に対する母親の意見ならよくわかっていたから。

二十年以上前にパールが警察に入ることを決めたとき、ドリーは心の底からショックを受けた。娘の身を案じたのが一番の理由ではあるけれど、そもそも警察が好きではなかったのだ。社会の権力層に対して抱き続けている長年の反発に加え、想像力の旺盛過ぎるドリーには、警棒で武装したパールが罪のない抗議者と対立する姿が目に見えるようで、拒否反応を起こしたのだった。

ドリーは、『女刑事キャグニー&レイシー』を好き放題に見せたのが悪かったのだと自分を責めた。パールに言わせれば、アメリカの刑事ドラマはまったくの無関係だったのだけれど。

心理学者であれば、パールの秩序への愛や、常になんらかのこたえを求め、未解決なままにはしておけない傾向に対しては、なんの制約もなく自由気ままに過ごすことのできた子ども時代の反動を挙げるかもしれない。警察による基礎訓練においても、パールはすでに、与えられた枠組みの中で見事な結果を残していた。さらにはそれに続く試用期間に入ると、警察の仕事に向いているだけでなく、彼女には人間というものに対する直感的な理解力があることがはっきりしてきた。パールが犯罪捜査官の候補生に抜擢(ばってき)されたのも、この能力があったからだ。けれどそこで妊娠検査薬の陽性判定が、彼女を辞職へと促した。ドリーは内心で快哉(かいさい)を叫んだ。娘が国家の奴隷になるよりは、シングルマザーになるほうがはるかにいいと思っていたのだ。

「夢っていうのは、そのままにしておいたほうがいいこともあるのよ」ドリーは当時、そう言った。いまもドリーはレストランの鍵をパールの手に落としながら、やはりあのときと同じような表情を浮かべていた。「だから探偵なんてすれば、変わった連中が寄ってくるだけだと言ったのに」

「変人なら母さんの得意分野でしょ」パールがからかうように言った。ドリーはドリーで、温めている夢がいくつかあるのだ。

レストランの窓は、フェスティバルのイベントとして毎年行なわれる〈ベスト・ディスプレイ・コンテスト〉のためにドリーが飾りつけを済ませたところだった。ほとんどの店は、素敵な賞品のもらえる表彰台を目指してコンテストに参加する。だがえてして古典的なスタイルに偏りがちななか、ドリーはありきたりな魚の網や、宝の山のような牡蠣(かき)の殻(から)には見向きもせずに、もう少し抽象的な趣向を考えるのだった。今年はブルーのタフタを波に見立て、そこにひとつかみの真珠(しんじゅ)を散らしてあった。

「どう?」ドリーがおずおずとたずねた。

「素敵だわ」パールは正直に言った。

「ただ、レストランっぽくないのよね」ドリーは結局、そう判断した。「もう少し工夫しないと、宝石店と間違われちゃう」

「魚はどう?」

「そのまんま過ぎるわよ。でも、もう少し水の世界の雰囲気は出せるかしら」

パールは、ディスプレイとにらめっこしているドリーに近づいて声をかけた。「リハーサルがあるんじゃないの?」

ドリーはポカンとした顔をしている。

「ほら、ベリーダンスの」パールが思い出させるように言った。

ドリーがパッと目を見開いた。「フラメンコよ! あなたのせいで忘れるところだったじゃない。フアナ・パリエンテのクラスが今夜からはじまるってのに」

「フアナ——?」

「新しいクラスに申し込んだの。グラナダから来た先生が教えてくれるんですって。自己紹介に遅れちゃうわ」ドリーは店を出ると、ハイ・ストリートを急ぎはじめた。

「待って!」パールは叫んだけれど、ドリーは拒絶するように手を振ってから、ボナー・アレ出ている自分の名前に目をやった。パールは手の中の鍵を見つめてから、レストランの窓の上にイという路地に消えてしまった。これは、ときには夢が叶うこともあるのだという証でもあった。

ウィスタブル・パールは決して立派なレストランではない。その手の高級レストランは決まって海沿いに立っている。だがハイ・ストリート沿いにあるその小ぶりな食堂は、じつに個性的で、なにより町で一番のシーフードを提供していた。牡蠣のほかにも、いくつかの自慢料理がある。チリパウダーを軽くきかせたイカのテンプラ。パン粉をまぶしたホタテのフリット、マグロやサバや天然のサーモンを使った鮮魚のマリネ。贅沢に作り込んだ料理こそ出てこないけれど、最高の食材から生み出されるシンプルなひと皿への敬意が感じられる店なのだ。どのメニューも完成までには時間がかかっているが、料理自体はシンプルなので、パールがいなくても代わりの人間がなんなく提供できる。そこにはふたつの利点があった。ひとつは、パールが店に縛りつけられずに済むこと。ふたつ目は、店の料理のクオリティーを安定させられること。なにしろ地元の同業者を見るかぎり、シェフが替わるたびに、その評価は乱高下するのだから。

店の壁にはチャーリーの手で絵が描かれているし、ドリーにはぶつくさ文句を言われるものの、それでもレストランは家族経営の状態を保っている。この店があったからこそパールはチャーリーを育てることができただけでなく、〝人の気持ちを理解する親しみやすい人〟として、コミュニティの中心にあり続けることもできたのだ。唯一問題があるとすれば、このレストランだけでは満足できなくなったことだろう――パールにとっては、ということだが。じつはしばらく前から、新しい挑戦への必要を感じるようになっていた。そしてかつての望みが呼び覚まされたとき、パールはもしもいま動かなければ、一生そのままになってしまうと感じたのだ。

チャーリーがケント大学に入って以来、胸にはぽっかり穴が開いたようで、辛いというよりも悩ましかった。カンタベリーにある大学のキャンパスまでは、車でたったの十五分。にもかかわらず、息子が世界の反対側にでもいるかのように感じられて、パールもようやく、ドリーに言われ続けてきたことが真実であることを納得したのだった。自分は息子のために人生を一時保留し、多くのチャンスを、たとえばロマンスでさえも避けてきたのだと。パールだって何も、この人と思えるパートナーを探すことをあきらめたわけではない。長年のあいだには、恋の火花が散ったことも何度かあった。だがどれも、初恋の相手であるチャーリーの父親に対して燃え上がった思いとは比べるべくもなかった。ブラインドデート、友だちによる紹介、何度かはネット上のマッチングサイトさえ試してみた。だがたいていは、どうやったら早々に体よく帰れるかしらと思いながらの退屈な夜が何日か続いて終わりになるのだった。

そんなときは、チャーリーがよく言い訳に使われた。子どもの歯痛、発熱、かんしゃくは、デートから退散する絶好の口実を提供してくれた。だがもうチャーリーは使えない。いつの間にやら成長し、自分の世界へと旅立ってしまい、大学で美術史を専攻しているのだから。

チャーリーがカンタベリーに移ってから十か月になるが、もうすっかり独り立ちしてしまって、いっそ驚くくらいだ。それでもまだ、車にどっさりと食糧やら、洗濯済みの下着を積んで住んでいる部屋まで持っていくたびに感謝はしてくれる。ただしそれさえ、おそらく、前回は違った。パールが予告をせずに訪ねると、息子は〝友だち〟と、授業の復習の真っ最中だったのだ。

ティツィアーナ。愛称はティジー。イタリアのトスカーナ出身の彼女は、琥珀色の瞳に、蜂蜜色の手脚をしていて、ケチのつけようのない真っ白な歯を見せながら、パールよりもきれいな発音で英語を話す。チャーリーに目を向けるたびににっこりと微笑むのだけれど、その笑顔の魅力的なことといったら。チャーリーがデレデレしているものだから、なおさらそう思えた。チャーリーが女の子と付き合うのははじめてではない。けれどこれまでの彼女は、どの子も、どこか背景の中にたたずんでいる端役のように、チャーリーがパールに、どこに出かけ、いつ戻るのかを話しているあいだ、袖のほうでおとなしく控えているようなところがあった。ところがティジーは断固として舞台の中央から離れようとしない。舞台芸術を専攻している学生としては当然の態度だろう、とパールも思った。高い場所でひとつにまとめたミンク色の髪が、たっぷりともつれるようにして垂れている。スロークッカーの前に立って、セージを加えたトルテリーニ（詰め物をしたパスタ）をかき混ぜているときでさえ、彼女からスター性が消えることはなかった。チャーリーはそれを見つめている——彼女のためにおなかをすかせて。

最初に彼女に会ったときには心が乱れた。ティジーが温かく接してくれたからこそ、かえって内心穏やかではなかった。もし彼女が冷ややかな美人に過ぎず、ドリーが〝表ばかりで中身がない〟と表現するような娘であれば、パールにも嫌うだけの理由が見つかるだろう。けれどティジーはいかにも心温まる寛容な態度で、故郷から持ってきたお土産までプレゼントしてくれたのだ。ピサの斜塔がくっきりと浮かび上がっている防水エプロン。パールはこの贈り物を受け取りはしたものの、ティジーを手伝ってカトラリーやワインを並べているチャーリーの姿を横目に、夕飯の誘いは断った。うちではテーブルのセットなんか手伝ったこともないくせに、と思いながら。それから数分もすると、パールは通りにとめておいた車の中にいた。見てきたばかりの現実にぼんやりとしながら――自分の息子が、ほかの娘にのぼせ上がっているなんて。パールはこの先、まだまだ感情の宙返りがあることを予感した。きちんと着地ができればいいのだけれど。

息子のためには嬉しかった。喜ばないわけがあるだろうか？　にもかかわらず、なんらかの理由から、もらったエプロンをつける気にはなれなかったので、ドリーにあっさり奪われたときにはかえってホッとした。その〝なんらかの理由〟が、じわじわと忍び寄る嫉妬なのだとしたら、パールにはなおさら、自分のエネルギーを探偵業につぎ込む理由があるわけだった。それにしても事務所は二週間前に開いたばかりだが、まさか最初の依頼人から、早速こんな問題を持ち込まれるとは。

パールはなんであれ、問題を抱えているときに行く場所に向かった。浜辺だ。潮の満ち引きをぼんやり眺めているうちに、こたえや、その予感がひょっこり頭に浮かぶことがちょいちょいある。だがパールは水平線を眺めているうちに、おそらく今日はだめだろうという気がした。ヴィンセント・ロウ――ヴィニー――は電話を返してこなかったが、彼の釣り船〈ネイティヴ号〉が海の上にはっきりと見えた。パールはふと、ストリートのほうに歩きはじめた。ストリートは浜から海へと一キロ弱突き出している砂利でできた砂州なのだが、潮が引くのに合わせて、すぐにまた見えるようになるだろう。低い防波堤をよじ登ると、若いカップルが、ひっくり返してあるパールの木のボートに腰を下ろしていた。まだ十代だ。指をからめたまま、お互いの顔に最後の夕日を浴びている。あまりにも動きがなく静かなので、まるで写真の世界にでも入り込んでしまったかのようだ。シェイクスピアズ・シスターの〈ステイ〉という古い曲が風に乗って聞こえてきて、パールに二十年も前の、同じ浜辺で過ごした別の夜を思い出させた。マーセラ・デトロイトのソプラノがもうしばらく響き渡ってから、ラジオがようやくボリュームを落とした。

パールの靴の下で小石が動くと、〝写真〟が動きを取り戻した。パールが目の前に立っているのを見て、ふたりは手を離した。それからおとなしく立ち上がり、また別の場所を探そうと歩きはじめた。パールのほうは小さなボートをひっくり返し、水際まで引っ張っていった。

潮が変わりはじめていたので、船外機は必要なかった。ヴィニーのところまで十五分とかからないはず。漕ぎはじめると、涼しい風が心地よかった。東のほうでは、風力発電用の真っ白な羽根が風を受けてゆっくりと回っている。第二次世界大戦からこのかた、沖合十三キロのあたりにたたずんでいる〈レッド・サンズ要塞〉の、新しいご近所だ。この要塞は、七つの鉄塔からなる古い要塞で、かつては対空防衛の基地、武器や軍需物資の倉庫としての役割を果たし、ロンドンへ向かう敵機の航路を阻むため二百名以上の兵士が潜伏していた。六〇年代には海賊放送の局が占拠し、地元のDJたちが、かつては兵士たちが死と向き合っていた殺伐とした場所で、マージー・ビート（ビートルズの成功を受けて生まれた音楽ムーブメントの総称）のシングルを流し続けた。だがいまその要塞は、古い鉄の土台に支えられて錆びついた姿をさらしているだけだ。そばには打鐘浮標（ベルブイ）がひとつ浮いていて、その周囲を回りたい船乗りに、要塞の場所を告げていた。

日中の海は青っぽかったけれど、陰りゆく光の中にあると、河口につながる入り江の水は、本来のピューター（錫を主成分とする合金）を思わせる色に戻っていた。パールはオールにもたれ、しばらくはボートがたゆたうままにしながら、海岸沿いの景色を眺めた。浜辺には明かりが瞬（またた）いている。〈ホテル・コンチネンタル〉は大にぎわいだ。車がアールデコ調の正面玄関に続々と到着しては、その光が駐車場へと吸い込まれていく。カモメが頭上から急降下を決めては、海面をかすめながら浜のほうへ飛んでいく。明日には、オイスター・フェスティバルがはじまる。伝統的な面と現代的な面を兼ね備えたこのお祭りは、ロンドンからだけでなく、さまざまな場所から観光客を呼び寄せる――が、いまのところはまだ、静まり返っていた。

パールはまたオールを握ると、ネイティヴ号に向けてボートを漕ぎはじめた。全長十二メートルの船はまだ錨（いかり）を下ろしていたけれど、潮が引きはじめているのだから、いつ海岸に引き返してもおかしくはない。父親の牡蠣漁についていったことが何度もあったので、お決まりの手順についてもよく知っていた。重たい桁網を船尾から下ろし、海底を引きずるようにしてから引き上げたあと、邪魔者たちを取り除くのだ。たとえば蟹（かに）なども若い牡蠣の殻を砕いてこじ開けてしまうのだが、牡蠣漁師にとって最大の敵はヒトデだ。なにしろ無邪気な赤ん坊のような指でしっかりと牡蠣を固定したまま、その中身を吸い取ってしまう。パールも子どものころに父親を手伝って、牡蠣の殻からいくつもヒトデを剝がしたものだ。そこでふと、ストラウドとの握手を思い出し、オールを握る手に少し力がこもった。

ネイティヴ号に近づくと、デッキには誰もいなかったが、操舵室の向こうにある小さな船室からかすかな声のようなものが聞こえてきた。右舷側の索止めにボートをつなごうと側面に近づくにつれ、その声がラジオのものであることがわかった。船体を叩きながら呼びかけると、その声は黄昏の中に溶け込んでいった。「ヴィニー。わたし――パールよ」反応はなく、船室からは、ドラマを演じている俳優たちの声だけが聞こえてくる。パールは船に乗り移った。

船尾には牡蠣が積んであった。漁日和だったようで、いくつもの籠が山盛りになっている。だが船室に近づくにつれ、ラジオのボリュームが尋常ではないことがわかってきた。なにしろ耳が痛くなるほどだから、ヴィニーが昼寝をしているはずはない。操舵室の壁には、聖クリストフォロスの像がしっかりと留められているが、小さな調理室にかけられた片手鍋のほうは止め枠から外れ、調理用の熱源の上で前後にゆっくりと揺れていた。船室のテーブルには潮見表やペーパーバックが広げられているものの、ヴィニーの姿はどこにもない。船は、〈マリー・セレスト号〉（一八七二年、無人で漂流しているのを発見された）のように打ち捨てられて見えた。

大きな笑い声が、ふいにラジオから轟いた。パールは鼓動が速まるのを覚えながら、デッキへと引き返した。不安にむしばまれつつあった。空が暗くなりかけているにもかかわらずヴィニーがいないということは、なんらかの理由でほかの船と合流したのだろう。よそで助けが必要になったのかもしれない。ほかの船乗りか、いや、それよりも観光客の誰かという可能性のほうが高そうだ。ジェットスキーの大きな音がある程度近い場所を通り過ぎながら遠ざかっていき、その航跡が打ち寄せたことで、船を止めていた錨が引っ張られた。パールは腹をくくった。陸上に無線を送ったうえで、潮が引く前にネイティヴ号を岸に寄せておいたほうがいい。

　操舵室に戻ると、ディーゼルエンジンのスイッチを入れ、クランクをかけて船を起動させた。それから錨を上げようと、急いで船首に向かった。と、船倉の扉が開けっ放しになっており、匂いのしみついた魚用の箱と、巻き取ったロープのたぐいがのぞいていた。パールは錨綱（アンカーロープ）をつかみ、引き上げていった。手から手へとたぐり寄せていくにつれ、どんどん引き上げるのが難しくなってきた。ロープをしっかりとつかんだまま索止めに固定すると、あとどれくらいだろうと、手すりから身を乗り出して海をのぞき込んだ。

　光は陰りつつあり、海は暗かったが、水面のすぐ下のあたりに、なにやら青白いものが見えた。小さな海の生き物が、右舷の緑色の光に照らされて、暗い穴の中から浮かび上がってきた。カモメが頭上の近いところで金切り声を上げ、パールはデッキをあとずさった。だが、カモメの荒っぽい声に驚いたわけではない。水面の下にいる生き物は小さなヒトデだったが、ヒトデのいる穴が、大きく開いた人の口であることに気がついたのだ。

　ヴィニーが、まっすぐにパールを見上げていた。両目を見開き、海面を目指すダイバーのように上半身を垂直にして。だがむき出しの力強い両腕は、引き潮の流れに乗って漂っていた。そして片方の足首には、錨鎖（アンカーチェーン）がしっかりと巻きついていた。

3

電話が入ったのは、午後十時を回ったときだった。マイク・マグワイア警部はカンタベリーのパウンド・レーン沿いにある公共駐車場へと向かいながら、ちょうどバイクレースの結果をチェックし、オンラインで賭けていた選手が、最後のシケインでクラッシュしたことを知ったところだった。バーチャルのレースとはいえ、賭けのほうは本物だ。そこでマグワイアは顔をしかめたが、これは負けの大きさのせいばかりではない。靴擦れがひどかったのだ。この前の週末に買ったばかりで、履くのはこれがはじめてだった。ありきたりなブローグ（穴飾りのついた靴）で、午前中のうちは快適に履けていたのだが、暑い一日が終わったころには、異端審問の拷問具もかくやと思うくらいに足を痛めつけてくるようになった。

選んだサイズは十（日本の二十八・五センチに対応）のはずが、不可思議に縮んでしまったかのようなのだ。でなければ、三十九歳にして突然足が大きくなりはじめたのか。通常、足が成長を続けたりしないことはわかっていたが、ひょっとするとウエストサイズにつられているのかもしれない。なにしろおなかのほうは、ここ一年でいくらかでっぱりはじめている。本人はそれを、カンタベリーに来たせいにしていた。ロンドンではもう少し活動的な生活を送っていたのだから。週に二回ほどはスカッシュのコートに通っていたのに、いまや、ほとんどデスクから離れることがない。ここのところ、どんどん書類仕事が増え、日々の作業時間を奪われるようになっていた。

マグワイアはカンタベリーに異動したことを後悔しており、かつてはあれほど嫌っていたロンドンでの仕事にまつわるあれこれをなつかしく思うようになっていた。アドレナリンが出ずっぱりになるような活動の連続、わずかな時間で多くをなさねばならないプレッシャー、通りの喧噪、生き残りをかけた容赦のない出世競争の緊張感。なにより、大都会ならではの匿名性がなつかしかった。それに比べてカンタベリーという土地は、地方都市らしくおっとりしている。自慢といっては有名な大聖堂があるばかり。歴史と文化と多種多様な店舗こそあるものの――マグワイアの慣れ親しんできた危険など、それこそどこにもありはしない。

マグワイアは、次第に危険が恋しくなりはじめていた。それからドナのことも。同時に、危険とドナのあいだには切っても切れないつながりがあった。なにしろあんな死に方をしたのだから。彼女を失ったことで、マグワイアの人生は何もかも変わってしまった。仕事に対する野心が消えただけではない。当時は生きる目的さえ失ってしまった。ドナは、偶発的な成り行きにより命を奪われた。ドラッグをやった少年ふたりが盗難車でペッカム地区を暴走し、ゲーム画面上のターゲットのようにドナを轢き殺したのだ。当時、マグワイアの知覚はあまりにも激しく揺さぶられて、あとには混乱しか残らなかった。

怒りと哀しみの中で何週間ももがき苦しみ、夜な夜なバーボンという万能薬に助けを求めたが、なんの解決にもならなかった。仕事だけが、なんとかしがみつける日々の枠組みを与えてくれた。ありきたりなルーティンワークが、喪失により麻痺していたマグワイアの機能停止状態に置き替わったのだ。マグワイアは一年というもの、まるで心の傷など存在していないかのように、毎朝なんとか目を覚まし、夜は眠った。だが彼だけは気づいていた。しばしば死と直面する刑事捜査課の仕事だけが、皮肉にも自分に生きる目的を与えてくれていることに。

ウィスタブルの事件に関する詳細を注意深く聞き取りながら車に着くと、「すぐに行く」と言って電話を切った。携帯をポケットにするりと入れてから、数秒後にはアクセルを踏んでいた。きつい靴のせいで鋭い痛みが走ったが、それも生きている証拠であると思うと奇妙な慰めを覚えた。

電話によると、〝犯行現場〟はすでに封鎖されていた。釣り船は港につながれ、死亡を確認するために救急車が呼ばれていた。鑑識のヴァンも、すぐ近くであった交通事故の現場から直行している。マグワイアは自分が行かずに済んだことに安堵を覚えていた。

カンタベリーの市壁から高さ十八メートルの西門をくぐれば、ウィスタブルまでは車で二十分とかからない。これはかつて、漁師の妻たちが馬でカンタベリーに入るのに使ったルートだ。現在では見通しのいい原っぱや、ブリーンの村に立つバンガローを眺めてから、ボースタル・ヒルを登っていく。この丘の一番高いところまで来ると、下に広がる、灰色の入り江の町が見渡せるのだ。

マグワイアは、ウィスタブル――というかウィスタブルのような小さな町については、どこであれよく知らなかった。町の警察署はだいぶ前にアパートに改築され、いまではハイ・ストリートに、警察グッズを扱う店があるだけだ。この店は店先に青いランタンをぶら下げており、平日のみの午前十時から午後三時までという営業時間によって、他の店とは違う特徴をアピールしている。これを見てもウィスタブルという町が、観光客向けの、すぐに忘れられてしまう、地元の人間が互いのポケットの金をやり取りすることで生きている田舎町であることは間違いないように思われた。マグワイアは港の光景を想像した。警察の規制線のそばでは、それと争うようにして、ドーヴァーソールの特売を宣伝する旗がひらめいていることだろう。マグワイアはまっすぐカンタベリー署に向かうと、自分用の駐車スペースに車をとめた。

そのまま拘置所に行くと、重たい扉を押し開けた。目の前では、若い女がひとり、コーヒーにひたしたビスケットをちょうど口に持ち上げたところだった。ジェーン・クインは二十二歳になるものの、どちらかというとまだ十代に見える。おかげで非行少年を相手にするときには重宝するのだが、そのほかの面でも有能な警官だった。マグワイアを見るとパッと立ち上がりながらビスケットをマグに突っ込んだので、コーヒーが襟にはねかかった。マグワイアは彼女に警官としての威厳が欠けていることを残念に思いながら、湿ったシミをぬぐおうとむなしくがんばっている姿から目をそらした。

「誰を引っ張ってきたんだ?」マグワイアが言った。

「パール・ノーランです」ジェーンはファイルを差し出した。「警部補のシェトクリフさんとバーンズさんが公式な事情聴取を行なっているところです。現場からは、地元の巡査部長による報告も届いています」

マグワイアは閉ざされた扉のほうに小さくうなずいて見せた。「様子は？」

「状況を考えれば、そう悪くはありません。法律上の権利はひと通り説明したのですが、弁護士は断ってきました」

マグワイアの視線が、ジェーンの持っているコーヒーのマグの上でとまった。「俺にも一杯頼めるかな？」

うら若き巡査がサッと立ち去ったところで、マグワイアは手元のファイルを見下ろした。足から体重を抜くようにして椅子に腰を下ろすと、二本のカセットテープをファイルから抜き取ってレコーダーにセットし、供述を取る準備をした。

扉の向こうの取調室では、パールが縁(ふち)のかけたマグを押しやった。コーヒーは冷めているし、部屋の中は息苦しい。〝禁煙〟のしるしが壁にかかっているにもかかわらず、よどんだ煙草の匂いがしみついている。パールも自分が事情聴取を受けていることはわかっていたが、いまはしばしの休憩ということで、部屋にひとりきりで残されていた。署に連れてこられて以来、手続きがものすごい速さで進んでいた。記帳され、権利が読み上げられ、指紋と写真、それからDNA鑑定に回すための検体がとられ、鑑識で分析にかける必要があるからと洋服まで持っていかれた。容疑者である可能性はすぐに取り除かれるはずだと確信はしていたものの、ファスナーのついたチクチクする白いつなぎという恰好で、その夜の悲劇について供述をしていると、自分がなんとも弱々しく感じられた。

午後の十時十四分に供述にサインをしてから、もう四十分が過ぎている。不安と苛立ちのあまり、パールは文句を言ってやろうかと思いはじめた。立ち上がり、扉に近づくと、目の前でいきなり向こうから開いた。新顔の警官が、こわばった、隙のない笑みを浮かべて立っていた。マグワイアは部屋に入ると、自己紹介をした。

パールは一瞬虚をつかれた。マグワイアが長身だったせいもあるが、それよりも、見た目からは警部だと思えなかったのだ。ブルージーンズに、カジュアルなリネンのシャツは首元のボタンを外している。薄手のジャケットを羽織っていたが、これは脱いで、椅子の背にかけた。金髪はサイドを短く刈り込みつつ、上部にはいくらか長さを残している。垢抜けている、とパールは思った。仮に自分のレストランにこの男が来たら、北欧からの観光客と間違えてしまうだろうと。

パールはまた座った。マグワイアもテーブルについた。ジェーンがマグを手に入ってくると、慎重な手つきでパールの前に置いた。若い警官はにっこり微笑んでみせたが、パールは首を横に振った。「ひと晩の量としてはもう充分過ぎるくらいだから」

マグワイアはこれを聞きながら、どうやらコーヒーの話ばかりではないようだと思った。くたびれた灰色の目の下には三日月状のクマが浮いている。見るからに疲れてはいるものの、カフェインのせいというよりは、その夜に経験したことを受けて、ピリピリした興奮に高ぶっていた。

「いくつか質問があるんだ」マグワイアが言った。「そう長くはかからないから」

ジェーンがレコーダーのスイッチを入れ、日付、時間、立ち会った担当者の名前を吹き込んでいく。マグワイアはプラスチックの窓の向こうで回転するテープを見つめ、一瞬のためらいのあとに口を開いた。「どえらい夜を過ごしたようじゃないか」

ひどい言い回し、とパールは思った。今夜の悲劇が、まるでお祝いか何かみたいに。パールがこたえずにいると、マグワイアがボールペンを手に取り、それをもてあそんだ。結婚指輪ははめていない。マグワイアの次の質問で、パールの意識ははっと現実に引き戻された。

「故人のことは知っていたんだろ？」

「ええ、ヴィニーよ」パールはそうこたえながらも、ヴィニーが死んだのだと思うと辛かった。彼のぐったりした体を船に苦労して引き上げたあとでも、死の現実はやはりこたえた。自分ひとりの力ではやり遂げられそうになかったので、ネイティヴ号のウィンチを使い、死体を自分の乗ってきたボートに引き上げた。ずぶ濡れになったヴィニーの服からは、小さな蟹が次から次へと海に落ちていった。パールは目を閉じたが、記憶の残像は消えてくれなかった。

「あの釣り船に合流したのは日没ごろ？」

「少しあとね」

「どうしてかな？」

パールは目を開いた。その質問があまりにも漠然としており、こたえるのが難し過ぎるように思えたのだ。それを察知したのだろう、マグワイアがわかりやすく問い直した。「どうしてヴィニー・ロウの船に向かったんだ？」

パールは目の前のマグに手を伸ばすと、苦いコーヒーをひと口飲んだ。「折り返し電話が欲しいとメッセージを残していたのに連絡がなくて。そうしたら、浜辺からネイティヴ号が見えたものだから、それで――」パールは、マグワイアが下のほうを見つめているのに気がついてふいに言葉を切った。なにやら自分の足に気を取られているようだ。

「だけどそんなこと、もう全部ほかの刑事さんに話したわ」パールははっきりとした口調で言った。「どうしてもう一度、繰り返さなければいけないの？」

マグワイアがパールの目をとらえた。「きみの供述に従って、いくつか質問をしているだけだ」

パールはテーブルに置かれているファイルに目をやり、最終的にはどのような結論が導き出されるのだろうと思った。「事故だったのかしら？」パールは、マグワイアがこたえずにいるのを見て続けた。「集中力が切れたようなとき、船乗りが海に投げ込もうとしたアンカーチェーンに足を取られて、船外に投げ出されることがあるのはわたしも知ってる。だけど――」パールは大きく息を呑み込んだ。「今夜起こったことも、ほんとうにそうだったの？」

マグワイアがボールペンをテーブルに置き、背もたれに体をあずけると、胸の前で指を縦に合わせた。「きみはどう思うんだ？」

パールは力なく肩をすくめた。「わからない。正直な話、どうして自分がまだここにいるのか、それさえ理解できない」パールはマグワイアを見つめ返した。「わたしは目撃者なの？それとも容疑者？」殺人の捜査で主に逮捕の候補となるのが、死体の発見者か、生きている犠牲者を最後に見た人物であることはパールも承知していた。自分がそれに当てはまることも。だが同時に慎重を期して、取調べのリストから外す前に、目撃者を逮捕することがしばしばあることもわかっていた。

マグワイアがようやく口を開いた。「きみは事情聴取のために勾留されているんだ」

「逮捕されているのよ」

「自分の権利については知らされているはずだろ」

「でも、犯罪で起訴されているわけじゃないわ」

マグワイアはパールをまじまじと見た。こんな状況にあっても、まだ頭はしっかりしているようだ。「弁護士について気が変わったんじゃないのか?」

パールはその質問についてよく考えてから、頭を横に振った。ジェーンがレコーダーのほうに身を乗り出して言った。「録音の必要があるので――」

「いいえ」パールは強い声で遮った。「弁護士はいりません。録音のために言わせてもらうけど、わたしはたまたま死体を発見しただけ」パールはマグワイアをまっすぐに見つめた。「それだけなのよ」

時計の秒針が音を立てながら一回転した。マグワイアはパールに目を据えたままでいた。その沈黙がパールの神経にさわりはじめた。優越感を伝えようとしているのか、それとも単純にうぬぼれているのか。だが再び口を開いたとき、マグワイアの声はとても優しく落ち着いていたので、パールはかえって意表をつかれてしまった。

「きみが今夜、大変な思いをしたことは理解しているし、状況の把握に協力してくれていることにも感謝はしているんだ。時をあらためて話を聞くこともできなくはないんだが、俺の経験から言って、目撃者の証言は、できるだけ記憶が新しいうちに聞き取っておくに越したことはないんでね」マグワイアの表情が、最終的な決定をゆだねるようにやわらいだ。

パールはゆっくりと時間をかけ——深呼吸をし——説明をはじめた。「ヴィニーに話があったのよ」

「どんな話かな？」

「牡蠣（かき）について。ヴィニーから牡蠣を買っているの」

マグワイアがまたボールペンを手にし、メモを取りはじめた。パールは時計のほうにちらりと目を上げた。もうすぐ十一時だ。ドリーももう、事件のことを耳にしているだろう。母親の反応についてなら、目で見たように予想がついた。その大騒ぎの最中に、着替えがいることを思いついてくれたらいいのだけれど。

「だが話はできなかったわけだ？」マグワイアが促すように言った。

「会話らしいものはなかったわね。なにしろ向こうは死んでいたわけだから」パールは辛辣（しんらつ）な口調で言った。

「それについては確信があるんだな？」マグワイアが言った。

パールは顔を上げた。「二メートルのアンカーチェーンにからめとられていたら、まずチャンスはないでしょうね」

マグワイアは相手の怒りの閃き(ひらめ)が、ショックと哀しみから来るものなのか、それとも取調べに対する単純な苛立ちによるものなのかを見定めようとした。面白いことにこの女性は、ひどい事件に巻き込まれても、打ちのめされるどころか、かえって心を強くしているようだ。取調べを受けている側は、吐き気を催すような緊張の中で防御を解いてしまうことがあるが、彼女はどうだろうか。マグワイアはもうひと押ししてみることにした。

「沿岸警備隊に無線で連絡しなかった理由は?」

これはもっともな質問だった。チャンネル十六(遭難・緊急時の呼び出しチャンネル)を使えば、すぐにドーヴァーの沿岸警備隊につないでくれたはずだ。だがパールは別の方法を選んだのだ。「地元の港湾管理局に無線を入れたの」パールは言った。「返答はなかった」

「どうして沿岸警備隊のほうも試してみなかったんだ?」

「だって、もう船を岸に戻すつもりでいたから。なにしろ潮が変わりはじめていたのよ。ぼんやりしていたら、わたしたちは座礁して――」

「わたしたち?」

「わたしとヴィニーよ」パールは苛立ちにため息をついた。「あなたの考えていることなら予想がつくわ。救命ボートがやってきたはずだというんでしょ――あとは牽引されて、泥の上を引きずられていくってわけ? でもわたしとしては、あれ以上、ヴィニーをあのままにしておくわけにはいかなかった」

「彼はすでに死んでいた」

「だからこそなおさらよ！」

マグワイアは、まったくピンときていない顔だった。パールはなんとか説明しようとした。

「わたしたちは小さなコミュニティに生きているの」パールは言った。「ヴィニーの家族のことも、子どものころから知っている。でもたとえ彼が見ず知らずの人だったとしても、やっぱり遺体は、浜に引き上げようとしていたと思う」

マグワイアはボールペンでコツコツと、執拗（しつよう）にテーブルを叩き続けてから口を開いた。「どうしてかな？」

パールをイラッとさせたのは、その問いそのものではなかった。マグワイアの自信と性急さが気にさわった。あの真新しい靴を含めて、彼のすべてが都会の人間であることを示している。ある意味、この男は観光客と大差ないのだ。

「海のことなんか、ほとんど何も知らないんでしょ？」パールはぞんざいに言った。「餌を見つけた魚や蟹が、どれくらいで食事をはじめるものかもね」

これを聞くとマグワイアはボールペンの動きを止め、テーブルに置いた。彼女が彼を試し、その権威に挑戦をしかけているのはわかっていた。マグワイアには、彼女をひと晩勾留したうえで明日も取調べを続けるだけの力があるのだ。だがこれまでの経験による勘が、明日は故人の家族と話をすることに時間を費やしたほうがいいと告げていた。朝までに、正確な死因と死亡時刻がわかっていればいいのだが。海による腐敗の速度を考えても、鑑識は急ぐ必要があるはずだった。

マグワイアは結論を下した。そこで目の前に置いてあったファイルを閉じると、口を開いた。

「誰かに家まで送らせよう」

相手の口調に変化を感じて、パールは自分が過剰に反応していたようだと気がついた。そして一瞬、ストラウドのことを話してしまおうかと思いかけてから、すぐに考え直した。時計の針は深夜に近づいている。警察がオイスター・フェスティバルの前夜によそ者を探し回るあいだ、拘置所に留め置かれるのはまっぴらだった。

ジェーンがテープに、録音を終了する旨を吹き込んだ。「事情聴取は十一時一分に終了」

マグワイアは立ち上がったが、口を開く前に、突然、部屋の外から大声が響き渡った。ドアが開くなり、ドリーが飛び込んできた。警官がひとり、必死に止めようとしている。「申し訳ありません。声をかける間もなく突破されてしまいまして」

マグワイアは片手を上げたまま、ドリーがパールの前で立ちすくみ、娘の白いつなぎ姿をまじまじと見つめているのを見守った。

「なんてこと。なんなのよ、これは――ここはグアンタナモ湾収容キャンプなの?」ドリーはくるりとマグワイアに向き直った。「もしも娘の権利を侵害するようなことをしたら――」

「娘さんはもう自由の身ですよ」マグワイアが言った。

ドリーはパールの腕をつかみ、ドアのほうに引っ張っていった。だがそこへたどり着く前に、マグワイアがもうひと言、パールに声をかけた。「まだ話をする必要があると思うんでね」そ れから自分の名前と連絡先の記された名刺を差し出した。「なんでもいい、思い出したことがあったら」マグワイアは言った。「電話をしてくれ」

パールは名刺を受け取るのをためらった。指が一瞬、マグワイアの指をかすめた。この細められた青い目に浮かんでいるのは疑いの色？　それとも微笑みの影なのかしら。パールは背を向けると、そのまま部屋を出て行った。ジェーンもそのあとを急いでついていったので、マグワイアはようやくひとりきりになった。しばらくは閉まった扉をぼんやり見つめていたが、足の痛みが彼を現実に引き戻した。靴を脱いでしまうことも考えたけれど、脱いだら最後、二度と履けなくなってしまいそうだ。そこでテーブルの上からファイルを取ると、取調べの最中にメモをした、たったひとつの単語を見下ろした。

〝牡蠣〟というその言葉が、紙の上からマグワイアを見つめ返していた。

4

年に一度の〈ウィスタブル・オイスター・フェスティバル〉は、七月二十五日に最も近い週末に、初日を迎えると決まっている。七月二十五日は聖ヤコブの日だ。聖ヤコブの遺体を海でスペインに運ぶ途中、騎士のひとりが嵐で船の外に投げ出されながらも、その服にびっしり張りついた牡蠣（かき）のおかげで、船乗りたちにより、無事、船に引き上げられたという伝説がある。

七月二十四日、土曜日の朝、警察の取調室をあとにしてからちょうど七時間後に、パールはヴィニーの死体の生々しいイメージとともに目を覚ました。夢の中でパールは、小さな赤い蜘蛛蟹（クモガニ）に覆われたヴィニーの遺体を、なんとか自分のボートに引き上げようとしていた。パールはあえぎながらも、新しい朝が来たのだということに気づくなり、携帯電話に手を伸ばした。履歴を確かめると、すぐに探していた番号が見つかった。

　ストラウドの番号にかけて数秒ののちに、録音されたぶっきらぼうな声が、用件を残してくれと告げた。だがパールはそうすることなく電話を切った。そのとたんに、電話が鳴りはじめた。

「大丈夫なの、母さん？」電話から聞こえてきたチャーリーの声は、心配そうながらも、やけに眠たげだった。

パールは背筋を伸ばすと、もつれた巻き毛を手ですいた。「どうして知ってるの？」

「さっきおばあちゃんから電話があって。けど、教えてもらえてよかった――だから、おばあちゃんに嚙みついたりしないでよね」ひと呼吸の間を置いてから、チャーリーが言った。「ヴィニーも気の毒に。母さんもだけど」

チャーリーはあまり電話が好きではないので、lol（爆笑の略語）、:-)（笑顔の顔文字）などのインターネットスラングや記号をちりばめたテキストを送ってくることのほうが多い。だがそのチャーリーが、いま、何かをぎこちなく切り出そうとしていた。「ねえ――ぼくさ――そっちに行こうかとも思うんだけど――」背後でなにやら別の声がして、チャーリーの言葉が途切れた。「ちょっと待っててくれる？」チャーリーが電話の向こうから消え、くぐもったやり取りがしばらく聞こえてから、また戻ってきた。「母さん？」

「何？」

チャーリーが気まずそうに言った。「じつは、そっちに行きたいんだけど行けないんだよ。例のプロジェクトを仕上げるために、午前中のうちに、何冊か本を読んでおく必要があって」

「いいのよ」パールは言った。「今日からフェスティバルだから母さんも忙しいし。店が終わったあとでそっちに行こうかしら」

「いいね」

「チャーリー」

「何？」

パールは一瞬ためらった。「ティジーによろしく」

電話が切れると、パールは時計を確認した。六時十五分で、指先はまだ、警察署のインクで汚れていた。


一時間後、冷たいシャワーを浴びたパールは、これからの一日がうだるような暑さになりそうなのを感じた。パールには天気に対する独特の勘があって、潮見表を見るまでもなく当てることができる。なにしろ夏場は、潮が遠くに引いていると、息苦しいまでに大気が動かない。それからそよ風が吹き、ほんとうに微妙な気温の変化があったかと思うと、波がまた、浜辺に寄せてくる音が聞こえはじめるのだ。今朝はそんな慰めを感じることもないまま、庭にあるオフィスに向かった。電話に二件のメッセージが残っていた。一件はガス会社の営業で、もう一件は窓清掃のロニーからの、支払いに関するリマインダーだった。

パールはふと、ネイサンが留守でなければいいのにと思った。彼は通りの向かいの、石を投げれば当たる近さにある、下見板張りの白いコテージに住んでいるのだ。だがその親友でもあるご近所さんは、元ボーイフレンドの葬儀に出席するため、故郷のカリフォルニア州サンタクルーズに帰っているのだ。彼のおいしいコーヒーと、まっとうなアドバイスが恋しくなったけれど——たとえメールであっても、また別の死を知らせるのにふさわしい時ではないと、その衝動を押し殺した。代わりに、デスクの向こうにある椅子を見つめた。ストラウドがあの椅子に座ってから、まだ二十四時間とはたっていない。そこで、ストラウドについてはまだマグワイアに話していないことを思い出し、警部の名刺をポケットから取り出した。警部の名前と階級のほかに、電話番号がふたつ記されている。パールの手が、電話に伸びかけて止まった。その前に、済ませておくべき重要な件があるのを思い出したのだ。

庭の門からプロムナードに出るなり、ユニフォーム姿の子どもたちが、アオバエのように浜辺で群れているのが目にとまった。地元のシースカウトたちが〈漁の水揚げ〉のリハーサルをしているのだ。これはシーズン最初の漁の再現式であり、水揚げされた牡蠣が地元の聖職者によって祝福を受ける。今日のセレモニーは市長を含めた数名の高官によって正午から行なわれる予定になっていたが、スカウトたちは朝早くから準備をしているのだ。昨夏の醜態を繰り返したくないのだろう。なにしろ訓練用のボートから花火を打ち上げる予定が、見事に失敗。ハッチが開きっぱなしになっていたことから、観光客を含めた衆目の見守るなかでボートが沈没、という失態を犯してしまったのだ。花火はそっくり海の藻屑となったうえ、追い打ちをかけるかのように救出用のトラクターが浅瀬の泥にはまり、関係者を赤面させた。広報の担当者が「海で不測の事態が起こりました」と言い訳していたことを思い出しながら、パールは満ちつつある海にちらりと目をやり、キビキビした足取りで町のほうに向かった。

それからしばらくののちには、ミドル・ウォールという通りにあるハーフティンバー様式のコテージの外に立っていた。前庭には、プラスチックのオモチャがいくつも転がっている。ベッカとルイーズという双子の娘が生まれたとき、ヴィニーはすでに五十を過ぎていた。そのときにヴィニーは言ったものだ。「男は、じいちゃんになってもおかしくない年になるまで、父親になるべきではないな」と。最初の子どもの育て方について、罪の意識を抱いていることは明らかだった。

パールはこの前庭で、ヴィニーの息子のシェーンと遊んだことを思い出した。自分のほうがいくつか年上なのをいいことに、浜辺で蟹獲りをするにせよ、ストリートの砂利浜まで泳ぐにせよ、親分面をして容赦なくシェーンを振り回したものだった。ふと、子どものころの声が頭の中に蘇った。手を打ち鳴らして歌い騒ぐパールたちを、日曜日の午後なのだから静かにしなさいとヴィニーが叱っている。パールはしばし、その記憶に身をゆだねた。ヴィニーの声の記憶は、すぐにかすれてしまうだろう。死者の声というのは、いつだってそういうものなのだから。

それから心を強くすると、呼び鈴を鳴らした。中から足音の近づいてくるのがわかり、ヴィニーの娘たちの母親が戸口に現れた。金髪を、可愛らしい顔にかからないようにひっつめて、腫れた両目には哀しみがはっきりと表れていた。パールが痛々しい沈黙を破った。

「コニー、大変なことになってしまって」パールはささやくように言った。「電話をしてから来るべきだったんだけど——」

「いいのよ」コニーが遮るように言った。「さあ——入って」コニーは扉を大きく開け、パールを促した。家の中は、不自然なほど静まり返っていた。

「娘たちは、母さんに預かってもらっているの。ほかには——どうしたらいいのかわからなくって」コニーは気まずそうに廊下を見つめた。「奥に入ってちょうだい。紅茶をいれるわ」

お茶というお決まりの儀式があることをありがたく思いながら、ふたりは小さなキッチンに入った。窓からは日が差し込み、たくさんの小間物や写真立てでたわんだ棚を照らしている。庭に出られる扉の外では、小型のテリアのトリクシーが、クンクン鳴きながらガラスのパネルを引っかいていたが、ようやくあきらめたのか、庭の奥にある犬小屋へと退散した。コニーはやかんに水を入れて火にかけると、パールと一緒にテーブルについた。

「昨日の夜、玄関の呼び鈴が鳴ったときには」コニーが言った。「てっきりヴィニーだと思ったの」笑みのようなものがうっすらと口元に浮かんだ。「しょっちゅう鍵を忘れるもんだから。でも——」コニーの微笑がゆがんだ。「玄関にいたのは若い警官で——わたしの名前を確認してきたの。そのときには、てっきりどこかの家の私道にでも車をとめちゃったのかと思ったわ」わき上がる感情を抑えるかのように、指先が手の甲に食い込んでいる。「バカよね」

「そんなことない」パールは自分を責めるように言った。「わたしが電話をするべきだった」

コニーは顔を上げた。「できなかったんでしょ？　取調べを受けていたと聞いたもの」コニーは、砕け散った思いをかき集めるかのように顔をしかめた。「身元確認のため、いますぐ署に来てもらう必要があると言われたの。だけど向こうに着くまで、きっと何かの間違いだと思ってた。そんなことが起こるなんて信じられないって。あの人を見たあとでさえ——」コニーは無力感に打ちひしがれたような顔でパールを見つめた。「ヴィニーは——じっと横たわっていた。髪は濡れていて、とても穏やかな顔で。シャワーを出たとたん、そのまま眠ってしまったみたいに」

ふたりはしばらく沈黙の中で、その最後の姿を思い浮かべていた。

「あなたが見つけてくれてほんとうによかった」コニーがそっと言った。「ひと晩中、あのまま海にいたかもしれないと思うと」やかんが蒸気で音を立てたので、コニーがサッと立ち上がった。

「警察はまた来たの？」パールは言った。

コニーは目をぬぐった。「ええ。家族連絡局員と、刑事がふたり、話を聞きたいって」

「どんな話を？」

「最後にヴィニーに会ったのはいつかって。でも——まともに頭が働かなくて」

「ほかには？」

コニーは顔をしかめた。「そのうちのひとりの——刑事が——」

「マグワイア？」パールが促すように口を挟んだ。

「その人よ。最近、ヴィニーの様子はどうだったかって。何か、彼から集中力を奪うような出来事はなかったかというの」

パールはためらってから言った。「あったの？」

コニーはひとつ大きく息を吸った。「どうせすぐに町中の噂になるわね」そしてパールを見つめたまま言った。「借金を抱えていたのよ」

「知ってるわ」パールは優しく言うと、ポカンとした顔で自分を見つめているコニーに向かって言った。「昨日、ある人が会いにきたのよ。ヴィニーのことをたずねていた」

「誰なの？」コニーがすぐに問いただした。

「ストラウドという男。ヴィニーにお金を貸していると言ってたわ」

コニーは興味を失ったようで、「その人だけじゃないのよ」と、けだるい声で言った。「銀行からも借りていたし、借りられるかぎりの人には頼み込んでいた。ティナがお金を持ち逃げしてからというもの、ヴィニーの経済状態はよくならなくて」コニーは哀しそうに言った。「辞めてもほんとうに大丈夫なのかって何度も念を押したのよ。体外受精にかかった費用だってまだ返しきれてないし。それだって、ヴィニーが辞めさえしなければ、予定通りに完済できていたはずなのに」

「フランク・マシソンの仕事をってこと？」

「ええ――どうしてだめなの？　フランクはずっと、釣り船の維持費の半分を負担してくれていた。それなのに突然、お金は出て行くいっぽうになってしまって。わたしだって努力はしたのよ、パール。だけど、あんなことうまくいきっこなかったんだわ」コニーは立ち上がったものの、行く場所がないことに気づいて、また腰を下ろした。「マシソンのもとで働くことは、責任のない安定した仕事を意味していたけれど、ヴィニーはそれじゃ満足できなかった」

「ヴィニーは独立したかったのよ、コニー。それも、あなたたち家族のためにね」

「そうかしら？」コニーの口調は厳しかった。「それで結局どうなった？」生々しい怒りは、閃(ひらめ)いたそばから絶望に取って代わられた。「よりにもよってあのヴィニーが、そんな不注意なことをするなんて」

コニーは涙に濡れた目で、壁際の棚を見つめた。パールがその視線の先を追うと、猫や犬の小さな置物の後ろに、ヴィニーの息子のシェーンの写真があった。二十歳の誕生日に撮られたもので、大きなバイクのかたわらに、誇らしそうな顔で立っている。そしてこのたった二か月後には、このバイクがシェーンに死をもたらすことになるのだ。検死官によると、二錠のエクスタシーと、かなりの量のアルコールにもその原因はあったようだけれど。

「シェーンのは事故だったのよ」パールが言った。「とにかくヴィニーは、危険なことなんかする人じゃなかった。いつだって充分に気をつけていたし」

「ある種のことに関してはね」コニーが涙に目を曇らせながら言った。

「どういう意味?」パールは慌てて問いただした。

だがそこで表の通りを車が通りかかり、ラジオから流れる大音量のレゲエ音楽が部屋の中に響き渡った。その音が遠ざかっても、コニーは頭を垂れたまま黙り込んでいた。「もうどうだっていいことよ」コニーは力なく言った。「ヴィニーは死んでしまったんだから」

それからしばらくして外の通りに戻ると、哀しい成り行きにもかかわらず、太陽はまだ明るく輝いていた。それでも浜辺のほうからバスドラムの低い音が聞こえてきて、パールの重たい心と響き合った。観光客でにぎわう時間にはまだ早いが、フェスティバルのバナーを扱う売店は歩道沿いに場所を取り、カーニバル用の笛や、棒のついた布製の蛇などを並べにかかっている。

港に向かうと、満ちつつある波に乗って、漁に出ている船舶が見えた。港に残っているのはネイティヴ号だけだ。港湾事務所に近い南埠頭に係留されたうえで、警察の規制線が張られている。よりにもよってオイスター・フェスティバルの初日にヴィニーがいないなんて、なんだかひどく皮肉なものを感じた。わざわざ死体を連れ戻したにもかかわらず、ヴィニーの船が〈死者の角（デッドマンズ・コーナー）〉と呼ばれる区画に係留されているのだからなおさらだった。そう呼ばれているのは、死体を含め、このあたりで海に落ちたものはなんであれここに流されてくると言われているからだ。

数年前には市議会が、港のその区画を開発することで、地元の信託会社と合意に達した。有能な景観設計士により、人々が腰を下ろして港の一日を眺められるようにと、木製の大きなデッキを設置する計画が立てられた。開発によって不吉な呼び名も変わることが期待されていたのだけれど、満潮時水位点がわかるようになった、蛇籠（ガビオン）という、大きなワイヤーのメッシュ籠に流木や漂流物のたぐいを詰めてオブジェのようにした壁が作られ、これがデッドマンズ・コーナーにぴったりだというので、ますますその名前が広まる始末だった。

波止場には、夜のうちに捧げられた花束が山を作っていた。そばには小ぶりなオモチャもいくつか供えられている。タータンチェックのリボンを首に巻いた小さな熊、子どもがお風呂の時間に使っていたのだろうプラスチックの船。港の空気はべとついていて、ウェルクという貝を焼いて出す黒い木の小屋の外に捨てられた貝殻（かいがら）の匂いが強く漂っている。パールはふと、白い上下に身を包んだ鑑識チームが、昨晩ヴィニーの船に乗り込んだときのことを思い出した。

死の手がかりになりそうなものを探してヴィニーの持ち物をあさり、おそらくは操舵室の壁にかかっていた聖クリストフォロスの像まで外したのではないだろうか。あの像も、もうヴィニーには必要なくなってしまったけれど。

　デッドマンズ・コーナーに背を向けると、南埠頭にある、トタン板でできた倉庫の重たい扉を横に押し開けた。中はホッとするような涼しさで、何千もの小さな噴水でもあるかのような優しい水の音が響き渡っている。パールは音のするほうへと近づいた。トレイのついた柱のような濾過装置で、トレイのそれぞれには生きた牡蠣がぎっしりと入っている。パールは手を伸ばし、灰色の硬い殻を調べた。表面には十二本の線があった。一本が、牡蠣にとっての一年を示している。牡蠣というのは、ほとんど何も必要とせずに生きていける。河口に近い入り江の海岸線にある、海水と淡水の混ざり合った浅瀬さえあればそれでいいのだ。ウィスタブルはローマ時代から、牡蠣にとって最高の環境であることを証明していた。二十世紀初頭の〝全盛期〟には、百隻以上の船が牡蠣漁に従事していたのだ。あまりにも大量にとれるものだから、とくに珍味とはみなされず、ステーキ・アンド・オイスターパイの詰め物として重宝がられる程度だった。だが厳しい冬、病気、環境汚染などの要因が重なり合い、牡蠣の養殖業者にとってはどんどん厳しい状況になっていた。現在では、新しい品種の牡蠣をよそから持ってくることにより、地元で必要な量をなんとか確保しているのだ。パールの目の前では、大切に可愛がられている牡蠣たちが、彼らのためのフェスティバルに向けて身を太らせながら待っていた。

「パールかい？」

パールは振り返ると、足を引きずりながら近づいてくる年配の男に挨拶をした。ビリー・クラウチだ。漁師としてはだいぶ前に引退しているにもかかわらず、いまでも風力九の突風を受け続けているかのように真っ赤な頬をしている。背が低くてずんぐりしているので、清潔な白いエプロンをつけたところは、アニメのペンギンにそっくりだ。

パールはバッグを探った。「注文をお願いしたいのよ、ビリー」パールは業務用の小切手を渡しながら、静かな声でたずねた。「事件のことは聞いてる？」

ビリーが厳粛な顔でうなずくなか、こぼれ落ちる水の音が、会話を埋めるかのように響き渡った。

「ひどいことになっちまって」ビリーがようやくそう言った。

「最近、ヴィニーには会った？」

ビリーが首を横に振った。「今週はずっとシーソルターに行ってたもんでな」ビリーが妻のセイディから逃げるために、ウィスタブルの東にある静かなキャラバンパークにちょくちょく出かけていることはパールもよく知っていた。

「だが、一週間くらい前に会いにきたんだ。引き潮のときに、釣り餌を集めるのを手伝ってくれてな。ずいぶんと久しぶりだったから、顔を見せてくれたのが嬉しかった。こうなってみるとなおさらだ」ビリーは哀しげに微笑んだ。「こんなのはいかんよ、パール。まだ先の長い若者が、こんなふうに逝っちまうなんて」ビリーはため息をついた。「錨にやられたってのはほんとうなのかい？」

パールはうなずいた。ビリーにしてみれば、二十歳ほど年下のヴィニーはいくつになっても若者に見えたのだろうが、いまとなっては永遠に若者のままであり続けるのだろう。「マシソンの反応は?」

ビリーは肩をすくめた。「あの男が夜目を覚ましているとすれば、理由はひとつだけさ」ビリーは親指と人差し指をこすり合わせてみせた。「こいつがたっぷりあるかぎり、マシソンは満足なのさ――ヴィニーがいようが、いまいがな」ビリーはパールに領収証を渡した。「だが言っておくが、このままだといつか必ず、在来種の牡蠣はこのあたりからひとつ残らず消えちまうぞ」

「もう何年もそう言い続けているじゃないの、ビリー」

「そしていまじゃあ、それがますます現実になってきている」ビリーが言った。「腕のいい漁師が海に出て――戻ってきたときの成果はどんなもんだね? ついてるときで、せいぜい二百ってとこだろう。言っとくがな――あの真牡蠣ってやつは追い払わなくちゃだめだ。マシソンにもずっと言ってはいるんだが――あいつらは、ハイイロリスみたいにほかの牡蠣の場所を乗っ取っちまうんだよ」

「だからこそヴィニーが、種牡蠣を養殖しようとがんばっていたんじゃない」

「時間の無駄だったがな」

こう言ったのは、ビリーの声ではなかった。堂々とした人影が戸口に立っていた。フランク・マシソンが、一瞬その場でためらってから倉庫の扉を閉めた。まだ四十代半ばだが、灰色がかった髪が、引き潮のときの海のように後退しかけているせいで年よりも老けて見える。百八十センチを優に超える長身でたいていの人よりは背が高いこともあり、パールはこの男の前にいると、どうしても萎縮(いしゅく)してしまう自分を感じた。

「警告はしたんだがな」マシソンは言った。

「警告ですって？」パールが言った。

「うまくいきっこない、考え直せとな。やつには考えてやらねばならない家族もいた」

「そんなことは、言われるまでもなく考えていたと思うけど」パールはヴィニーをかばうように言った。

マシソンがパールを見つめた。「だったら、どうやって家族を食わせていくつもりだったんだ？」マシソンは、牡蠣の棚からなる帝国を指し示しながら言った。「ここにはコルチェスター、フランス、アイルランドから来た牡蠣が集められている。我々が生きのびるには、そうするしかないんだ。ヴィニーのやっていたことには、成功の見込みなんかこれっぽっちもなかったのさ」

「あなたは以前、わたしにもそう言ったわ」パールは店をはじめたころ、周りからさんざん叩かれたことを相手に思い出させた。シーフードを扱うレストランなど、きちんとした店が町にひとつあれば充分だと。だがパールは、マシソンを含めたすべての人に、それが間違っていたことを証明してみせたのだった。

マシソンはビリーの手から注文書をひったくると、それとパールの小切手をぞんざいに眺めた。「ヴィニーはコバエに過ぎなかった」マシソンは小切手をレジに収めると、音を立てて引き出しを閉め、もう話はおしまいだという目つきでパールを見据えた。

パールはバッグを手に取り、ドアに近づいた。ちらりと振り返ると、マシソンは事務室にひっこむところだった。ビリーはカウンターのところに残り、何を優先すべきかを考えているような顔で、灰色の無精髭が生えた顎を撫でていた。それからパールに向かって肩をすくめてみせると、上司のあとを追って、そそくさと事務室に向かった。

再び波止場に出たパールは大きく深呼吸をしたけれど、それでもおさまらない怒りを胸にうずかせたまま、にぎやかなホースブリッジのほうに向かった。一帯が馬橋（ホースブリッジ）と呼ばれているのは、その昔、海まで荷物を運んだ馬がそこにある道を通ったためだ。のちに、ヨーロッパではじめての旅客と貨物の両方を運ぶ蒸気機関車が〈クラブ&ウィンクル線（クラブは蟹、ウィンクルはタマキビという貝のこと）〉を走るようになってからは、輸送手段も完全にそちらに移り、ホースブリッジのあたりはすっかりさびれていたが、先の大戦で一帯に爆弾が落とされてからはますます荒廃ぶりがひどくなった。使われなくなったバスの車庫が近くにあったのだが、それが地元のアーティストのたまり場になっていたことを覚えている人は、もうほとんどいないだろう。〈ジョニーズ・アートハウス〉という名で、展示会のほか、さまざまなイベントが行なわれていたのだ。ドリーの入っていたエキセントリックな女性ダンスグループ〈フィッシュ・スラッパーズ〉が、あそこを借りてリハーサルをしたこともあった。だが地元議会が当然の流れとして古い建物の解体を決定し、再開発を行なった結果、いまや〈ホースブリッジ・センター〉は町の文化活動たレストランがあり、この店はロンドンの新聞からも高い評価を受けていた。な催し物が行なわれているのだ。見下ろせる場所には素敵な古いパブと、海に面した広々としの展覧会、コンサート、ヨガからフラメンコにいたるまでのカルチャークラスなど、さまざまの中心地となっている。ひっくり返した船体のような形をしたその新しい建物では、美術関係

パールの頭の中では、マシソンの言葉がこだましていた。マシソンの言う通りであることもわかっていた。急速に発展しているこの町においては、ヴィニーの存在などコバエのようなものだろう。だがそれを言ったらパール自身もそうなのであり、おそらくはだからこそ、独立へと突き進んだヴィニーの気持ちが誰よりもよく理解できた。自由な海で自分のために漁をしたいと願うことが、漁師にとってそんなにおかしなこと？ それはわたしが、常にわたしらしくありたいと願うことと同じようなものじゃないの。混沌とした状態から抜け出し、すべてをあるべき形に導こうと努力することが間違っているとでもいうの？ ヴィニーは、意味もなく死んでしまったとしか思えない――単純な事故死だ――にもかかわらず何かがパールを駆り立てて、さらなるこたえを求めたいと思わせるのだった。

角を曲がってハイ・ストリートに戻るなり、フェスティバル目当ての観光客の波に飲み込まれた。店の外に出ている黒板にスペシャルメニューをせっせと書き込んでいるドリーの姿も一瞬見えなくなったけれど、ドリーは娘の存在を察知したかのように目を上げて、パールの気分を推し量るようにしばらく見つめた。パールのほうは、店の窓に目をやった。窓のディスプレイには、いくらか変更が加えられていた。タツノオトシゴが一匹現れたほか、ブルーのタフタ

の下にも、海の生き物たちがひそんでいる。小さなヒトデを見たとたんに、パールは昨晩の出来事を思い出してしまった。

ドリーも察したようだったが、母親が何かを言う前にパールが口を開いた。「聞くのを忘れていたけど」パールは言った。「昨日の夜、フラメンコはどうだったの？」

ドリーはパールの強がりを見て取りながら、小さく肩をすくめた。「膝が大変なことになりそうよ」ドリーは言った。「だけどいい点としては、ファナという女性だと思っていたインストラクターが、ファンという男性だったの。素敵なカスタネットをお持ちですねって褒められちゃった」

我にもなく、パールの口元には笑みが浮かんだ。「さあ」パールは母親の腕に腕をからめながら言った。「仕事仕事」

ふたりは店に入ると、開店に向けて準備をはじめた。

5

オイスター・フェスティバル初日の正午、パールの小さなレストランのテーブルは、ひとつを除き、どれも客で埋まっていた。シーフード用のカウンターでは、DFLのグループがアペリティフを楽しんでいる。ゴージャスに日焼けした肌と、さらにゴージャスなハンドバッグを手にしたスタイリッシュな女性たちで、スツールにちょこんと座りながらそれぞれの連れと一緒にシャンパンをちびちび飲んでいた。その連れのほうは、テキーラスラマーでも飲むかのように牡蠣(かき)を喉に流し込んでいる。

パールは厨房(ちゅうぼう)の戸口から店内を確認しながら、昨日、ストラウドと会っていたときに入った予約について好奇心をそそられていた。あれからの展開を思うと、なんだか遠い昔のことのように思える。ストラウドには何度か電話をかけてみたものの、連絡はまだついていない。遅かれ早かれ、ストラウドの件をマグワイアに話さねばならないことはわかっていた。どうして話さなかったのかと、その動機を疑われるだろうことも。昨晩についてはショックと疲労を充分な理由にできるとしても、なぜ今朝のうちに電話をすることもなく、コニーに話を聞きにいったのかと聞かれるに決まっていた。

今日は町のシーフードレストランにとって一年で一番忙しい日なのだから、それがとりあえずの言い訳になるだろうか。厨房ではパートタイムの見習いシェフであるアーメドが、ホールではドリーが忙しく立ち働いている。パールは、電子レンジのそばにたたずんで爪を噛んでいる若いウエイトレスのほうに視線を移した。

「何も問題はない？」

ルビーはパールが近づいてくるのに気づいて慌ててうなずいたけれど、パールはなにやら心配事がありそうだと感じた。ルビーは十七歳の可愛らしい子だが、血色が悪く、ときには栄養が足りていないようにさえ見える。午前中の日差しの中だと、透けるような肌には青く細い血管が糸のように浮き上がり、最近明るくした髪の色のせいで、ますます顔が青白く見えた。

「とんでもなく忙しくなるわよ」パールが警告するように言った。「でも、すぐに終わるから。わたしに言われたことさえ忘れないようにすれば、なんの心配もいらないわ。注文はすべて書き留めること。それからもしも何かを落としそうになったら――」

「お客様にはかからないようにする」ルビーが引き取るように言うと、にっこり笑った。

パールも微笑み返した。「いい子ね」

電子レンジの〝チン〟という音をやり取り終了の合図のようにしてルビーは振り返り、湯気を立てているブロッコリーの料理を取り出した。そのまま手際よくトレイに載せると、いそいそと厨房から出ていった。

「まさかいるとは思わなかった」戸口には、店で野菜を頼んでいる青果店のマーティ・スミスが立っていた。緑色の店用のTシャツが、目の色とよく合っている。マーティは野球帽を脱ぐと、汗に濡れた眉のあたりをぬぐった。「ひどいショックだったろうね」

マーティが近づいてきたが、パールはサッとよけて、開いたドアのそばに積まれている段ボールのほうに移動した。マーティは背が高くてハンサムだ。ちなみに三人ものスタッフを配送係として雇っているにもかかわらず、パールのところには必ず自分で届けにくるのだった。

「全部そろってる?」パールが野菜を確認するかたわらで、マーティがうなずいてみせた。

「ルッコラを少しサービスしておいたから。それからアーティチョークもいくつか」マーティがにこにこしながら受取帳を差し出した。パールは相手の視線を感じて、ため息をついた。

「電話をしてほしかったな」マーティは、アーメドが通りかかったのに合わせて声を落とした。

「きみが困っていると知っていたら、すぐにでも駆けつけたのに」

「そうよね」パールは言った。「でも、してもらえることは何もなかったと思うわ、マーティ。なにしろ深夜近くまで警察にいたんだから」

「警察だって?」

「供述が必要だったの。あれこれ聞かれた」パールは受取帳を返すと、顔から髪を払った。

マーティの顔に、自分が代わりに髪を払ってあげたいというような、物欲しげな笑みが浮かんだ。「どうりでくたびれた様子なわけだ」

「それはどうもありがとう」パールがにやりとしてから配送品を片付けようとすると、マーティがサッと動いて段ボールのひとつを持ち上げた。

「いや、そんなつもりじゃ――」

「どんなつもりかはわかってるから」パールはマーティを振り返ったとたんに振り返ったことを後悔したものの、哀しそうな緑の瞳を見て、ますます心を鬼にした。「わたしなら大丈夫だから。ほんとうに」パールが、マーティの持ち上げていた箱を示すように小さくうなずいてみせると、マーティもしかたなく箱を下ろした。

マーティは、冷蔵倉庫まであとをついてきた。「仕事が終わったあとに、どこかで会わないか？　浜辺に行くとかさ」

次にどう来るかも予想がついて、パールは気が重くなった。マーティはわかりやすい目的のために、ひとり乗りの古いカヌーをふたり乗りのカヤックと交換してからというもの、一緒に乗ってくれる相手を見つけようと必死なのだ。

「いい気晴らしになるんじゃないかな」マーティが言った。

「車でチャーリーに会いにいく予定だから」

マーティは、素早く頭の中で計算を済ませた。「なんなら向こうでもいいよ。あのあたりに、新しいイタリアンレストランができたんだ」

パールはひとつ首を横に振ることで、マーティの夢を打ち砕いた。「ほんとうに都合が悪いの」

マーティも、いまやおなじみになった表情の意味を理解した——希望はひとつも残っていないのだと。そこでゆっくりうなずくと、野球帽をかぶり直してから、もう一度だけ試してみた。「来週、ホテル・コンチネンタルで業者向けの会合があるんだ。もしきみが行けるようなら、飲み物ぐらいごちそうさせてもらえないかな」

かすかな希望の光がマーティの顔を照らしていて、それまで消してしまうのは、パールとしてもさすがに忍びなかった。

「行けたらね」パールは言った。

マーティは満足したように微笑みながら、扉のほうを振り返った。ようやく出て行くと、野球帽が上下するのを厨房の扉の上部についた窓から見送りながら、パールはため息をついた。

マーティはパールより少し年下だ。優しくて正直で、朝は早く起き、夜は遅くまで働いている。結果、〈スミスばあちゃんの店〉という、父親がやっていたささやかな八百屋を、独力で〈コルヌコピア〉という名の有機青果を扱う高級な店にまで成長させた。タンカートンには大きな家と、ハイ・ストリートを疾走するたびに人々を振り返らせずにはおかないスポーツタイプのオープンカーまで持っている。一般的な感覚から言えば、結婚相手にはもってこいの独身男性なのだが、キューピッドは巧みに彼を避けているようだった。

もう数年前になるけれど、パールも軽いデートに付き合ったことがある。どうしてマーティ・スミスに恋人ができないのか、自分で確かめてみたいという好奇心も大きかった。マーティは女性と付き合いはするものの、すぐに別れてしまい、なぜだか真剣な関係にまでは至らない。その意味でもマーティにはどこか近しいものを感じていたから、ひょっとするとルッコラが好きという点以外にも、自分と共通するものがあるかもしれないという気もしていた。

その蒸し暑い夜、シースプレー・コテージの戸口に立ったマーティは、Tシャツにジーパンというつもの恰好から一転、シャレたスーツにパリッとした白シャツを合わせ、とても魅力的でハンサムに見えた。素敵な夜になりそうな予感がした。居間に通されたマーティが、アフターシェーブローションの匂いをプンプンさせていることに気がつくまでは。一杯ずつ飲み物を楽しんでから、屋根を開けたマーティのオープンカーを三十分ほど走らせ、海岸沿いの町ブロードステアーズに向かった。アフターシェーブローションの匂いは、ウエイターがテーブルに案内してくれるときも、まだパールの喉の奥に残っていた。予約されていたのは海に臨む素敵なレストランで、それ自体はいい段取りだったのだけれど、いかんせんマーティはがんばり過ぎていた。パールのために扉を開け、パールがトイレから戻ってくるたびに、ビックリ箱から飛び出す人形のように立ち上がって椅子を引こうとする。飲み物もただのワインではなくシャンパンを選んだ。ただしこれだけは、マーティの緊張をほぐす役に立ったようだけれど。

パールの温かな態度に力を得て、マーティもようやくリラックスしたのか、ハイ・ストリートにオーガニックのジュースバーを開きたいという夢を活き活きと語りはじめた。自分は女性と話をするのが少し苦手なのだけれど、やはり情熱を持って自分の商売を成功させているパールに対しては尊敬の念と親近感をずっと持っていたのだと。マーティが話せば話すほど、どうして彼に恋人ができないのかが痛々しいほどはっきりしてきた。彼の語る将来には人が存在しない。ただひたすら、プラムが柿になり、スイスチャードがスプラウトになり、そのストックだけがどんどん増えていくかのようだった。その夜、蠟燭に照らされたテーブルで食事を共にしながら、パールは確信した。マーティが自分の心に火をつけることは決してないだろうと。

マーティのほうでも気づいていたかもしれないが、それでもまだ、いつの日か、パールの心が変わるかもしれないという一縷(いちる)の希望にしがみついていた。

パールは困ったような顔でサービスのルッコラを見下ろすと、葉を何枚かちぎり、かじった。口の中に、しっかりした心地よい芳香が広がった。かすかなナッツの香りが、マーティその人を思わせる。ふと見ると、ドリーが厨房の扉のそばに立っていた。口をすぼめて、声を極力落としながらも強い口調で言った。「〝文句屋〟が来てる」

ドリーがホールに戻ると、パールも慌ててそのあとを追った。と、ルビーが何人かの客を席に案内しているところだった。昨日ストラウドと会ったあと、予約台帳に〝ハーコート〟の名前があることには気づいていた。電話番号がメリー・ワイヴズ・リーズの村の市外局番ではじまっていることからも、それが高名な夫婦、ロバート・ハーコートとその妻のフィービーであることに間違いはなかった。ドリーが〝文句屋〟というあだ名で呼んでいるのは、このフィービーだ。

ハーコートは有名な建築家だ。ロンドンでもトップクラスの開発計画に参加していくつか設計をしているし、夫婦が〝家〟と呼んでいる、納屋を改装した建物によっても注目を集めていた。とにかく横にだだっ広い建物で、数キロ離れた場所からでも見えるのが特徴だ。周りの景色との統一感などはまったくない。なにしろ数百メートル下った場所には細い田舎道があり、オークに囲まれた緑地が広がっていて、ここには春になれば五月柱(メイポール)が立てられるし、夏になれば村人たちがクリケットを楽しむ場所でもあるのだ。メリー・ワイヴズ・リーズのような伝統がすべてともいえる小さな村社会に、ハーコート夫妻はたったの二年ほどでするりと入り込み、ほとんど歴史的とも言える名声を確立することに成功していた。中年の夫妻はどちらもロンドンの有産階級の出だが、いまや非公式ながら村の領主のような立場にあることになんの皮肉も覚えていないようだ。こういったケースは、ウィスタブルに移ってきた裕福な人々にはときどき見られる。彼らは都会育ちのルーツを捨てて、高級住宅に改装した屋敷を自慢げに所有し、田舎に同化したことを示すため、彼らの新しい〝沿岸警備コテージ〟の窓辺に、洗練されたスタイルのヨットなど、なんらかの海用の乗り物を見せびらかすことを常にしている。だがハーコート夫妻についていえば、海に対してはあまり関心がないようで、乾燥させたホップのあるキッチンや、新しいのに何世紀も前からそこにあるようにしか見えない、壁で囲んだハーブガーデンといった、いかにも田舎らしい小道具をしつらえることで満足していた。

ウィスタブルは海沿いの町ではあるけれど、南側には桜の園や果樹園のある田園地帯が広がっており、ストゥール川に沿って舟遊びを楽しむこともできる。そのあたりの洗練された村に暮らす人々は、小さな漁業の町など、遊びにいくならともかく住む場所ではないと見下しがちだ。ところがウィスタブルはウィスタブルで、ほとんどは自分たちよりも大きな近くのリゾート地であるブロードステアーズ、マーゲイト、ラムズゲイトよりも格上だと威張っている。これらの町はいずれも半島に位置し、かつては海峡によって本土から完全に切り離されていたのだ。いまでもこの地に住む人々は、ウィスタブルを〝島外〟と呼ぶし、ウィスタブルの人々は軽蔑を込めて、東部の地域を〝サネット惑星〟と呼んだりする。

今日のハーコート夫妻はツアーガイドのような気分でいるらしく、新しいゲストにフェスティバルを見せようと田舎の安息所から出てきたのだった。とはいえ、全員がテーブルの場所に納得がいっているわけではないらしい。

「こんなに窓のそばじゃなくてもいいんじゃない？」フィービーが、ナイフのように鋭い声で文句を言った。

「きみにとってはどこだって関係ないさ」夫のほうがこたえた。「ぼくはただ、レオとサラには、パレードが見えたほうがいいだろうと思ってね」

「もちろん」サラがにっこりした。背が高く、全身を優雅にトープ色の服でまとめている。シンプルなリネンのパンツスーツで、彫刻のほどこされたシルバーのイヤリングが、繊細（せんさい）なジオメトリックカット（骨格や毛量などを徹底的に意識したカット）にした驚くほど艶やかなショルダーレングスの金髪を引き立てていた。ほっそりした手首にはシルバーのブレスレットを、美しく日焼けした首元にはおそろいのネックレスをつけている。サラは四十代後半だが、生涯シックに美しくあり続けるタイプの女性に見えた——もちろん金の力を借りてということだが。

「きみはどうだい、アレックス？」ロバートが、両親に挟まれて居心地が悪そうに立っている、二十代前半の若者のほうに顔を向けた。

「どっちでもいいや」アレックスは、日焼けした額からひと筋の金髪を払った。背が高く、アイスブルーの瞳と筋骨のしっかりした体は母親譲りのようだ。アレックスに笑顔を向けられると、ルビーが顔を赤くした。そのかたわらでは、フェレットのような顔立ちのフィービー・ハーコートがメニューで顔をあおいでいた。

「ごめんなさいね。でも、ここはあまりにも暑くって」フィービーは不満そうに言った。「そうじゃない、レオ?」

彼女のそばに立っているのは、がっしりした体に、髪の白くなりかけた非常に貫禄のある男だ。袖をまくると、手首には重たげなダイバーズウォッチをはめていた。「ケープタウンでは気温が四十度まで上がるんでね」レオは言った。「だから暑さには慣れているよ」

フィービーは、縫い合わせたボタンホールのように唇を引き結んだ。

「もう少し屋外の空気が楽しめる店にすればよかったのに」フィービーが夫に挑戦的な視線を投げるかたわらで、ルビーは困ったようにパールをちらりと見た。

「何も問題はないでしょうか?」パールが助けに向かった。

「ないと思いますよ」ロバートがほのめかすように言ったが、フィービーは気づかぬふりをした。

「エアコンはないのよね?」フィービーが言った。

「残念ながら」パールはさらりと返した。「日陰の席のほうがよろしいのでは?」

「とんでもない」ロバートがぼやいた。フィービーが夫をにらんだ瞬間に、パールはテーブルの下から椅子を次々と引き出した。「通りの見られる席がいい方は?」

「ぜひとも」レオが、妻と息子に席を示しながら言った。

ロバート・ハーコートも、フィービーを横目に見ながら席についた。〝文句屋〟が納得していないことは明らかだったが、フィービーもあきらめたようにメニューをテーブルに置いた。

「まずはピノグリージョと、牡蠣を一ダースだ」ロバートが注文をした。

ルビーは注文を書き留めると、厨房へそそくさと引き上げようとした。

「おっとそれから、あのマデラ酒でマリネしたうまいニシンも頼むよ！」ロバートがルビーの背中に声をかけた。

パールもその場を離れ、カウンターに向かった。顔ぶれはDFLたちから、ほかの客に変わっており――驚いたことに、その中にはマグワイアがいた。カウンターのスツールに腰かけ、オイスター・フェスティバルのプログラムを所在なげにめくっている。白いTシャツにジーンズとトレイナーというラフな恰好ではあるが、おそらくは仕事で来ているのだろうとパールは思った。

「いまは尋問向きの時じゃないわよ」パールは厨房へと向かいながらマグワイアに声をかけた。

「牡蠣ならどうかな？　それならいいのかい？」

マグワイアはパールに笑顔を向けてから、プログラムをカウンターに置いた。パールはメニューを手に取ってマグワイアに渡しながら、身を乗り出すようにして、中に挟み込まれた紙を指差した。「フェスティバル用の特別メニューなの」パールは言った。「牡蠣のフリット、オイスター・ロックフェラー（殻付きの牡蠣の上にパセリやパン粉などを載せて焼く料理）、それから牡蠣のアジア風味――」

「アジア風味？」マグワイアに見つめられて、パールはリズムを崩された。

メニューの上に指をたゆたわせたまま、パールは視線をそらして説明を続けた。「ライスワインと酢と生姜（しょうが）が添えられているのよ。だけどとくに変わったものが好きじゃないんなら、定番のレモンとミニョネットソースももちろんあるわ」

マグワイアは黙ったまま、メニューよりもパールのほうを見続けていた。

「ミニョネットソースというのは昔からある食べ方で」パールは続けた。「みじん切りにしたエシャロットに白コショウとワインと――」パールは、マグワイアがほとんど聞いていないことに気づいて言葉を切った。まるで今後のために、顔の造作の細かいところまで覚えておかねばというように見られて、パールは咄嗟（とっさ）に最後の材料が思い出せなくなってしまった。

「それから?」マグワイアが促した。

「シェリービネガー」パールはふいに思い出しながら言った。

マグワイアは微笑んだ。ほんの十二時間前に見た彼女は、署の取調室の寒々しい照明の中で、あんなにも疲れ切って弱々しく見えたのに。いま、自分の店に立ち、窓からの日差しをたっぷりと浴びている彼女は、いかにも活力にあふれている。日焼けした、秀でた頬骨のあたりが赤くなりかけているのは――おそらく苛立ちのせいだろう。「で、どれにします?」パールがようやくそう言った。

マグワイアが、カウンターに積まれた灰色の牡蠣の山に目を移しながら言った。

「あれをひとつだけ試してみるというのはどうかな?」

時間を無駄にしているとは思ったものの、パールはオイスターナイフを手に取って、大きな牡蠣の殻（から）の蝶番（ちょうつがい）の部分に刃を入れた。マグワイアの視線を感じつつナイフをぐいっとひねると、殻をしっかりと閉じている貝柱を殻から外し、牡蠣の身の下にまで刃を滑らせた。そこへ四分の一にカットしたレモンを添えて、パールは皿を差し出した。マグワイアは冷めた目でちらりと牡蠣を見下ろした。

「なら、これがかの有名なウィスタブル・オイスターってわけだ?」

そこへルビーが、ハーコート夫妻のもとへ運ぼうと大皿を手に厨房から出てきた。パールはルビーが警部のそばを通り過ぎるのを待ってから彼の隣に腰を下ろし、身を寄せながら、ささやくような声で言った。「地元の在来種はRのつく月にしか出せないのよ」

ルビーが大皿を運んでいくとハーコートのいるテーブルでは軽い歓声が上がったが、マグワイアがそれをちらりと見ながら浮かべた表情をパールは見逃さなかった。

「わかってるわ」パールは言った。「フェスティバルが七月(July)だなんて皮肉よね」フェスティバルのプログラムを手に取りながら説明を加えようとしたときに、フィービー・ハーコートの声が店内に響き渡った。「ちょっと——これではレモンが足りないわ!」

ルビーは客のほうにこわばった笑みを向けてから、慌ててカウンターに引き返してきた。パールは、さらにふたつのレモンを四つ割りにしてルビーに渡しながら、声を落として言った。

「ごめんね、前もって警告しておくべきだった」

「平気よ」ルビーは小声でそう返しながら、またハーコート夫妻のテーブルに戻った。

マグワイアはパールの態度を注意深く見て取っていた。「厄介な客なのか?」

「まあ、あの夫婦はわたしたちを手こずらせるのが好きみたいね」

「あの窓際に座っている男」マグワイアが言った。「レオ・バートールドだな——カンタベリーでハイドを買い取ったばかりだ」

パールは顔をしかめた。「それって、あの古い〈ハイド・ホテル〉のこと?」

「新しいホテルだ」マグワイアが言った。「少なくとも新しくなる。改装が終わったあかつきにはな」

パールは心が沈むのを感じた。時代がかったアナグリプタ壁紙に古めかしい素敵な絵が飾られ、独創的なシャンデリアからは蜘蛛の巣が垂れているハイド・ホテルは、一流ホテルというよりも、二流映画のセットのような雰囲気を漂わせていた。バーに置かれた古い小型のグランドピアノを使って大晦日に演奏があり、チャーリーの友だちが出演するというので、ちょうど昨冬に訪れたばかりだった。酔っぱらったドリーが、グロリア・ゲイナーの〈恋のサバイバル〉のほか、アバのベタな古い曲を何曲か披露するという恥ずかしい場面もあったけれど、心に残る一夜だった。これであのグランドピアノも、間違いなくお役御免になるはずだ。ほかのすべての一切合切と一緒に捨てられ、よくあるブティックホテルに様変わりすることだろう。ウエストゲイトのあたりには、周りの古い建物とは不釣り合いな、エッチングガラスをふんだんに使ったその手のホテルがよく見られるのだ。パールは窓辺に座っている男を新たな目で眺めた。スタイリッシュな妻、ハンサムな息子とともに、ハーコート夫妻と乾杯をしている。

今度はマグワイアのほうが、パールの表情を読んで口を開いた。「このあたりへの投資に、かなりの興味があるという噂だ」

「カンタベリーにってこと?」

「おそらくはウィスタブルも含めてだな」

パールは、窓辺のテーブルの観察を続けた。若いアレックス・バートールドは皿の上で牡蠣をつつき回しているし、フィービーはピノグリージョのおかげで活気づいて、隣にいるサラに甲高い声で何かの話を披露している。ロバート・ハーコートはレオの注意を引きつけているが、おそらくは新しいホテルの設計をまかせてもらえるように話を持っていくつもりなのだろう。「ハイイロリスみたいに乗っ取るつもりなんだわ」パールはビリー・クラウチの言葉を思い出しながら言った。

マグワイアの視線を感じつつ、パールは彼の前にある皿のほうに視線を移した。「そこにあるのは、在来種とはまったく違う種類の牡蠣よ。真牡蠣や岩牡蠣がこのあたりに入ってきたのは結構最近なの。でも漁師が足りていないせいで、大きくなり過ぎてしまうこともある。いまだって、牡蠣棚の上で二キロを超えている牡蠣があるくらいなんだから」パールがにっこりした。「そんなやつを六つくらい平らげるっていうのはどうかしらね?」

だがマグワイアは、たったひとつの牡蠣にも手をつけていなかった。パールには、その理由も想像がついた。「ほかにも問題があることは誰でも知ってる」パールはしばらく言葉を切ってから先を続けた。「牡蠣の稚貝の六十パーセントは、ヘルペスにやられて死んでしまうの」マグワイアの表情を見て、パールは安心させるように言った。「心配しなくても大丈夫。あなたが牡蠣じゃないかぎりはね。ウィスタブルに必要なのは、在来種の種牡蠣の養殖に投資をすることなのよ」

「牡蠣の稚貝は幼生からはじまるの。育つのに適切な場所を見つけてから成長し、外敵から自分を守れるくらいに大きくなったものが種牡蠣よ」パールはマグワイアを見つめた。「ヴィニー・ロウがしようとしていたのが、まさにそれ」

「つまり外敵から牡蠣を守ることか？」

「在来種の種牡蠣を養殖すること」パールはひと呼吸の間を置いてから続けた。「でも借金を抱えていて。ヴィニーのパートナーのコニーとも、今朝、話をしたの。ヴィニーは大きな会社に負けまいとがんばっていたけれど――」

「借金を抱えていてはうまくいかないよな」

パールは、マグワイアが自分の考え方に興味を引かれていないのを見て、ストラウドのことを打ち明ける頃合いだと腹を決めた。

「昨日、うちの探偵事務所を訪ねてきた人がいたの」

マグワイアは皿の上の牡蠣をいじるのをやめた。「うちのなんだって？」

「最近、小さな探偵事務所をはじめたの」マグワイアの顔がほころぶのを見て、パールは言った。「何がおかしいのよ？」

マグワイアは肩をすくめた。「きみの専門はてっきり牡蠣だと思っていたから」

「わたしの専門は〝人〟なの。あなたと一緒」パールは苛立ちにため息を漏らした。「つまりわたしたちには共通点があるわけだから、これまでにわかったことを教えてくれてもいいんじゃないかしら？」

マグワイアはパールの言葉ではなく、その口調に驚いたようだった。それから今度は謎めいた笑みを浮かべ、その沈黙でパールの苛立ちを募らせた。「ねえ」パールは言った。「鑑識から、ヴィニーの死因は事故によるものだという報告があったか、でなければ――」

「でなければ？」

「牡蠣が好きなふりをしてぐずぐずしているよりも、きちんと必要な聞き取りをするべきなんじゃないの？」

パールはてっきり相応の言い訳が戻ってくるものと思っていたが、マグワイアのほうでは、パールの瞳が、午前中の海の色と同じであることに気づいただけだった。日差しのわずかな加減によって、淡い灰色から青へと微妙に色が変わるのだ。ようやくマグワイアは、頭の中にあったたったひとつの質問を声に出した。「こんな町でも、仕事は次々にあるのかい？」

パールは顔をしかめた。「どういう意味？」

「探偵事務所の仕事ってことさ」

パールはためらった。「言ったでしょ――まだはじめたばかりなの」

「なら、幸運を祈るよ」実際に運が必要なはずだった。なにしろウィスタブルは穏やかな土地だ。地元を騒がす新聞の見出しといったら、せいぜい『靴を紛失した子ども、靴屋の閉店にショックを受ける』『大司教が町の訪問を取りやめに』といったところだろう。

パールは言い返してやろうと口を開きかけたものの、表からドラムを連打する大きな音が響いてきてそれ以上の会話を断ち切った。客もスタッフも、ドリーの立っている店の入り口に目を向けた。ドリーが必死に手招きしているのを見て、パールはサッと立ち上がった。「すぐに戻るから」マグワイアにそう言い残すと、早速母親に合流した。客たちもそのあとに続いた。

ハーコートのテーブルでは、レオ・バートールドが唇に白いナプキンを当てた。「はじまるのかい？」

「ああ」ロバートはそう言うと、バートールド一家をレストランの外に促した。

表ではじめじめした暑い空気が舗道から立ち上り、シースカウトたちの鳴らすトライアングルやトランペットの音が、ぎこちなくもにぎにぎしいサンバの音に切り替わって、港からハイ・ストリートを練り歩くフェスティバルのパレードの到着を告げていた。老若男女を合わせた何百という地元の人間が、四メートルの高さがある紙のハリボテ人形の後ろについて行進している。

レオ・バートールドは、音楽にかき消されないように、声を張り上げてロバートにたずねた。

「あれはいったいなんなんだ？」

「巨人のキャプテン・サムさ」ロバートが言った。「確か、地元のアーティストたちが作ったものだと思う。この町と海のつながりを象徴しているから、ああして牡蠣殻のついた上着を着ているんだ」

魚網で包まれたサムが、くるりと向きを変えながら、店のほうへと近づいてきた。そのそばには〈ビッグヘッズ〉と呼ばれる二体の人形が付き添っている。そのうちの一体はドラー・ロウという通り沿いに住んでいたヴィクトリア朝のダイバーにちなんで〈ドラー・ダン〉と呼ばれている。もう一体はさまざまな伝説にもとづいた〈ボビン〉というタツノオトシゴだ。そのあとには、サンバの楽団がくねりながらついていく。パールは、そのメンバーのほとんどを知っていた。地元のミュージシャンたちで、たいていはパブやクラブで演奏をしているのだ。そこに興奮したDFLたちが合流し、執拗なスチールドラムのリズムに合わせて、マラカスを振ったりカーニバル用の笛を吹いたりしている。最後部を飾るのは、地元のサーカス学校に通う学生たちだ。曲芸師がいるかと思えば、仮装をした道化師が竹馬に乗っていたり。それから馬の代わりに、大型犬のニューファンドランドが連れ立って引いている風変わりな小ぶりの荷車があって、その上には牡蠣籠が積まれていた。犬たちが、暑さのあまり泡のようなよだれを垂らしながらパールの足元でピタリと足を止めた。

「これも伝統だよ」ロバートがバートールド一家に説明を続けた。「もちろん何もかも象徴なのさ。漁でとれたものは水揚げされたあと、あちこちのレストランやカフェに向かうだろ。この店がそのリストに載っていることは間違いないからな」

ヴィクトリア朝の服装をした六十代のずんぐりした女性が、せかせかとパールのほうに向かってきた。『デイヴィッド・コパフィールド』の中から飛び出してきたように見えるこの女性は、ビリー・クラウチの妻、セイディだ。パールが差し出された籠を受け取ると、セイディは募る苛立ちを抑えきれないような顔で身を寄せてきた。

「誰がボンネットをかぶることに決めたんだか知らないけど、そいつを殺してやりたいよ」セイディはそのかぶり物を額から押し上げながら小声で毒づくと、周りを取り囲んでいる興奮した人々の顔に目をやった。「ほんとうならさ、今日はこんなことしてちゃいけないんだ。祝うどころか、嘆くべきだってのに」

「わかってる」パールは言った。「だけど、どうしようもないでしょ?」

セイディは負けを認めるように肩をすくめながら、「ないね」と同意した。「だからカメラに向けて、にっこりしなくちゃならないわけだ。いつものようにね」パレードは続いていたので、セイディはスカートを持ち上げるると、するするとニューファンドランドのほうに戻った。と、そのうちの一頭が、なんと荷台に向けておしっこをはじめた。

これはまずいなと思った瞬間、サラ・バートールドが携帯を構え、写真に収めていた。撮れた写真を確認すると、息子のほうを向いて「なんて変わっていて面白いのかしら」と、真面目な顔で言った。「まるで小さなリオのカーニバルみたい。この土地に飽きることがあるなんて、ちょっと想像できないわよね?」

店内へと戻るサラに、息子のアレックスは笑顔を向けたけれど、パールには必死に努力しているようにしか見えなかった。全体として、アレックスにはどこか疲れたような、何か問題を抱えているような雰囲気がある。ルビーがそばを通りかかると、アレックスは人混みに押された風を装って、彼女のほうに近づいた。ふたりの視線がからんだけれど、パールが自分を見ているることに気づくと、ルビーはサッとアレックスから離れて言った。「それ、あたしが持ってくよ、パール」ルビーは籠を受け取ると、厨房へと引き上げた。

それから、レオ・バートールドが息子を呼んだ。「アレックス?」アレックスが振り返ると、レオが、テーブルにひとつだけ空いている席を示していた。アレックスがおとなしく席につくなか、パールはまっすぐカウンターに戻った。マグワイアがいるだろうと思ったら、空いたスツールの前に、手をつけていない牡蠣が残されていた。どうやら逃げられてしまったらしい。

数時間後に閉店を迎え、ルビーがゴミを袋にまとめて裏口から表に出したところへ、「今日はよくやってくれたわね」と、パールが声をかけた。

「楽しかった」ルビーがにっこりした。「一日中時計とにらめっこしてるより、忙しいほうがいいんだ。お菓子屋さんでの土曜日の仕事とか最悪だったし。ほんと、死にたくなっちゃったくらい」

「そんなこと言っちゃだめ」パールが言った。「わざわざ願わなくたって人生は短いんだから」

ルビーは汚れた手に目を落とすと、手を洗おうとシンクに向かった。ルビーはあまりにも痩せている。常に働きづめで、考える時間を避けているかのようだ。それも不思議ではない。理由の見当もついた。ルビーは七歳のときにロンドンを離れ、祖母と一緒に、ウィスタブルにはひとつしかない高層住宅の部屋に住みはじめた。〈ウィンザー・ハウス〉と呼ばれる建物で、片側からはクリケット場が、反対側からは〈労働者クラブ〉のビアガーデンが見下ろせる。ルビーがこの新しい住まいに移ってきたのは、若い母親がドラッグの過剰摂取で命を落としたためだ。自殺であるとの噂もあった。祖母のメアリー・ヒルは、ひとりきりの孫をなんとか育て上げようと努力し、ルビーをチャーリーと同じ小学校に入れた。ルビーも新しい環境に慣れてくると、ほかの生活など知らないかのように、町の生活になじみはじめた。だがもちろん、ルビーにはウィスタブルに来る前の生活があったのであり、パールの見るかぎり、いまだにそのころの記憶がルビーにつきまとっていた。

手元に仕事がないときのルビーは、ぼんやりとしがちで、どこか別の世界にでもいるかのようだ。彼女の意思に反して、心がどこかを漂っているかのように。いっぽう祖母のメアリーは次第に物忘れが激しくなり、とうとうアルツハイマー型認知症だと診断された。そこでカンタベリーの介護施設に入所し、それからまだひと月とはたっていないものの、すでにソーシャルサービスから、ルビーはこれからどうやって生活していくのかという問い合わせが入っていた。結局、ルビーはまだ十代ではあるが、祖母の部屋でひとり暮らしをしてもいいという判断が下された。夏に学校を卒業して以来、ルビーはウィスタブル・パールで一生懸命働いている。この店での仕事は収入を得るためだけでなく、彼女の独立を維持するための手段でもあるのだ。

パールが小さな茶封筒を渡すと、ルビーはクリスマスプレゼントをもらった子どものように破って開けた。中には小銭と、五ポンド札が数枚入っていた。

「これ全部、あたしへのチップなの？」ルビーは信じられないという顔だ。

パールはうなずいた。ロバート・ハーコートのチップは、ウエイトレスへの感謝の気持ちというよりは、同伴した客に対する見栄だろうとは思ったけれど、それはあえて口にせず、ルビーが誇らしげな顔で封筒をポケットにしまうのを見守った。

「彼、ハンサムよね？」パールはカマをかけてみた。

ルビーが顔を上げた。

「あの男の子。アレックスよ」パールは言った。「ハーコートさんのテーブルについてたでしょ。あなたに笑いかけていたみたいだったけど」

ルビーは、パールの瞳にいたずらっぽい光を見て取った。「そんなことないよ。あたしとは別世界って感じの人種だし」ルビーはドアに向かいかけてから、足を止めてこう言った。「ところで、チャーリーは大学でどんな感じ？」

「元気にやってるわ」

ルビーはうなずいた。「よかった。今度会ったら、あたしからよろしくって伝えてね」

「もちろんよ、ルビー」パールは優しくこたえた。

店に鍵をかけると、パールは車に乗り、古い木立に挟まれたワット・タイラー・ウェイをカンタベリーに向かった。この裏道を使えばフェスティバル目当ての観光客による混雑を回避できるため、くつろいだ気分でひと時のドライブを楽しむことができた。夜になっても空気は生ぬるかったが、海から離れるにつれ湿度はそれほどでもなくなった。二十分もすると、パールは息子の住んでいる学生用アパートの玄関の呼び鈴を押していた。

インターホンからチャーリーの声が返ってきた。「母さん?」

パールは舗道にあとずさり、上階の窓を見上げた。玄関のノブをそっと開けると、チャーリーの部屋がある二階まで階段を上がった。チャーリーも入学してから二学期のあいだはキャンパス内の寄宿舎にいたのだが、手ごろな家賃でちょうどいい物件を見つけてきて母親を驚かせた。ところがいざ引っ越しというときになって、一緒に住む予定だったルームメイトが大学を中退してしまったのだ。保証金と最初の月の賃料についてはパールが支払ったものの、このままルームメイトが見つからないとなると、部屋をどうするかチャーリーと話をするしかないだろうと思っていた。

建物の築年数は十年を出ないし、状態もいい。階段には清潔な絨毯(じゅうたん)が敷かれ、壁も塗り替えられたばかりだ。とはいえ廊下にはリサイクルに向かう前のビールの空き瓶が置かれていたりと、学生生活の証拠を見せられることもあった。住人のほとんどは夏の休暇で留守にしている。残っているのはチャーリーだけだ。

チャーリーが開いた玄関のところに立っているのを見ると、パールは息子のためだけにとってある笑顔を浮かべた。チャーリーは、いつもよりしっかりと長めに母親を抱き締めた。守ろうとでもするかのような温かいハグだった。

「ほとんどは回避できたわ」パールは言った。「渋滞は大丈夫だった?」「帰りはそううまくいかなそうだけど」

チャーリーが母親を中へ促した。

パールはひと目見て、部屋がいつになく片付いていることに気がついた。チャーリーは決してだらしのないタイプではないけれど、たいてい何かしら〝汚らしいもの〟が目につく。ところが今日はそれが〝気持ちのいいもの〟に取って代わられていた。暖炉の周りにはぽってりした蠟燭が何本かガラスの受け皿に載っているし、サテンのカバーがかけられたソファには、ふっくらとしたクッションが並んでいる。コーヒーテーブルに置かれた大きなボウルには、いつもなら空き缶が入っているのに、いまはきれいな貝殻が飾られていた。

「そのままキッチンに入っちゃって」チャーリーが言った。「ワインを開けておいたから」

キッチンでは、パールが持ってきたキャリアバッグから中身を取り出すかたわらで、チャーリーがグラスにリオハのワインを注いだ。「今日はどうだった?」チャーリーが言った。

「大忙しよ」パールは言った。「だから、そんなに残り物がなくて」バッグからいくつかの品を取り出すと、ふたつの容器からアルミホイルのカバーを外した。ひとつはサツマイモと新鮮なサーモンを使ったコーラル色のキッシュ。もうひとつは小さなホワイトアンチョビで、オリーブオイルに浸かり、艶やかに輝いている。

「レモン」パールが思い出したように言った。「どうしていつも忘れちゃうのかしら?」

「大丈夫」チャーリーが仰々しく冷蔵庫のドアを開けて見せた。その中は、これまでとは打って変わってきれいになり片付いている――三角形のパルミジャーノ・レッジャーノと丸いモッツァレラは、それぞれプラスチックの容器におさまり、その隣では緑と黒のオリーブがニンニクとオイルでマリネされている。チャーリーがふっくらしたレモンをパールに差し出した。

「ティジーは、これがないと生きられないんだってさ」チャーリーが言った。

パールは頭の中で、チャーリーが新しいガールフレンドの名前を口にするまでに、きっちり三分かかったと計算した。「ところで」チャーリーが続けた。「ティジーがよろしくって。実を言うと、昨日の夜のことを話したら、母さんのことをすっごく心配していたんだ」

「優しいのね」パールは気晴らしでも探すように視線をめぐらせた。「これを別の部屋に運んでもいいかしら？」

パールが食べ物を載せたトレイを居間に運んでガラスのテーブルにセットすると、チャーリーもあとからついてきた。

「ほんとうに大丈夫なの？」チャーリーが言った。「ほら、あとからショックが来るとかさ」

チャーリーはパールにワインのグラスを渡し、自分もテーブルについた。

「大丈夫よ――ほんとうに」パールは言った。

「だけどおばあちゃんから、逮捕されたって聞いたよ」

「話を聞くために連れていかれただけよ」パールはチャーリーの見守るなかで、アンチョビにレモンをしぼった。「警察としては法医学的な証拠を集めなければならないわけだし、わたしの証言にしたって、適切な警告を与えたうえでのものでなければ、法廷で使うことはできないの」

チャーリーは考え込んだ。「だったらさ――そもそも、どうしてヴィニーの船に行ったりしたの？」チャーリーは手に取ったフォークの先を、皿の上の大きなキッシュに刺し入れた。「何か見たりしたとか？」

「何かって？」

「わからないよ」チャーリーは肩をすくめた。「だけどおばあちゃんの話だと、母さんがヴィニーを見つけたときには、もう死んでいたわけでしょ。となると、母さんが見つけたのはたまたま？　それとも何かおかしなことになっているのを知っていたの？」

パールはふと、時計の針が遅々として進まない息苦しい取調室で、マグワイアに尋問されたときのことを思い出した。暖かかったにもかかわらず、思わず身震いが出た。「その話はやめにしてもいいかしら、チャーリー？」

「もちろんだよ。ごめん、母さん」

パールはチャーリーが食べる姿を見守った。いつもながら、息子が自分の作った料理を平らげていくところは見ていて気持ちがよかった。「このキッシュ、おいしいね」チャーリーが頬張りながら言った。

「いつものことでしょ」パールはにっこりしながら、自分の料理が話の流れをうまく変えてくれたことを嬉しく思った。

「ティジーの作るリゾットがめちゃくちゃうまいって話はもうしたっけか？」

パールは笑みがこわばるのを感じた。「いま聞いたわ」

「母さんにレシピを教えるように言っておくよ」

パールが顔を上げた瞬間、チャーリーは自分のミスに気がついた。「ごめん。そんなつもりじゃなかったんだ。母さんのリゾットだってめちゃくちゃおいしいし」

「それにわたしは決していいレシピを使わない」

「そうそう。母さんがどんなふうに料理をするかはティジーにも話したんだ――グラスに一杯のワインと――」

「ときには二杯」

「これを少しと――」

「あれを少し――」

「するといつの間にやら」チャーリーは指を鳴らしてから、テーブルの上の料理を示して見せた。「まるで魔法のようにできている」

パールはワインをひと口飲みながら、ふと好奇心に駆られた。「それで、それを聞いたときティジーはなんて?」

「ティジーはイタリア人だからね。笑ってたよ」

「笑った?」

「じつにイギリス人的だってさ。まさに――行き当たりばったりだって」

パールは顔をしかめた。「行き当たりばったりですって?」

「そうじゃないか。母さんの料理はいつだってぶっつけ本番なんだから」

「即興と言ってほしいわね」

「同じことだよ」

「でも絶対に失敗しない」パールは言った。

「あんまりしないのは確かだな」

パールはからかわれているのを感じ、自分でもそれにこたえながら、気持ちがなごむのを覚えた。グラスを置いて椅子の背にもたれると、そろそろ胸の中にあるものを表に出す頃合いだと思った。チャーリーが最後のアンチョビを平らげるのを待ってから、パールは思い切って口にしようと決めた。「近々、帰ってこられそうなの？」

チャーリーはもうひとつオリーブをつまんだ。「店を手伝いにってこと？」

「泊まりによ」

ここでチャーリーが顔を上げた。

「つまり、しばらくのあいだきちんと帰ってきてほしいってこと。忙しいのはわかってる。だけどいまは大学だってお休みなんだし――」パールは、息子の申し訳なさそうな顔に気づいて言葉を切った。じつのところ、チャーリーが最後にウィスタブルに戻ってから、もう何週間もたっていた。パールが帰ってくるように言うたびに、なんだかんだもっともな理由をつけ、たいていは学業の忙しさを言い訳にしてごまかすのだ。けれどしばらく前までは違った。学期が終わったとたんに帰ってきて、ウィスタブルの〝仲間たち〟の近況を知ることに熱心だった。だがいまは、時とささやかな距離により、チャーリーと地元の旧友たちのあいだには溝ができてしまったようだ。パールにしてみれば、自分と息子のあいだもそうなるのではと、心配でならなかった。

チャーリーはナプキンで手をぬぐうと、難しい説明をどう口にすればいいのかというようにためらった。「ねえ、母さん、ぼくは――」

パールは、息子が自分の聞きたくない言葉を口にする前にやめさせたくなった。けれどそこで電話が鳴って、会話は中断された。チャーリーは立ち上がり、携帯電話を取った。パールはあらためて、なんて大きくなったんだろうと思った。少し離れたところに立っているその顔は、チャーリーが一度も会ったことのない父親の顔にどんどん似てきている。パールも、おそらくはドリーの言う通りなのだろうとおとなしく認めた。自分は大昔に失ったひと夏の恋を、息子の存在によって埋めてきたのだ。

「チャオ」チャーリーは電話の向こうにじっくり耳を傾けてから、さりげない口調で言った。「いや、いま、母さんと一緒なんだ」チャーリーはちらりと振り返ってウインクをしてみせたけれど、パールのほうは、電話の相手に対する息子の親しげな口調に、自分が邪魔者になったような居心地の悪さを覚えていた。皿を押しのけると、洗面所に向かった。だがドアを閉めても、まだチャーリーの声が聞こえてくる。「いや、大丈夫そうだよ」と、電話の相手に語りかけている。「母さんはタフだからね。おばあちゃんもついてるし」

パールは洗面台に近づいた。水を流すと声が聞こえなくなったので、そのまましばらく出し続け、水が洗面台の中で渦を巻くのをしばらく見つめていた。顔を上げると、イタリアの香水の可愛らしい瓶がいくつか、光の反射するガラスの棚に並んでいた。これまでなら歯磨き粉のあとが飛び散り、コーヒーのマグのあとが残っていたはずなのに、いまはまるでディスプレイのように、真新しいピンクの電動歯ブラシが、チャーリーの歯ブラシの隣に並んでいる。なるほど、チャーリーが休みに入っても帰ってこないわけがこれでわかった――新しいルームメイトを探す必要がなくなった理由も。

パールは、鏡に映り込んでいる自分の顔を見つめた。なんて陰気な顔――まるで負け犬みたい――それでも居間に戻るときには、努力してできるだけ陽気な顔を作った。

パールが戻るのと同時に、チャーリーは携帯をポケットにしまった。

「ティジーなの？」パールは明るく言った。

チャーリーはうなずいた。「母さんのことを心配してるってさ」

パールはこわばった笑みを浮かべて、「ありがとう」と言うと、テーブルに向かい、手持ち無沙汰をごまかそうと皿を片付けはじめた。

だがキッチンに向かう前に、チャーリーが言った。「コーヒーをいれるわね」「ぼくならいいや。ありがとう、母さん」

パールが振り返ると、チャーリーがどこか申し訳なさそうに言った。「ティジーを迎えにいかなくちゃならないんだ」チャーリーが近づいてきて、パールの手からトレイを取った。「片付けなら大丈夫だから。ぼくが帰ってきてからやるよ」

チャーリーがキッチンに入ってトレイを置くと、パールもそのあとをついていきながら声をかけた。「何か問題でもあったの？」

「全然」チャーリーは言った。「ティジーを、できるだけ早くリハーサルに行かせてあげたいだけさ。彼女が歌を歌うことは話したっけ？」

パールが返事をする前に、チャーリーは勢いづいたように続けた。「すごい舞台が決まっているんだよ。じつを言うと、オイスター・フェスティバルの最終日に、デッドマンズ・コーナーで歌うんだ」チャーリーは母親の反応を待っていたけれど、パールのほうではいくらかぼんやりしてしまい、今年のフェスティバルのクライマックスを飾るイベントが、港にできた新しいステージで予定されていることをすっかり忘れていた。

「母さんも来るでしょ?」チャーリーは、母親の沈黙に不安を覚えながら言った。「おばあちゃんも連れてきてよ」チャーリーがいかにも期待しているような笑顔を浮かべてみせると、パールはそれに抵抗できない自分を感じた。

「もちろんよ」パールは言った。

すっかり満足したチャーリーは、パールのバッグを持ち上げると、母親に持たせた。「来てくれてありがとう、母さん」柔らかな唇がほんの一瞬、軽やかにパールの頬をかすめたかと思うと、チャーリーは体を離しながら言った。「ティジーの歌を聴いたらびっくりするよ。ほんとうに素晴らしいんだ」

「でしょうね」パールはつぶやいた。

通りに出て、車に近づきながら、パールは振り返ってチャーリーの部屋の窓を見上げた。いつものように、手を振ってくれているだろうと――けれど、チャーリーはそこにいなかった。車に乗り、エンジンをスタートさせようとしたとき、バックミラーに建物から出てくるチャーリーの姿が映った。その瞬間パールは、息子がこちらに来るのだろうかと思った。だがチャーリーは反対のほうに向かった。ピアジオの古いスクーターがとめてある、通りのほうへと。一台の車がやってきて、パールの視界を遮った。その車が走り去ったあとも、チャーリーはそこにいて、スクーターにまたがると、ヘルメットをかぶった。それからエンジンがかかり、スクーターはうっとうしい虫のような騒々しい音を立てながら遠ざかっていった——チャーリーを連れて。

　パールも自分の車のエンジンをかけると、ガソリンが減っていることに気づき、リザーブタンクで走るしかないことにうろたえた。これで今日の腹立ちリストに、もうひとつ項目が増えたわけだ。そこでエンジンを切ると、キーを外し、携帯をポケットから取り出して、グローヴボックスに手を伸ばした。手の中の名刺を見つめてから、ようやくその番号に電話をかけた。電話がつながると、シンプルにこうたずねた。

「マグワイア警部につないでいただけますか?」

6

「どうして昨日の夜には黙っていたんだ？」マグワイアは明らかに苛立っていたけれど、パールは落ち着いた顔で、メーターを見つめたままガソリンを入れ続けた。

「言ったじゃない」パールはきっぱりと言った。「昨日は頭がうまく働かなかったのよ」

「いまはどうなんだ？」マグワイアが言った。「ほかにも隠していることがあるんじゃないのか？」

パールは支払機にクレジットカードを入れた。「うちの店からあんなふうに消えたりしなければ、わたしだってもっと早く話していたわ」

電話でマグワイアを呼び出したパールは、支払いのキーパッド画面に暗証番号を打ち込むあいだ、警部をそばで待たせておいた。レシートを取り、車のドアを開けて運転席に座るなり、マグワイアが助手席に乗り込んできた。この女を逮捕し直して取調べのため署に連れ戻そうか。マグワイアは半ばまでそんな気持ちになりかけていた。なにしろ彼には、彼女を二十四時間拘束する法的な権利がある。仮に新しい情報は出てこなくても、この女に、事件の捜査はお遊びではないのだということくらいは教え込んでやれるだろう。だがそれよりも、彼女がようやく打ち明ける気になったらしい手がかりを追いかけたほうが、よほど得るものがありそうだった。

マグワイアは広げた手のひらを差し出した。「ストラウドについて、細かく教えてくれ」

パールはこの要求についてしばらく考え込み、ポケットから携帯を取り出した。ストラウドの電話番号を画面に出してマグワイアに渡すと、警部がそそくさとメモを取るのを見守った。

「今朝も連絡を取ろうとしたばかりなの」パールは言った。「でも、ずーっと留守電になっているみたい。ひょっとすると、もう来たところに戻ったのかもしれないわ」

「で、どこから来たんだ？」マグワイアは相変わらず電話を手にメモを取っている。

「わたしの勘だと、バレアレス諸島」これを聞いてマグワイアが顔を上げると、パールは肩をすくめてみせた。「どこをどう見ても外国に移住した人って感じだったのよ。とくにあの帽子」

「なんだって？」

パールは、マグワイアが顔をしかめるのを見ながら言った。「折り畳みタイプのパナマ帽だった」パールが説明した。「外国製よ。ラベルを見たの。メーカーは〈サストレ〉――」

パールは、メモを取っているマグワイアの手を押さえた。「違った。サストレは、スペイン語で〝仕立屋〟の意味だもの。その隣にあった名前は〈ポールテルズ〉。それならカタルーニャ語なはずよ」自分が警部の手を押さえたままなことに気がついてパールが手を引くと、マグワイアはメモを続けた。

「それに大聖堂があった」パールが言った。

「カンタベリーの？」

「いいえ――パルマよ。ラベルに大聖堂の絵がついていたの。ほんと特徴的だから」

「帽子がか?」

「大聖堂が。あそこに行ったことが一度でもあれば、絶対に忘れっこなし」マグワイアはもしかすると自分はからかわれているのだろうかといぶかりながら、ゆっくりと顔を上げた。

「マヨルカ島よ」パールはようやく説明するように言った。「昔は、毎年の休暇に訪れていたの。うちの母が、フラメンコに夢中になったのもあそこでだったし」パールはなんらかの反応を待ったが、マグワイアは黙ったままだった。「もちろんわたしが間違っている可能性はあるけれど、考えれば考えるほど、あのストラウドって男は海外移住者だと思えてくるの。どういうタイプかは知ってるでしょ——いかにも暑さには辟易、日差しにはうんざりって様子だったわ」

マグワイアが沈黙を続けているので、パールはイライラしはじめた。「ところでさっきはいったいどうしたのよ?」パールは言った。「店にいると思ったのに、気がついたらどこかに消えているんだもの」

「鑑識から電話が入ったんだ」

「それで?」

マグワイアは車を降りた。

「ちょっと待ってよ」パールは言った。「ヴィニーの遺体を発見したのはわたしなのよ。知る権利があるはずでしょ?」

マグワイアはゆっくり振り返ると、助手席のドアに片腕でもたれ、パールを見据えた。「捜査の邪魔をするな」

「あら、じゃあ、少なくとも捜査をしてはいるわけね?」

マグワイアはその言葉を無視した。

「ねえ、ストラウドに関して知っていることは全部話したのよ」パールは言った。「もしも鑑識が何かを見つけたんだったら——」

「もちろん連中はいろいろ見つけたさ」マグワイアがピシャリと言った。「指紋とDNAをたっぷりとな」

相手の責めるような目つきに、パールもはっと気がついた。「わたしのってこと?」マグワイアの顔にはそうだと書いてあった。

「わかったわ」パールは言った。「なんたって錨を引き上げて死体を動かしたんだものね。でも、あの段階ではヴィニーが死んでいるなんて知らなかったのよ」

「きみは船を岸に寄せて、事故現場を乱したんだ」

「あのときは思いつかなかったのよ!」

「それだけは確かだな」マグワイアは、話はこれでおしまいだ、という調子でそう言い放つと去りかけたが、一歩とは進まないうちに、パールがもう一度口を開いた。

「ストラウドのことだけど——」

マグワイアが足を止め、振り向いた。

「マンストン空港からのフライトをチェックしてみたらどうかしら。マーゲイトの道路の先にある小さな空港なんだけど」

「マンストン空港の場所くらいわかってる！」マグワイアが爆発した。こめかみには、細く青い血管が浮き上がっている。

「でもあの空港が、最近、航空券の安いパッケージを出しはじめたことについてはどう？　場所はマデイラ諸島、ポルトガル、フランス、それから――」パールは、警部のこめかみの細い血管がさらに激しく脈打っているのを見つめながら言葉を切った。「――バレアレス諸島」パールは微笑んだ。「幸運を祈るわ、警部」

パールがエンジンのキーを回し、ガソリンスタンドから交差点まで向かうのを、マグワイアは見つめていた。運転席の窓を閉める前に、パールはちらりと警部を振り返ると、そのまま渋滞している車の列に吸い込まれていった。マグワイアはそこで、自分が歯を食いしばっていたことに気づいた。顎から力を抜き、とめてあった自分の車のところまで向かおうとしたとき、何かを踏んだのを感じて視線を落とした。目の前に立っている街灯に、犬の糞を放置した場合には罰金五十ポンドを警告する標識が出ているにもかかわらず、誰かがそれを無視したらしい。

パールのほうは一時間とたたないうちにボースタル・ヒルの環状交差点に差しかかり、フェスティバルの渋滞を避けようと、タンカートンを抜けるルートを選んだ。古い写真や葉書には、タンカートンを、隣町のウィスタブルよりも少し高級な住宅地として印象づけているものが多いけれど、このふたつの地区は長年のあいだに同化しており、タンカートンらしい名所としては、〝城〟と呼ばれる建物がある程度だ。このキャッスルは実際には古い邸宅であり、もともとは十八世紀の終わりに、ロンドンの金持ちにより夏用の別荘として建てられたものである。それを数百年後に、一万ポンドで地元の議会が買い取ったのだ。敷地にはボウリング用の芝なども設けられ、建物のほうは私的なパーティのほか、たとえば五月祭のような市民向けのイベントや、議員の会議などにも用いられている。

ウィスタブルを特徴づけるものが活気ある港だとすれば、タンカートンの特徴は〈タンカートン・スロープス〉にある。草に覆われた土手が、海岸線を走るマリン・パレードから、ウィスタブルのプロムナードや海までまっすぐに続いているのだ。

その日もまた美しい宵だったので、パールは車をとめると、長く延びる海岸線を見下ろしながら、タンカートン・スロープスの上をそぞろ歩きした。東側の突き当たりにはスケートボード用の公園がある。プロムナードで練習しがちなティーンエイジャーたちが、ここに集まるようにと作られたものだ。数年前まではチャーリーの姿もその中にあって、スピンやキックバックの練習に、暑い夏の日々を一日中そこで過ごしても飽きることがなかった。そして冬になれば、近くの家の前庭に出ている不動産会社の〝売出中〟の看板を失敬してきては、雪の積もった土手を滑り下りるのだ。パールはふと思った。いまやチャーリーの情熱はティジーという美しい女の子に向けられていて、かつてのチャーリーがいた土手には、野球帽をかぶり、ひょろりとした体にゆるゆるのジーンズをはいて年上の子のフリップを見つめている、新しい世代の少年たちがいるのだと。

　パールは立ち並ぶビーチ小屋を見下ろしながら、反対の方角へと進んだ。小屋のデッキやポーチは明るい色のペンキで塗られ、まっすぐ浜のほうを向いている。三列にきっちり区画されており、一定の間隔をおいて、プロムナードへと出られる道がついていた。幅二メートル半、奥行き三メートル程度の小さな小屋だけれど、最近では日帰りできる隠れ家としてロンドンっ子たちに人気が出ているため、この十年で価格は十倍にもなっているのだ。多くの小屋はきれいに修繕されているものの、ひどい状態のまま放置されているものもある。また〈怠惰なデイズ（レイジー・ディズ）〉〈ファンキー・マーメイド〉のように名前がついている小屋も多いが、いまはフェスティバルで町のほうに人が引きつけられていることを証明するかのようにまったく人気（ひとけ）がなかった。一週間もしてフェスティバルを追いかけていた持ち主たちが戻ってくれば、あたりにはまた、バーベキューで魚を焼く香りが漂い、ワインのコルクを抜く音が響くようになるだろう。

　パールはタンカートン・スロープスの西側のてっぺんに立っていた。そこには古い望遠鏡があり、二十ペンス硬貨を入れれば、海を見渡せるようになっている。だが今日は誰もいない。スロープスの上には、町を守るように堂々たる二基の大砲のレプリカが据えられているのだが、いつもなら大砲によじ登って遊んでいるたくさんの子どもたちの姿もいまはない。大砲のあいだには、背の高い、〝投壺灯（ピッチポット・ビーコン）（投壺は、鉄製の壺に矢を投げ入れる中国の古い余興）〟と呼ばれるのろし用の柱があり、てっぺんに鉄製の籠がついている。ウィスタブルの子どもたちは、何世紀にもわたり、何かの危険が迫ったときにはこういった海岸沿いに立つ柱に火が灯されて、町に警告を与えてきたのだと教えられて育つ。スペインの無敵艦隊のほか、ナポレオン戦争の際にも警報として使われたものだが、いまはただ、海からの暖かなそよ風が吹いているだけだ。パールはスロープスについた小道を、浜辺へと下りていった。

砂利浜の厳しい環境にも負けず、ツノゲシが根を張り、群生している。エリンギウムやハマハコベも一緒に根を下ろしている。カモメたちが背の高い草の中で何かのかけらを取り合うなか、年配の夫婦がボールをくわえたミニチュア・プードルを連れ、ストリートを見つめているパールの前を横切っていった。まるで帯（おび）のように海に突き出しているストリートが、どのようにしてできたのかは謎のままだ。もともとはローマ人が陸に作った道路が海に飲み込まれたものだという人もいれば、古代に作られた船用の桟橋だという人もいる。パールにははっきりわかっているのは、ヴィニーにとってのストリートが自由に漁のできる範囲を示すものであり、その必死の努力にもかかわらず、牡蠣（かき）の養殖がうまくいかなかったということだけだった。

マグワイアの言う通りだ。わたしは、鑑識が必要とする証拠を台無しにした。まさか船の下に広がる入り江の冷たい泥の中に、ヴィニーの死体が横たわっているなどとは夢にも思わないまま、空っぽな船を探し回ってしまったのだから。パールは自分を責めた。どうして気づけなかったんだろう？　警察できちんとした訓練を受けているというのに、携帯のカメラで現場を撮影することさえ思いつかなかったなんて。鑑識チームは現場に到着するなり、何もかも写真におさめたに決まっているし、マグワイアがその結果を教えてくれるとも思えない。鑑識の写真には、何か手がかりになるものが写っていたのかしら？　どんな小さなものであれ、真実を突きとめることにつながる重要な何かが。

パールは目を閉じて心を真っ白にすると、カメラのレンズになったつもりで、昨夜見たものに意識を集中させようとした。すると潮が引きはじめるなかで、ストリートの東側に浮かんでいるヴィニーの船の映像がゆっくりと蘇ってきた。わたしがヴィニーの船のところまで行くのにかかった時間は二十分。そのあいだ、海では何も見かけなかった――レッド・サンズ要塞の錆びかけた建物を除けばだけれど。パールの心の目には、夕闇の広がる中、自分の手が、乗ってきたボートをヴィニーの船の右舷側の索止めにつないで、縄をしっかりと8の字に結ぶのが見えた。船に乗り移るときに、ほかに見えたものはなかったかしら？　何か、思い出せることはない？

船尾のほうにちらりと目をやったときはヴィニーの姿だけを探していたけれど、あのとき、視界の中に入ってきたものがあったような気がする。無意識の中で見ていたから当時は意味のないものに思えた。でも、こうなってみると、もっと大事なことだったのかもしれない。なんだったんだろう？　せっかく記憶を早送りで再生しようとしているのに、いったい何がわたしの邪魔をしているの？

エンジンのうなる音が意識の中に入ってきて、ますます大きくなり、とうとうパールも、夢から覚めるかのように目を開いた。ちょうど昨夜のさまざまな出来事の中から、ひとつの映像が鮮明に蘇ったところだった。同時に携帯が鳴りはじめたので、ポケットから取り出すと、相手を確かめることもなく、頭に浮かんでいた言葉を口にしていた。「作業台よ」

マグワイアの困惑した声が、電話の向こうから聞こえてきた。「なんだって？」

「船尾にあるの」パールが続けた。「船に引き上げられた牡蠣は、その作業台で選別する。ヴィニーのとった牡蠣は、きちんと籠に収められていた。つまり、作業台を使ったあとだったということよ」

「だから？」

「牡蠣の選別をするときには、安全のために錨を下ろすの」

電話の向こうがしばらく静かになった。「何か事故が起きて、錨を下ろし直そうとしたんじゃないのか？」

「どうしてそんな必要があるの？　錨が動く可能性なんかまずないのよ。海は微風だったし、場所は浅瀬なんだから錨の長さだって充分だわ。いいえ」パールは言った。「ヴィニーは満潮時に船を出したあと、漁を済ませて錨を下ろし、牡蠣の選別をしてから潮が引く前に船を戻そうとしていたのよ」

マグワイアは考え込んだ。「だったら、何かがその邪魔をしたというわけか？」

「あるいは誰かがね」パールが言った。

「ストラウドだが」マグワイアが言った。「今朝のマヨルカ島行きの便に予約を入れていた」

「マンストン空港から？」

「そうだ」

「なら、わたしの当たりだったわけね」

「そうとも言えない」マグワイアが咳払いをした。「乗っていなかったんだ」

「なんですって?」新しい騒音が周りから響いてきて、電話の音が聞き取りにくかった。顔を上げると、それがジェットスキーのエンジン音であることがわかった。

「ストラウドは飛行機に乗らなかったんだ」マグワイアが繰り返した。

乗り手がジェットスキーを浜辺につけられた傾斜台に持ち上げるのに合わせて、騒音がピタリと静まった。黒いウエットスーツを着込んだアレックス・バートールドが、濡れた前髪をかき上げた。タンカートン・スロープスの下から、海に面した優美な建物のステップへと近づいていく。

「ストラウドと話をする必要がある」マグワイアが話し続けていた。「きみの事務所を出たあと何をしていたのか、正確なところを突きとめないと」

「でも、ストラウドが船まで出向いたと考えるのは合理的じゃないわね」パールは立ち上がると、アレックスを見つめた。ライラックの木材でできたベランダへと上がっていく。ストリートを見渡せる優美な家は〈ビーコン・ハウス〉と呼ばれていた。

「どうしてだ?」マグワイアが言った。

「だって彼は、自分がこのあたりに来ていることをヴィニーには知られたくなかったのよ。だからこそ、わたしを雇おうとしたんだから」

アレックスが家に入ると、パールはビーチ小屋のひとつの側面に身を隠して観察した。サラ・バートールドの姿が確認できた。庭にあるテーブルの上から、空のグラスを載せたトレイを持ち上げている。夫のレオのほうは、携帯で何かを話していた。

「きみはその依頼を断ったんだろ」マグワイアが続けた。「それでストラウドは、自分でやろうとしたんじゃないのか？」

パールはレオ・バートールドを見つめていたが、レオが電話を終え、妻のあとを追って家に入ってしまうと、もう見るものはなくなった。だが何か、アレックスのジェットスキーの小さなこだまを思わせるような執拗な音がどこかから聞こえていた。

「なんにしろ、やつを捕まえればすぐにわかることだ」マグワイアが、ふと、相手の沈黙に気がついた。「聞いてるのか？」

パールは聞いていなかった。執拗な音がするほうへと近づいていたのだ。一番奥の並びには、お洒落なお隣さんたちの中に、無残な姿をさらしている小屋がひとつあった。閉じた扉には、金属の輪に通された重たげな閂がかけられている。南京錠はついていない。携帯をポケットに入れると、ガタガタする木製のポーチへと上がってみた。物音が大きくなり、絶え間なくブンブンうなっているのがわかる。パールは金属製の閂をグッと引き、なんとか横へ滑らせた。ところが扉は木材が日差しに膨張しており、固く閉じたままだ。パールは力を入れて、扉を開けた。

とたん、羽を持った昆虫の群れが顔に押し寄せてきた。

てっきり何かの蜂だろうと、咄嗟に両腕を上げて身をかばったけれど、昆虫たちが落ち着いてくるとともに、じつはハエだとわかった。でっぷり肥えたアオバエが、小屋の表面を埋め尽くしている。悪臭もひどくて、吐き気を催すほどだ。闇に慣れてくるにつれ、目が、足元に転がっている何かに吸い寄せられた。パールは息を止めて、かがみ込んだ。てっきり、炊いた米粒に覆われた、大きな布の塊だと思ったのだ。だがその米粒は動いていた。ぽってりした白い蛆(うじ)は、床板の割れ目のあいだでもあちこちに動いていた。そのかたわらでは、布の塊からにじみ出た血が濃いシミを作っており、床の上に黒々とした地図を描いていた。

「パール?」マグワイアは電話を切っていなかったようで、パールが新鮮な外の空気の中に戻り、ポケットから電話を取り出すと、そう呼ぶ声が聞こえてきた。

「ここにいるわ」パールは弱々しくこたえてから心を強くすると、死体を確認するため、もう一度小屋の中に戻った。死体をひっくり返すと、こちらを見つめ返している顔には、例の苛立った表情ではなく、明らかな驚きが浮かんでいた。裂けた床板が横隔膜に刺さったようだから、おそらくはその衝撃によるものだろう。ねとついた血だまりの上に落ちた手が、ぽってりと太った小さなヒトデのようだ。パールはしばらく死体を見つめてから、手の中の携帯を思い出した。

「ついでに、ストラウドもね」

7

次の朝も快晴だった。綿のつぼみのような白い雲が、暖かく優しい風に流されている。パールは〈ホテル・コンチネンタル〉の外にある朝食用の席で、大きなカプチーノのカップ越しに、ホテルの駐車場を眺めていた。観光客の車らしきケバケバしいオープンカーや家族向けのワゴン車に混じって、何台か警察の車が見える。マグワイアの車もその中にあった。建物からすぐのところには、舗道からプロムナードへの入り口があるのだが、昨晩から野次馬が近づかないようにと、制服姿の警官がひとりそこについている。にもかかわらず、浜辺に出された、フェスティバルのイベントである子ども向けの蟹獲り競争を告知したカラフルな旗の下には小さな人だかりができており、みんな、みすぼらしい小屋のほうを見つめている。小屋の周りには警察の規制線が張られ、ポーチには鑑識用のエアーテントが立てられていた。

パールは角砂糖をまたひとつコーヒーに落とし、時計を確かめた。八時を回ったところだから、もう少ししたら、忙しい一日に向けて店に戻らねばならない。だがその数秒後に、待っていたものが目に飛び込んできた。マグワイアが駐車場に入ってきたのだ。警部は、パールに気づくと足を止めた。自分の車に目をやり、またパールに目を戻した——まるで迷っているかのように。それからとうとう、パールのほうへやってきた。

腰を下ろすと、ウエイトレスがそそくさと近づいてきたけれど、マグワイアは首を横に振って、長居をするつもりはないことを伝えた。パールはコーヒーをかき混ぜながら、ヴァイキングを思わせる警部の金髪が汗で湿っていることに気がついた。髭を剃りそびれたようで、顎のあたりがうっすらと無精髭に覆われている。パールはにっこりしてみせた。「あんまり寝ていないみたいね」

いっぽうマグワイアのほうは、社交辞令に時間を使う気などなかった。「記者たちに話をしてきたところだ」つまりこれで地元の新聞も、『ビーチ小屋で死体が発見』というような見出しをようやく載せることができるというわけだ。だが検死の報告はもっと平凡なものだったらしい。「死因は心臓発作だ」

「まさか、わたしがそれを信じるとは思っていないんでしょ?」パールが言った。

「ストラウドは心臓に疾患があったらしい。現場でも薬が見つかっている」マグワイアがポケットから取り出した証拠品用のビニール袋には、錠剤用の小瓶が入っていた。だがパールがそのラベルを読み取ろうとすると、マグワイアはするりとポケットに戻してしまった。

「主治医には連絡を取ったの?」パールが言った。

マグワイアはこたえなかった。すぐに公になるとわかっている情報以外は、口にするつもりがないのだ。

「もちろん取ったわよね」パールは自分でこたえた。「だったら、ストラウドの住所もわかっているはずよ」パールが期待をするように言った。

マグワイアがあきらめたように ため息をついた。「もともとはヨークシャーの出身だ」マグワイアは続けた。「だがメノルカ島に移住している。だからきみの推測は、半分当たっていたわけだ」

パールの顔にゆっくりと笑みが広がった。バレアレス諸島のうちのマヨルカ島でこそなかったものの、三十キロ強しか離れていないのだから、どうしてどうして、悪い読みではなかったといえる。「あの血はどうなの？」

「どういう意味だ？」

「ストラウドが多量の血を失っていたことは、あなたもその目で確認したはずよ」

「発作を起こしたときに、避けた床板のところに倒れ込んでしまったようだ」

「でも、確証が取れているわけではないんでしょ？」

マグワイアはこたえることなく、自分の車のほうにちらりと目をやった。女性警察官のハーンがその前に立っている。

「何が起こったにせよ、証人を探すための戸別訪問は続けるのよね？」パールが言った。

マグワイアはふと、この女ときたら、ウェルチにそっくりだと思った。カンタベリー署の警視であるウェルチは、なんだかんだと、小さなダーツの矢でも放つようにマグワイアを質問攻めにするのが好きなのだ。

「昨晩の供述でも話したけど」パールは続けた。「ビーコン・ハウスはストリートがよく見えることもあって、たいていは撮影やウエディングのために貸し出されているの。だけど今朝、なんとか持ち主と話をすることができたわ」これを聞いて、マグワイアがパールに目を戻した。
「持ち主のマリオンはたいていロンドンにいるんだけど、たまたまわたしの読書会のメンバーで――」

マグワイアが突然口を挟んだ。「この夏は、バートールド一家があの屋敷を借りている」パールを黙らせると、マグワイアはこわばった口調で続けた。「供述はすっかり集めるし、ストラウドを知っていた人物については、ひとり残らず協力を要請するつもりだ」

パールはコーヒーカップを持ち上げながら、警部をまじまじと見つめた。「今朝はお互いにちょっとカッカしてるみたいね。わたしは手伝いたいだけなのよ、警部。どうかわたしが――情報を隠しているなんて思わないでほしいわ」マグワイアはパールの笑顔を無視して立ち上がると、立ち去ろうと背を向けた。そこへパールがまた、大きな声で呼びかけた。「例の、仕分け済みの牡蠣についてはは考えてみてくれた?」

「なんの話だ?」マグワイアは素っ気なく言った。

「昨日、話したじゃない」パールが言った。「ヴィニーは一日の漁を終えていた。作業台で牡蠣の選別をするために、錨をすでに下ろしていたのよ。もう岸に戻る準備もできていた。だから、潮が引いているなかで錨を下ろし直すというのは、辻褄が合わないわ」

マグワイアは考え込むような顔で、海に目をやった。「ヴィニーはストラウドが町に来ていることを知り、海にとどまることにしたのかもしれない」

パールはゆっくりとかぶりを振った。「言ったでしょ。潮は引きはじめていたの。それにストラウドが来ていることを、ヴィニーがどうやって知ったと――」

「さあな」マグワイアが遮った。「ストラウドが電話をしたんじゃないのか」

マグワイアがこの推測にもとづく会話を終わりにするつもりなのは明らかだったが、パールは執拗に続けた。「で、したのかしら？」

ストラウドの携帯電話の通話記録を調べることも、もちろん、マグワイアのやらねばならないことの長いリストに入っている。捨て台詞を残したい気持ちもあったけれど、このまま退散するほうが無難なように思えて、マグワイアは歩きはじめた。

「警部？」

マグワイアはしぶしぶといった感じでまた足を止めた。

「何者かが、ストラウドの死体をあの小屋に残して扉を閉めているの。わたしがあそこにいたとき、扉に閂がかかっていたことは覚えているんでしょ？」パールはマグワイアの視線をとらえたけれど、マグワイアのほうはそのまま立ち去り、向こうの通りで自分を待ち続けていた部下のハーンと合流した。パールはマグワイアが車に乗るのを見守った。エンジンがかかったかと思うと、車は甲高いブレーキ音を立てて角を曲がりながら、ビーチ・ウォークへと出ていった。パールは慌てずにカップを持ち上げると、カプチーノを飲み干した。

「いったいどこにいたんだよ？」パールが厨房に入るなり、チャーリーが言った。

「浜辺で朝食をとっていたのよ――どうして？　何をそんなにイライラしてるの？」

「チャーリーは何度も電話をかけたのよ」ドリーが共同戦線を張るかのように、チャーリーのそばに立った。

パールはするりと上着を脱いだ。「ごめん。充電中だったからおいていったの」パールはまとめた髪をピンでとめ、仕事の態勢になった。

チャーリーは苛立った様子で、ドリーに注意を向けた。「それで、おばあちゃんの言い訳は？」

「なんの？」ドリーは無邪気に言った。

「昨晩あったことについて、ぼくに何も話してくれなかった理由さ」

ドリーが口を開きかけたが、パールのほうが早かった。「わたしがおばあちゃんに電話をしないように頼んだの。警察の人と一緒だったから」

「またしてもね」ドリーが嫌味っぽく言った。「あの警部、扁平足のわりには結構見られるけどさ」

チャーリーがすねたように言った。「何があったのか、きちんと話してくれる人はいるのかな？」

パールが口ごもってから言った。「また死体を見つけちゃったのよ」

「それは知ってる」チャーリーが言った。「たまたまラジオのニュースを聞いたおかげでね」

チャーリーに責めるような目で見られると、パールは当然ながらやましさを覚えた。

「心配をかけたくなくて」パールは反省しているような声で言った。

「心配だって？　母親が二日で二度も死体と出くわしたってのに、心配するから、なんて理由で話してもらえないっていうのかい？」

「今度の人は心臓発作だったの」

「間違いないの？」ドリーが顔をしかめた。

「マグワイアはすでに報告書をまとめてるわ」

「マクなんだって？」チャーリーが言った。

「マグワイア警部よ」パールが言った。

「扁平足」ドリーが付け加えた。

チャーリーはとっちらかった思いをまとめるかのように、片手を額に当てた。

「わかった。もうなんだっていいけど、とにかく、今晩、ふたりでうちに来てほしいんだ」

「どうして？」パールは言った。「わたしが死体を見つけたから？」

「しかもふたつね」ドリーが言った。

「母さんのおかげで、ちょっと考えることがあって。でなけりゃ、今回の事件のせいでと言ってもいいかもしれない。母さん、昨日言ってたろ。その通りだと思った。ぼくはしばらく家に帰ってくるべきなんだ。ただ――」チャーリーが申し訳なさそうな顔をしながら、言いよどんだ。

パールが助け舟を出した。「ほかに気になっていることがあるんでしょ？」

チャーリーの表情がやわらいだ。「母さんとおばあちゃんに、ティジーと会ってもらいたいきちんとした形でね。夕食を一緒にしたい。どうかな？」チャーリーが、こたえを待つように心配そうな顔になった。

一瞬の間があって、パールとドリーが視線を交わした。

「八時でいいかしら？」パールが言った。

チャーリーがホッとしたような笑顔を浮かべた。

オイスター・フェスティバルの二日目は、たいてい、初日ほどは忙しくない。初日は例のパレードによってハイ・ストリートに観光客があふれるものの、残る連日のイベントは、多くが港で行なわれる。凧揚げ、干潟での綱引き、子ども向けの催し、それから恒例のオイスター・チャレンジ。このイベントは、最終日にデッドマンズ・コーナーで行なわれるのだが、六つの牡蠣をハーフパイントのピルスナーとともにどれだけ早く飲み込めるか、人間の限界を競い合うのだ。

パールの存在が店でどうしても必要になるのは、プライベートなお祝いの席——たとえば誕生日や家族の集まり——などで予約が入っている場合だけだ。故人のための通夜をまかされることもある。パールは、今日もまた忙しい一日を終えたウィスタブル・パールに目をやりながら、ヴィニーの通夜も、きっと自分が頼まれることになるのだろうと思った。逆さまにした最後の椅子をテーブルの上に載せたとき、電話が鳴った。相手の女性の声は小さくて、後ろからは子どもたちの叫び声が聞こえていたけれど、それが誰であるかはすぐにわかった。

パールは相手の言葉を慎重に聞き取ってから言った。「すぐに行くわ」

ハイ・ストリートを進んで港に向かうと、そこは町中の人が集まっているかのようなにぎわいだった。ウィスタブル独特の夏の香りが漂っている。甘い綿飴と、網焼きされた魚の匂い。若者がエレキバイオリンの弓を弦の上に躍らせながら、古いフォークソングをいまどきの雰囲気にアレンジして演奏していた。殻付きの牡蠣のほかにも、ザル貝、ウェルク、小海老、イカなどを売っている屋台があり、ほろ酔い気味の観光客たちがその周りをうろついている。波止場にある古いはしけのひとつは、子ども劇団に占領されていた。いまもデッキの上では、ふたりの若き俳優が細身の剣を合わせながら決闘を演じており、それを見守るほうには、夢中で見ている顔があるかと思えば、くたびれてぐったりしている子どももいる。そんな中で、ヴィニーの船が鎖で波止場につながれていた。周りで観光客たちがはしゃぎ回るなか、たくさんの花に囲まれて。

人混みをなんとかすり抜けながら、パールはリーヴズ・ビーチに向かった。そこに着くとヴィニーのテリアが、足元に駆け寄ってきてまとわりついた。パールは犬を撫でてやりながらも、目ではコニーを探していた。彼女は防波堤の上に座り、水際にかたまっている子どもたちの一団を眺めていた。ベッカとルイーズもそのなかにいて、浜辺に残された山から、牡蠣殻を集めるための列に並んでいる。パールはコニーの隣に腰を下ろした。

「子どもたちがグロッターを作りたいというものだから」コニーが言った。「去年もひとつここで、ヴィニーと一緒に作ったの」パールもウィスタブルに住む者として、砂と牡蠣殻から作られる中空の造形物を知っていた。百年も前から作り続けられてきたもので、ウィスタブルの子どもたちは、イギリスの子どもたちが十一月五日に〝ガイ・フォークス〟のためのお金を欲しがるように、〝グロッターのためのペニー〟を欲しがるのだ。この浜辺では今年もフェスティバルが行なわれ、伝統は引き継がれていく。

「子どもたちを忙しくさせておきたくて」コニーがそっと言った。「でなければ、わたしのほうが忙しくしていたいのかもしれないけれど」コニーは、不気味なほどの静かなまなざしをパールに向けた。

「ストラウドのことは聞いてるの?」パールは言った。

コニーはゆっくりとうなずいた。「警察からね」コニーは娘たちのほうに目を戻し、ふたりが殻を拾うのを眺めながら黙り込んだ。

パールがコニーの手に手を重ねた。「ねえ——」

「やめて。もう終わったのよ、パール」コニーが遮るように言った。「それが誰だか知らないし、知りたくもない。ひどいことに思えるかもしれないけれど、わたしにはどうしようもないのよ。わかっているのは、ヴィニーが死んでしまったということだけ。わたしも子どもたちも、その現実となんとか折り合いをつけて、前に進み続けるしかないの——」

「そうよね」パールは優しく言った。「けれどいまは、いろいろと考えなければならないことがあるわ。もしもヴィニーの経済状態があなたの言うほどひどかったのなら——」

コニーの瞳が閃(ひらめ)いた。「わたしが嘘をついているとでも?」

「もちろんそんなことない」パールが言った。「わたしは心配しているだけよ」

「だったら心配しないで」コニーがピシャリと言った。「保険金があるから、わたしたちは大丈夫」コニーは、きつい口調になったことを詫びるかのように視線をそらした。

「保険金？」

コニーはうなずいた。「ヴィニーは、マシソンのところで働くようになるずっと前から保険に入っていたの。ひょっとすると、それも失効させているんじゃないかと心配していたんだけど——」コニーが動揺したように顔をしかめた。「今日保険会社に連絡したら、掛け金はすべて支払われてるって。ほかの面ではいろいろ難しくなっても、わたしたちのことだけは、大丈夫なようにしておいてくれたのね」

「だったら、ヴィニーは考えなしなんかじゃないでしょ」パールが言った。

コニーが恥じ入るような顔になった。「ねえ——昨日は、自分でも何を言っているのかわかっていなかったのよ。とにかく誰かを責める必要があったの。誰でもよかった」

「ヴィニーでさえ？」

コニーはまた目をそらし、浜辺で牡蠣殻を積み上げている娘たちを見つめた。「いまなら、シェーンが死んだときのヴィニーの気持ちがわかるわ」

「怒り？」

「そう」

ふと、ある考えがパールの頭に浮かんだ。「保険会社の調査が入るはずだから気をつけて。

もしも疑われるようなことを言ったら——」

「何を疑うっていうの?」コニーはパールの目の色を読んで、首を横に振った。「まさか。絶対にない。もしもあなたの言いたいのが——」

「わたしはただ——」

「ヴィニーは絶対に自殺を選んだりはしない。あなただってわかっているはずよ! どんなにお金に困っていたとしても、そんなことをするはずはないって」

パールはよくよく考えたうえで、確かにそうだと思った。ヴィニーなら、愛する家族をおいて死んだりはしないはずだ。「なら、どうしてヴィニーのことをそんなに怒っているの?」パールは言った。

しばらくのあいだ、コニーは正しい決断を求めて苦しんでいるかのように見えた。それからとうとう立ち上がると、海を眺めながら、押し寄せる波のようにとうとうと語りはじめた。

「二週間くらい前、船に行ったの。素敵な日曜日の午後で、娘たちは母さんに預けていたから、ヴィニーの片付けを手伝おうと思って。船室はすっかり散らかっていてね。ヴィニーがデッキにいるあいだに、一気に片付けたわ。だけど掃き掃除をしているときに、テーブルの下からこんなものが出てきて」コニーはハンドバッグの、ファスナーのついた仕切りの中から何かを取り出した。「最初は釣り針かと思ったのよ。そしたら——」

コニーが言葉を切り、手を開きながら、繊細(せんさい)なイヤリングを差し出した。パールはそのイヤリングをひっくり返しながら調べてみた。細長い三角形のシルバーの真ん中に、キラリと光る青い石がひとつはめ込まれている。「ヴィニーはなんて？」

コニーは唇を噛んだ。「何も。じつは、誰にも話してなかったの——いまのいままで」

「何か理由があるのかもしれない」パールは冷静に言った。

「あるんでしょうね。ヴィニーは嘘がつけない人よ。だからもし何もやましいことがないんだったら——どうしてわたしに話さなかったの？」コニーがこたえを求めるようにパールの目を探ったが、そこで子どもの邪魔が入った。ベッカがふたりのあいだに立つと、母親の手を取って、浜辺へと連れていった。

「待って」パールが言うと、コニーはかぶりを振った。

「終わったのよ」コニーはそっと言った。「もう、この話は二度としたくない」コニーは振り返ると、娘と一緒に行ってしまった。手の上のイヤリングを見つめているパールをひとり残して。

夜の八時少し前、ドリーは運転しているのがパールではなく自分だとでもいうかのように、目の前の道路をじっと見つめていた。

「ヴィニーにほかの女だって？」ドリーが息巻いた。「そんなバカな話があるもんか」

「どうして？」

「ヴィニーはその手の男じゃないって、それだけのこと」ドリーもパールと同じように、ヴィニーのことをまだ過去形で話すことができずにいた。「スピードを出し過ぎだよ」ドリーが速度計を指差しながら言った。

パールはアクセルから足を緩めた。ドリーは同乗者としては最悪で、とくに助手席にいるときはそうだった。下手をすると教習所の教官のように、フロントガラスを叩きながら急停車を命じたりするのだから。

「ヴィニーはほかの女と関係を持ったりしないよ」

「コニーとはそうなったわ」

「コニーとは親しくなった」ドリーはそれから、条件をつけるように言った。「だけど、それはまた違う話だよ」

「どうして？」

「ヴィニーの結婚は終わっていたんだから」

「ヴィニーとティナは離婚していないのよ」

「だけどしたようなもんじゃないか」ドリーがため息をついた。「いいかい、ティナには夫婦関係をなんとかする選択肢もあったのに、ヴィニーよりも酒を取って、夫のお金を持ち逃げする道を選んだんだ」

「夫婦のお金でしょ」パールが言った。

ドリーがにらんだ。「ティナは、ヴィニーの分まで持ち逃げしたの。わたしに言わせりゃ、立派な泥棒だよ。ヴィニーが警察に通報しなかったからよかったようなもんで」

パールも内心、ドリーの意見に賛成だったのだけれど、あえて反対する必要を感じたのだ。

コニーが彼の人生に入り込んでくる以前、ヴィニーが難しい結婚生活を長年続けていたのは事実だった。なにしろヴィニーとティナは、息子の死により引き裂かれるまで、二十年以上も夫婦として生活を共にしていたのだ。その後、ティナは酒に救いを求め、ヴィニーは仕事に逃避するようになった。

「とにかく」ドリーの鼻息は荒かった。「そんな安物の小さなイヤリングが、なんの証拠になるっていうのよ?」

「安物じゃないし——小さくもないけどね」パールは取り出してみせた。ドリーはイヤリングを見てから、否定するように鼻を鳴らした。

「とにかく、それがあの船にあったのには、何か別の理由があるはずだから」ドリーは言った。「牡蠣漁の船の上でいちゃつきたい女が、どこの世界にいるっていうのよ?」

「母さんがいるじゃない」

ドリーが娘に、訳知り顔な目を向けた。「だとしても、アクセサリーをつけたりはしなかったね」

パールは、その区画に一か所しかない駐車スペースになんとか車をおさめた。エンジンを切ると、ドリーが助手席の窓から、チャーリーの部屋の窓に向かって手を振っていた。「あの子だよ」ドリーがにっこりした。「なんて可愛い孫なんだろう」

それからしばらくすると、ドリーの唯一の孫が、部屋の中へとふたりを通した。シナモンの甘い香りが廊下まで漂っている。居間に入るなり、その理由がわかった。香りのするティーライト（液化する短い蠟燭）が、部屋中に飾られていたのだ。

「降霊会でもするの？」ドリーが言った。

「ティジーは蠟燭が好きなんだ」チャーリーが小声で言った。「部屋に雰囲気が出るんだってさ」

「かなりの熱気もね」ドリーが肩からショールを外した。非常に手の込んだ赤いシルクのショールで、背中側には大きな花の刺繡が入っている。

「おっと、これはどこで買ったの？」チャーリーがショールを受け取りながら言った。

「チャリティバザーでね。もう二十年くらい前だけれど、いつか使える日が来るってわかってたのよ」

「フラメンコにとかね」パールが言った。「おばあちゃん、フラメンコのクラスを取りはじめたのよ」

「あれ、バレエダンスじゃなかったっけ？」チャーリーが言った。

「ベリーダンス」パールが言った。

「だけどあれはわたしの腰のためにならなくて」ドリーが言った。「フラメンコのほうが性に合っているのよ」

「つまり、難しいってこと？」パールがからかうように言った。

「情熱的なの」ドリーが大げさな身振りで手首を動かして、果物鉢からリンゴをひとつ取ると、頭の上にかざしてみせた。「Cojelo, comelo y tirado!」ドリーは木からリンゴをもぐような仕草で腕を引いた。「取り――食らい――捨てよ！」だがそこでドラマティックな動きをした瞬間、手からリンゴが滑り、エレガントな金色の革のサンダルのそばに落ちた。すべての目が、そのサンダルの主であるティジーのほうに向けられた。チャーリーが慌ててリンゴを拾ったけれど、祖母の歯形がついていることに気づくと、果物鉢に戻すのをやめた。ドリーはにっこりしてみせた。「ごめんなさい。手が滑っちゃって」

みんながティジーの反応を待っているなか、完璧なタイミングを計ったかのように若々しい顔がパッとほころんだ。まるで雨上がりの太陽のような笑顔だった。「ドリーね。来てくれて嬉しいわ」ティジーは歩み寄ると、赤らんだドリーの両頰に軽くキスをした。

「パールも、ありがとう」ティジーはパールのほうにしっかりと向き直り、温かなハグをしてから言った。「飲み物を注いでもらえる、チャーリー？」

チャーリーはおとなしく従うと、コルクの抜かれたワインのボトルとグラスを手に戻ってきた。「プロセッコでいいかな、おばあちゃん？」

ドリーはいそいそとグラスを受け取った。「何も伊達(だて)に〝白ワイン依存症〟と呼ばれているわけじゃないのよ」そして、チャーリーが注ぐのを見守りながら言った。「お母さんには半分くらいにしておいてちょうだい。運転があるんだから」

パールはドリーを横目でにらんだけれど、口を開く前に、ティジーが自分のグラスを持ち上げて、「乾杯(サルーテ)」と温かな声で言った。

　プロセッコを飲みながらも、パールはティジーの服装を観察した。黒いボディスにレギンスを合わせている。ほっそりした体からは内に秘められたたくましさが感じられ、棒切れのように細いきれいなモデルというよりも、かなりの強靭さを感じさせる。日々の訓練により研ぎ澄まされた、ダンサーや体操選手を思わせる引き締まった体だ。

　ティジーがテーブルを示した。「座りませんか？」

「牡蠣を持ってくるつもりだったんだけれど」パールが思い出したように言った。

「そうでなくてよかったかも」ティジーがにっこりした。

　ドリーがグラスを掲げてみせた。「同志に乾杯！」

「いいえ、そういう意味じゃないの。牡蠣は大好きなんだけれど、今夜はほかのシーフードを準備したものだから」ティジーは、「ちょっと失礼しますね」と礼儀正しく言ってグラスを置いてから、そそくさとキッチンに向かった。

　チャーリーがその背中を見つめた。「手伝おうか？」

　ティジーが歌うような声で返した。「ありがとう（グラッツェ）、ダーリン（テゾルッチョ）。でも大丈夫」

　ドリーとパールに見られ、チャーリーは少し決まりが悪そうだった。「ティジーは午前中からずっとがんばっていたんだ――買い物をしたり、食材を切ったり」

　ドリーがチャーリーのほうに身を乗り出した。「それで、あんなとびきり魅力的な子をいったいどこで見つけてきたんだい？」

「劇場さ」チャーリーが言った。「友だちに、学生芝居に連れていかれて。ぼくとしては全然乗り気じゃなかったんだけど、そのキャストの中にティジーがいたんだ。彼女の独白ときたらほんと素晴らしくて、観客はすっかり彼女に釘付けさ。ぼくもティジーから目を離せなくなっちゃったんだ」

「想像がつくわね」パールはグラスを持ち上げながら言った。

「美人だからじゃないんだよ、母さん。彼女のすべて、演技全体が素晴らしかった。彼女を見つめているうちに、なんだか——そう、呪文にでもかけられたみたいになって」

ドリーとパールは視線を交わしたけれど、チャーリーは気づいてもいなかった。「とにかく、ぼくは勇気を振り絞って、彼女に飲み物をごちそうしたいと声をかけた。そんなわけで——ぼくたちはこうしてここにいるってわけさ」チャーリーがグラスを持ち上げた。

「そう」パールは愛情たっぷりに言った。「わたしたちはここにいる」

ティジーがキャセロールを手に、キッチンからキビキビと出てきた。「さあ、みなさん、いただきましょう（マンジャーモ）！」

チャーリーがパッと立ち上がると、熱い皿をテーブルに置くのを手伝いながら笑った。「はじめてこのマンジャーモを聞いたときには、料理の名前だと思ったんだ」

「あなたは昔から語学が得意なほうじゃないから」パールが言った。

「あら、でも上達しているわよね」ティジーが言った。「ベルギーに行ったときには、フランス語だって一緒に練習したし」

パールの笑顔がゆっくりと陰った。「ベルギーですって？」

ティジーがチャーリーのほうに顔を上げた。「グルーニング美術館に行きたくて、ブルージュまで週末に旅行をしたの。チャーリーには例のプロジェクトにからんで、やらなければならないことがあったのよね」

「ああ、フランドル美術に関してね」チャーリーがうなずいた。

「でも――ブルージュにはひとりで行ったんだと思っていたのに」パールが言った。

「そうだったの?」チャーリーが何食わぬ顔で言った。

一瞬広がった沈黙を破ったのはティジーだった。「そう、あれは素敵な旅行だったわよね?」

「もちろん」チャーリーは笑顔を返しながらこたえた。

ティジーは料理のほうに注意を戻した。「さあ、食べましょう。何かわたしの故郷の特別な料理を味わってもらいたくて。たとえばチー・アッラ・ピサナとか」

「それって、ピサの料理なのかしら?」ドリーが言った。

「正解! チーは、アルノ川でとれる赤ちゃんウナギのことなの」

ドリーの顔から笑みがかき消えた。無理もない。なにしろドリーは、牡蠣と同じくらいウナギが苦手なのだから。だがティジーは気づいた様子もなく、明るい声で続けた。「ウナギの赤ちゃんをニンニクとオリーブオイルで炒めてから、セージを少々とパルミジャーノを加えるんだけれど、ひとつだけ問題があって」ティジーが言葉を切った。「この料理を作るには、どうしてもイタリアのウナギでないとだめなのよ」

「あら、それは残念」ドリーが心にもなくそう言うと、お祝いでもするかのようにプロセッコをガブリと飲んだ。

「だから代わりに、ほかの料理を作ることにしたの――やっぱりトスカーナの郷土料理で」ティジーが身を乗り出してキャセロールの蓋を外すと、魚、ニンニク、ハーブの強い香りが一気にあたりに広がった。赤いトマトのスープが、溶岩のように煮立っている。「カッチュッコ・ディ・リヴォルノよ」ティジーはレードルを取り、スープを静かにかき混ぜた。「イタリアでは、わたしたちトスカーナ人はマンジャファジオリと呼ばれているの。豆を食べる人、という意味なんだけれど、トスカーナ人は魚も大好き。この料理には、タコ、イカ、ザリガニ、ボラ、海老、エイ――」

「ガンギエイだよ」と、チャーリーが口を挟んだ。

「だけどウナギは入っていない」パールはドリーのためにそうコメントをしながら、ティジーの手際の良さを見守っていた。トーストしたパンにニンニクをこすりつけては、深さのある皿の中に並べていく。

「わたしの父はずっと、この料理のレシピはリヴォルノの漁師が考えたんだと言ってた。一日の仕事を終えたあと、とれた中で一番小さな魚を使って作ったんだって。カッチュッコはトルコ語で小さいを意味するクッチュックから来ているというのよ」ティジーは続けた。「嵐の上に、魚介の入ったスープを注いだ。「でも、説はほかにもあって」ティジーはカリッとしたパンですべてをなくしてしまった貧しい漁師一家にまつわるものなの」ティジーは刻んだパセリの入った器を取り、料理をよそった皿のそれぞれに振りかけていった。「三日間おなかをすかせたあと、一家の子どもたちが港にいる漁師たちにすがるのよ。魚の一匹でいいから恵んでほしいって。子どもたちがささやかな食べ物を手にようやく帰ってくると、母親はできるだけのことをしようとした。庭で取れたハーブとトマトに、いくらかのオイルとレモンを加えて、魚のためのソースを作ったの。すると、その料理のおいしそうな香りが近所に漂いはじめ、町中の人がそのレシピをたずねにきたというわけ」

チャーリーがパールに、したり顔を向けた。ティジーはそれを見逃さなかった。「そうそう、チャーリーによると、レシピを使うのが嫌いなんですってね、パール」

パールは小さく肩をすくめた。「自分なりのやり方を見つけるのが好きなものだから」

「すべてに関してそうなのよ」ドリーが言った。「なんであれ、自分で解決しなくちゃ気が済まないの」

「そうなの?」ティジーがパールの目をとらえた。

「たぶんね」パールが妥協するように言った。「でなければわたしは、このシチューを最初に作ったお母さんに似ているのかもしれないわ」

「賛成」ドリーが素早く言った。「まるでパンと魚の奇跡なんだから。パールは、何もないところから何かを作り出すのよ」

ティジーはしばらく考え込んでからグラスを持ち上げた。「では漁師たちと、その家族に乾杯」

敬意を込めたひと時の沈黙のあとに、ドリーはプロセッコをひと口飲み、料理を食べはじめた。「おいしい」ドリーが言ったけれど、パールは皿を見下ろしたまま黙り込んでいた。

「どうかした？」チャーリーに声をかけられると、パールはうなずいてスプーンを取った。

ティジーはパールを見つめてから、やんわりと言った。「大変な思いをしたんですものね。ふたつも死体を見つけるなんて、ちょっと信じられないくらいだわ」

「ええ」パールが言った。「マグワイアもそう思っていることでしょうね」

「マグワイア？」ティジーが繰り返した。

「事件の捜査に当たっている警部なの」

チャーリーが母親を見ながら顔をしかめた。「何を捜査する必要があるんだい？　ビーチ小屋の男の死因は心臓発作だと言ってたじゃないか」

「それから、例の漁師は事故死だって」ティジーが言った。

「警察はそう言ってるわね」

ティジーはパールの表情を見て取った。「だけど、違うと思っているのね」

パールはふと考えるようにしてから言った。「ヴィニーがそんなミスをするなんて、ちょっと信じられなくて」

「だけどそうじゃないとしたら、何が起きたっていうんだい？」チャーリーが困惑したような顔で肩をすくめた。

ドリーがグラスに手を伸ばした。「パールは、ヴィニーが死んだことが受け入れがたいってだけなのよ。突然の死に触れると、そんなふうになることがあるの。でも葬儀に出席したあとでは、それもきちんと現実になるから」

「ぼくも一緒に出席しようか?」チャーリーが言った。

「ありがとう」パールが言った。「でも、しばらくはないと思う。警察が遺体を返してはくれないだろうし、検死も行なわれるはずだから。そうなれば、死因だって検死官により明らかにされると思う」

沈黙が広がった。ティジーがパールのほうを向くと、「お気の毒だわ」と優しく言った。「でも、海には事故がつきものだから。海が、第二の故郷のような人たちにとってでさえね」ティジーは皿からザリガニのハサミを取ると、興味深そうに見つめてから、クロムめっきの殻割に手を伸ばした。「わたしの父は帆船を持っていたの。しかも幼いころから船には慣れていたし、深刻な怪我なんかしたこともなかった――それがある日、わたしと一緒に海に出ていたときに、ほんの一瞬だけ集中力を切らしてしまって」ティジーは殻割でザリガニのハサミを挟んだ。

「どういうこと?」ドリーが率直にたずねた。

ティジーは殻割にこめていた力を緩め、話を続けた。「わたしたちはおしゃべりをしながら笑っていた。いまでも、舵輪に腕を通していた父の姿がはっきり見えるわ」ティジーの顔が曇った。「でもそこは水深が浅かった。突然、竜骨がこすれるぞっとするような音がして。船はいくつかの岩にぶつかり――舵輪が回転した」大きな割れるような音がして、ティジーは一瞬混乱したように視線を落としたけれど、それから砕けたザリガニのハサミを殻割から皿に落とした。

「どうなったの?」パールがたずねた。

その質問で、ティジーは我に返ったようだった。「わたしの操縦で、なんとか岸まで引き返した。でも、父は大変な苦しみようで。腕の骨折は重傷だった」ティジーはテーブルに目を落とした。「それっきり、二度と海に出ることはできなかったの」

パールは咄嗟に慰めようとしたけれど、チャーリーのほうが素早く、サッとティジーの手を握り締めていた。そこで若者ふたりが交わしたまなざしときたら、パールの心まで溶かしてしまいそうだった。

「マンジャーモ」ティジーがまたそう言った。

パールもスプーンを取り、料理を味わった。ちょっとないくらいのおいしさであることは、正直に言って、認めざるをえなかった。


時計が十時を回ろうとするころには、ドリーがシートベルトを締めようと苦労しながらぼやいていた。「これって小さくなったんじゃないの?」

「ドアに引っかかってるのよ」パールがこわばった声で言った。ドリーが助手席のドアを閉め直し、今度こそシートベルトを締めることに成功すると、パールはフィアットをスタートさせた。ほかの車はほとんど走っておらず、素面であるパールのそばで、ドリーのほうはワインの匂いをプンプンさせていた。プロセッコのほかにも、かなりの量のグラッパを平らげたのだ。

ドリーはチャーリーの部屋でも、さっきまでフィッシュ・フラッパーズでの昔話を披露していたと思ったら、突然ティジーに、あなたの髪は金の糸みたいと声をかけたりしていたから、すっかり出来上がっていることはパールにもわかっていた。

「すごいお嬢さんだねぇ」ドリーが言った。「あのシチューだけじゃ充分じゃないみたいに、見事な鶏料理まで準備しちゃって。何を詰めたと言ってたっけ？」

「アスパラガスと海老」

「アシュパラガチュと海老ね」ドリーは呂律（ろれつ）の回らぬ声で言うと、あくびをし、車が広い道路に出るころにはぐったりしていた。追い越し車線に入ると、ドリーがスピードを気にする状態にはなさそうなので、パールは速度警告のスイッチを消した。

「彼女の手がひどく震えていたことには気づいてた？」車がブリーン地区を疾走するなか、パールがそう問いかけた。

「んーーー？」ドリーが酔いと眠気の回った声で言った。

「まるで木の葉のように震えて、ほとんど何も食べていなかった」

「意外でもないね。わたしだって、あんたが未来の義理の母になるのかもしれないと思ったら、そりゃあ緊張もするだろうし」ドリーはだらしのない笑顔を浮かべながらパールを横目で見ると、ヘッドレストにぐったりと頭をあずけた。

「バカ言わないで」パールは道路に目を戻した。「あの子たちはまだ出会ったばかりなのよ」

だがその言葉を聞いている人はいなかったようで、代わりにおなじみのイビキが聞こえてきた。

パールはハーバー・ストリートにあるドリーの家の前に車をとめた。一階は陶器店になっており、二階は朝食付きのフラットとして泊まり客に貸し出している。ドリーが暮らしているのは、小さな庭いっぱいに増築された狭いスペースだ。パールはここに来るたびに、家というよりも、〝遺失物〟のコレクションを展示するエキセントリックな博物館みたいだと思ってしまう。なにしろ棚には香水瓶、流木、どこかのアーティストを励ますために買った彫刻などが、所狭しと並んでいるのだ。パールは、この家にいるとどうしてもくつろぐことができなかった。ドリーがすっかり満足しているにもかかわらず、ついつい片付けたくなってしまうのだ。

「寝酒でも飲んでく?」ドリーは海からの強い風に吹かれて、フラメンコ用のショールを肩にしっかりとかけた。

パールは首を横に振った。「家に帰ってからにするわ」

ドリーはキスをしてからパールを抱き寄せた。「頼むから、これ以上死体なんか見つけにいかないでちょうだいよ」ドリーはパールの頬に触れてから、まだ疲れている様子で、庭の門へと続く小道を歩きはじめた。パールはおやすみというように手を振ると、門が閉まるのを見守ってから車に戻った。だが運転席についたところで、あることを思い出してまた降りると、車に鍵をかけ、浜辺への近道であるテリーズ・レーンに向かった。そこには三人の若者がいたけれど、パールに気づくと酔いにふらつきながらのそのそとよけ、そのまま〈カンバーランド公爵〉というパブに向かった。店からはトランペットのソロが聞こえていたが、若者たちが扉を開けるとその音が一瞬大きくなり、閉じるとともに小さくなった。

パールはリーヴズ・ビーチへと向かい、予想していたものが目に入ると足を止めた。たくさんの小さな炎が闇の中で輝いている。フェスティバルのために作られたグロッターには、黄昏とともに蠟燭が灯されるのだ。強まった風に、いくつかは吹き消されてしまったけれど。グロッターの中を歩きながら、パールは牡蠣殻を組んだその小さな構造物が、それぞれに違っていることに気がついた。砂の城のように旗のついているものがあるかと思えば、お菓子やオモチャで飾られたものもある。その日の午後、ヴィニーの娘たちが作っていたグロッターはすぐに見つかった。かがみ込んで調べてみると、蠟燭はとっくの昔に消えていたものの、マッチ箱が残されていて、湿ってはいたけれど、なんとか火をつけることができた。そのグロッターの扉に、貝殻で〝パパ〟と記されているのを見た瞬間、パールははっと体を硬くした。

それからしばらくは、あのふたりの子は、のちのちヴィニーのことをどれだけ覚えていられるのだろうという思いにふけった。母親は、なんとかその記憶が残るように努力をすることだろう。浜辺で消えまいとがんばっている小さな炎のように。パールは、自分の息子も父親を知らずに育ったことを思った。だがチャーリーは、決して父親について触れようとしない。パールは息子の胸に、ひとつの物語だけを植えつけてきた。愛と喪失に満ちたひと夏の物語。その揺るぎない物語のどこまでが真実でどこからが想像なのか、いまではすっかり疑わしくなっている。なにしろ時がたつにつれ、真実は都合のいいように形を変えられてしまうものだから。履き心地のいい一対の靴のように――。

靴のことを考えたせいで、マグワイアを思い出した。三日前までは知りもしなかった人だけれど、向こうもやはりふたつの死の裏にある真実を探していることで、パールはマグワイアとのあいだにつながりのようなものを感じていた。ヴィニーだけでなく、ストラウドもだなんて——あの暑い午後に、パールの事務所で居心地が悪そうにしていた気の短いヨークシャー男も、いまは警察の死体安置所に横たわり、おそらくは漁師の隣で、死体用の冷蔵の引き出しに収まっているのだろう。

海のほうに目をやると、幾艘かの貨物船の誘導灯が、黒い水平線でマーカサイトのネックレスのように煌めいている。パブからは相変わらずかすかなジャズの音色が聞こえてくるものの、浜辺にはまったく人気がない。風が強くなり続けていたこともあり、パールはキームズ・ヤードにある駐車場を突っ切って近道をした。すぐに、何かがおかしいと気がついた。

最初は、自分の足音が反響しているのだろうと思った。だが、ふと足を止めてもまだ足音が聞こえる。パールはサッと、スターボード・ライト・アレイの暗がりに隠れた。パールのコテージの側面を走っているその小道には、牡蠣漁用の古い小型の縦帆船が据えられている。〈フェイバリット〉と名づけられたその船は、地元の熱心な有志が努力して修復したものなのだが、その船体が絶好の隠れ場所になってくれた。

息詰まるような数秒のあいだ、物音は何ひとつ聞こえなかった。それから小さな鈴の音がして、相手の正体がわかった。ネイサンが飼っている茶トラの雄のビギーが、パールの足元で鳴き声を上げた。飼い主が留守のあいだはパールが餌をやっているので、感謝の気持ちを伝えたくてしかたがないのだ。ビギーが太った体をパールの足にからめてくると、パールも警戒を解いて、ビギーを撫でてやった。

その瞬間、背後に男が現れた。パールは咄嗟に振り返り、男が浜辺からではなく、通りにとめてある車のほうから近づいてくることに気がついた。三十代の前半だろうか。金髪で眼鏡をかけており、困ったような顔でパールを見つめている。「ハイ・ストリートへの道を教えてもらえませんか？」男は言った。

男の背後の車に目をやると、中では若い女が地図とにらめっこをしていた。「まっすぐ行けばいいのよ」パールはようやくそうこたえた。「間違えっこないわ」若い男はうなずいてから、車に戻った。しばらくすると車が走り出し、開いた助手席の窓から連れの女性がお礼を言うように手を振ってみせた。

パールはシースプレー・コテージの玄関の前で、自分の想像に怯えるだなんて情けない、と自分を叱った。鍵を回して開け、居間に入ると、ジャケットから片腕を抜きながら、もう片方の手で電気のスイッチを探った。その瞬間、自分がひとりではないことに気がついた。

空になったワインのボトルがテーブルに立ち、侵入者の手にはグラスが握られていた。最後に会ってから十年近くがたっていたから、それなりに年を取り、くたびれてはいたものの、彼女の魅力はまだ衰えていなかった。ティナ・ロウが、パールに顔を向けた。その目は哀しみにむくんでいたけれど、涙のあとは見えなかった。それどころかいまやヴィニーの未亡人となったティナは、冷ややかな笑みを浮かべてみせた。

「待っていたのよ、パール」

ティナ・ロウはポケットから何かを取り出し、テーブルに置いた。「花鉢の下に鍵を隠しておくなんて、もう少し工夫をしたほうがいいと思うけど」

8

パールは身を乗り出して鍵を取り、確かに、と思いながらバッグにしまった。

頭上の手厳しい電灯の光で見ると、最後に会ってからの年月が、ティナの顔に刻まれているのを強烈に感じた。五十歳くらいで、それにしてはかなり若く見えるものの、口や目の周りを縁取る網目のような深いシワは、表情ジワというよりも、十年にわたって彼女の存在そのものに刻まれた痛みのしるしのようだ。引き締まった体に着ている服は、スタイリッシュでいかにも金がかかっている。フューシャピンクのリネンのチュニックに、仕立てのしっかりしたパンツ。だがシワの寄ったそろいのジャケットは椅子の背に無造作にかけられ、ペールピンクに塗られた爪の先はマニキュアが剝げている。

浜辺からフェスティバルの花火の打ち上げられる音がすると、ティナが苛立ったような顔で空になったボトルにちらりと目をやった。「何かほかに飲むものはない?」

パールは戸棚に近づき、残り物の酒を見せた。クリスマスに残ったウイスキー、ギリシア料理の食事会をしたときに買ったウーゾ(ギリシアの蒸留酒)。ほかにも鮮やかな色のリキュール類がいろいろとあった。

「スコッチでいいわ」ティナはすぐにそう言うと、怪しげな動きで片足からもう片足へと体重を移動させた。パールはたっぷりと注いでから、招かれざる客にグラスを差し出した。ティナがためらった。「一緒に飲まないの？」パールがかぶりを振ると、ティナは早速ひと口ゴクリと飲んで、必要な薬を飲まされた子どものように顔をしかめた。束の間ではあったけれど、ティナは不思議なほど癒されたように見えた。

「ヴィニーのことを聞いたのね」パールが言った。

ティナはグラスから目を上げると、忘れたかったことを思い出したかのようにゆっくりとうなずいた。「ほんとうに――事故だったの？」

ティナがこたえを待つなかで、パールの頭にある映像が蘇（よみがえ）った。それはアンカーチェーンがからみついたヴィニーの死体ではなく、浜辺でなんとか燃え続けようとしていたグロッターの火だった。パールはヴィニーの新しい家族を思った。自分の疑念をティナと分かち合ったところで得るものはないはずだ。「そのようね」パールは言った。

これを聞くとティナは振り返り、ソファにどさりと腰を下ろしてから、グラスの中の琥珀（こはく）色の液体を食い入るように見つめた。パールもその隣に座り、「残念だわ」と声をかけた。

「同情なんて頼んでないから」どんな優しい心もすくませてやるといわんばかりの、鋭い突き針のような声だった。「自分がどう思われてるかくらい、ちゃんとわかってる。町中の誰もが、ヴィニーを捨てたトンズラ女だと思ってるのよ」ティナが顔を上げた。「でもヴィニーときたら、間違ったことを絶対にしないんだもの。そしたらあたしには、正しいことなんかできっこないとは思わない？」ティナはこたえを求めるような目をしていたが、パールにはこたえないほうがいいとわかっていた。ティナ・ロウにさく時間と思いやりを持っている人間など、ウィスタブルには多くない。

「いまとなっては、あなたとヴィニーが愛し合っていたということ以外はどうでもいいんじゃないかしら」

明らかに予想していたこたえとは違っていたようで、ティナの顔が、ふと困惑に曇った。

「どうしてうまくいかなかったの？」ティナは言った。「失ったものを思いながらただ一緒にいることが、どうしてできなかったのかしら？」

「失ったものが大き過ぎたからよ」

ティナは哀しみを振り払うように、ギュッと目を閉じた。再びまぶたを開いたとき、その目にはまだ、涙はなかった。

「あっちゃいけないことじゃない？　自分の息子を見送るだなんて」吐き出すようにそう言った瞬間、ティナは何かを思い出したようだった。「あなたの息子も、いまごろは同じ年頃になってるはずよね。ちょうどシェーンが――」

パールは目をそらした。失われた息子の存在を、ほかの息子に重ね合わせてバランスを取ろうとしているティナの気持ちが理解できなかった。

「チャーリーはいまどうしてるの？」ティナの声が、ふいに驚くほど明るくなった。パールがこたえずにいると、ティナが迫った。「ねえ、教えてよ。何かしらしているはずでしょ」

「勉強してるわ」

「大学で?」

パールはうなずいた。

「どこの?」

「カンタベリー」

「なら、そう遠くはないわね」

「ええ」

「恋人はいるの?」

「いるわ」

「美人?」

パールが黙ってうなずくと、ティナがグラスを掲げた。「よかったわね! チャーリーはいつだってしっかりしていたもの。そういう意味では、あなたもだけど」ティナはまたスコッチを口にふくんで顔をしかめたが、今度はその表情がやわらぐこともなく、心の痛みに押しつぶされているようだった。「どうしてあなたのじゃなく、あたしの息子だったの?」

パールが慰めようと手を伸ばしたところで、ティナはパッと立ち上がると、部屋の中を行ったり来たりしながらマシンガンのように話しはじめた。「シェーンのことは知ってるわよね。誰もが知っていたんだから。あの子はすべてを持っていた——容姿に友だちにたくさんのガールフレンド。それなのに、どうしてドラッグですべてを台無しにしたの？」ティナはパールのほうに向き直った。「あなたはあの夏、ここにいた。あのフェスティバルのときにもここにいた。だから覚えているはずよ」

「覚えているわ」パールはすぐにこたえた。ティナは必死の形相だった。「でも、あのコンサートには行かなかったの。あの夜は浜辺にいたから、次の日までは――知らなかった」

ティナは探るようにパールを見つめてから、顔をそらした。「もちろんヴィニーはあたしを責めた」ティナは力なく言った。「カエルの子はカエルだって。ヴィニーは言った。もしもおまえがこんなに酒好きでなかったら、もしもおまえがもっといい母親だったら――」ティナは最後まで続けることができずに爆発した。「あたしだって、自分が飲み過ぎだってことくらいわかってる。でも、シェーンが死んだことで、やめるのがますます難しくなって。そしたら今度はあのアバズレがヴィニーと付き合いはじめるしで、もう、酒以外に何があったっていうの？」ティナは震える手でグラスを支えた。

「ヴィニーはあなたのものだったのよ」パールが優しく言った。

「いいえ。あたしはシェーンを失った日に、ヴィニーも失った」ティナは突然くずおれた。殴られでもしたかのように、肩を丸めている。「あたしはどうすればいいの、パール？」

「乗り越えるのよ」

「あなたにはわかってない。あたしは弱いの」

「つまりあなたも人間ってことよ」

ティナは途方にくれたようにささやいた。「そうかしら?」ティナは空になったグラスを置くと、震えている両手を見つめた。パールはその手をしっかりと握り締めた。

「あなたは十年近くもこの地を離れていたのよ」パールは言った。「そして、生きのびた」

「そうね」ティナはゆっくりとうなずいた。まるで、そのことにはじめて気づいたとでもいうかのように顔をこわばらせながら。「でも、あたしがしてきたのはほんとにそれだけ。生きのびること」ティナはパールの手から手を引くと、難しい告白をする勇気を振り絞るように自分の体を抱き締めた。

「この土地を離れたときには、一生戻らないつもりだった。だからこそ銀行口座だって空っぽにした。でもそんなことはできなかったのよ、パール。何もかもそんなふうに捨ててしまうことはできなかった。だから、しばらくすると連絡を取りはじめたの」

「それってあの葉書のこと? ヴィニーに送ったでしょ?」

ティナは否定するように手を振った。「あれは面当てに送っただけよ。あたしが話しているのは、もっとあとのことなの」ティナは手の中に、グラスを固く握り締めながら言った。「電話をかけていたの。しょっちゅうじゃないわ。ヴィニーの声がどうしても聞きたくなったときにだけ」その顔に、はかない笑みが浮かんだ。「〝酔っぱらいの電話〟ってヴィニーは言ってた。彼はあたしとなんか話したくなかったのよ。俺たちは互いに前を向いて進むべきなんだって、そればっかり言ってたし。電話に出てくれないこともしょっちゅうだった。でも――」ティナは何かを思い出そうとするかのように顔をしかめた。「その夜は出てくれたの。三年前の――

シェーンの命日だった」ティナはため息をついた。「そのときに全部話してくれたのよ」

「何を?」

「一大計画について。マシソンとは手を切って独立する。そして自分と、自分の――」ティナは辛そうな様子で、「――家族のために」と続けると、大きく息をついた。「投資をしてくれる人を探しているって。事業をはじめるのを助けてくれる人をね。あたしはヴィニーを、それこそすっからかんにしちゃったし――いろいろ悪いとは思ってて――ある人に、ヴィニーと連絡を取らせたってわけ」

「それは誰なの?」

「ダグ・ストラウドって男」ティナは、パールがその名前を知っているらしいことに気づくと、立ち上がって酒をグラスに注いだ。

「メノルカ島で出会ったの」ティナは続けた。「生まれはウエスト・ヨークシャー州のブラッドフォードなんだけど、しばらく前からスペインに住んでいて。マオンで一番大きな広場の一角にバーを持っているのよ。ある晩、友だちとその店で飲んでいると、ダグが近づいてきて、飲み物を何杯かごちそうしてくれた」ティナは弱々しく笑った。「あたしとダグのあいだには一種の了解ができていたと思ってくれて構わないわ。ダグのほうは店の客を増やしたかったし、あたしはあたしで――」

「安心が欲しかった?」

「守ってくれる人よ」

「何から?」

「そんなことわかりきってない?」ティナはわざとらしくグラスをかざしてから、テーブルに置いた。「ダグは漁のことなんか何も知らなかったけど、あたしはヴィニーの計画をいちいち後押しした。『三年もすれば、何か特別な事業に参加したことがわかるはずよ』ってね──正直、自分でもそう信じてた。でもその三年が近づくと、ダグはイライラしはじめて。しかも彼、そこで気づいちゃったのよ」ティナがまたため息をついた。

「何に？」

「あたしとヴィニーがまだ戸籍上は夫婦だってこと」

パールは耳を疑った。「言ってなかったの？」

「どうして言う必要があるのよ？　夫婦として暮らしているわけでもないのに。もしもダグに知られたら金払いが悪くなるのもわかってたしね」ティナは疲れたように言った。「まあどっちにしろ、ダグは私立探偵を雇って突きとめちゃった」

パールはストラウドのことを思い出そうとした。高価なパナマ帽をかぶった、不機嫌な太った小男。

「ダグは何かというと探偵を雇うの」ティナが続けた。「ひどく疑り深いのよ。心が不安定で、それが自分の女のこととなるととくにね——だからすぐに、ダグはあたしにはめられたんじゃないかって疑いはじめた」ティナはグラスを手に取った。「あたしは疑いを晴らそうとしたんだけど、ダグは納得してくれなくて。金を取り戻したいって言い張るのよ。しかも全額」ティナは酒をひと口飲んだ。「こう言っちゃなんだけど、そんなにたいした額じゃないのよ――せいぜい数千ポンドってとこ。ダグがそれ以上の額をカジノで負けたところを見たこともあるし」ティナはパールに顔を向けた。「相手がヴィニーでさえなかったら、ダグはあっさりと手を切って済ませたはずなの。でも、ダグは絶対にそうしようとしなかった」ティナは過去について思いふけりながら、黙り込んだ。

「それでどうなったの?」

ティナは肩をすくめた。「別にどうもならなかった。じつはあたしもしばらくは、ダグがあきらめてくれたんじゃないかと思ってたくらい。ところがそれから数週間たったころ、旅行代理店から電話があったの。それでダグがここに来るつもりなんだって気づいたわけ」

「ウィスタブルにってこと?」

「ええ。ヴィニーにも警告しようとはしたんだけど、家には絶対に電話をするなと言われていたし。携帯にかけても、全然かけ直してこなくて。だから、ダグのあとを追うことにした」

「彼には内緒で?」

「知らせるわけにはいかなかったのよ。ダグが何を考えているのかよくわからなかったし。あの人はかんしゃく持ちなんだけど――あたしやヴィニーのようにかんしゃく玉を破裂させるわけじゃなくて――それよりも――ゆっくりと燃えながら、裏で復讐を練るタイプなの。だとしても、ダグがヴィニーを傷つけるなんてことは、考えたこともなかった」

「じゃあ、どんなことならすると考えていたの?」

「何かが起きるとは思ってた。それがなんであれ、あたしのせいなんだって。なにしろ、ふたりを近づけたのはあたしなんだから」ティナはグラスを置いた。「正直に言うとね、パール、あたしはただ、ヴィニーにもう一度会いたかっただけなの。だから金曜日の午後に飛行機で来て、クリフトンヴィルにある〈ウォルポール・ベイ・ホテル〉に部屋を取った。あそこではシャーリーって友だちが働いているもんだから、そんなつもりじゃなかったのに、あの夜はすっかり話し込んじゃって。それから昨日、着替えをしていたら、テレビのローカル局で、どこかの漁師が事故にあったというニュースを流してたのよ。テレビに目をやると、波止場につながれたネイティヴ号が映ってた——だから、事故にあったのはヴィニーなんだとわかって」ティナは震える手をグラスに伸ばした。「吐いたわ。すごいショックで。二日酔いもあったけど。だけど、ダグに連絡を取ろうとしたのに、携帯がつながらなくて。夜まで何度もかけ続けたのよ。だけど、ダグの携帯は電源が切れてた。あたし、もうどうしたらいいのかわからなくて。まさかコニーのところに行って、お悔やみを伝えるわけにもいかないしさ」ティナは涙をこらえた。「そしたら今度はダグが死んだっていうじゃない」ティナが言葉を切った。「何があったのかはわかってるの？」

パールはしばらく考えてから言った。「警察は心臓発作だって」

「警察？」ティナは鋭い声で言った。

「ふたりが急死したうえに、つながりまであるのよ。捜査をするに決まっているでしょ」

ティナは自分の手を見下ろし、理解しようとするかのように顔をしかめた。「そうね」ようやくティナはそう言った。「確かにその通りだわ。飛行機に乗る前、ダグはやたら気を高ぶらせてた。もともと心臓がよくないの。主治医からもゆっくり休む必要があると言われていたのに、ダグはちっとも聞こうとしなかった」ティナがすがるように言った。「あたしはいったい、どうすればいいの？」

「警察に話すのよ。警部は知っていることがあるなら話すようにとみんなに頼んでいるから、早ければ早いほどいいわ」パールはバッグに手を入れ、財布からマグワイアの名刺を抜いて差し出した。ティナのぼんやりした目は充血していたけれど、顔からは蠟人形のようにすっかり血の気が引いていた。

「でもとりあえずいまは」パールが言った。「少し眠らないと。予備の部屋をすぐに準備するわね」

「いいえ。あたしならここで大丈夫——これでいい」ティナはソファの背からやわらかいタータンチェックのブランケットを取ると、慰めを求めている子どものように引き寄せて体にかけた。

「ほんとに？」

ティナはうなずいた。パールのほうも、これ以上話をするには疲れ過ぎていたので、そのままドアに向かった。ドアのところでおやすみを言おうと振り返ると、ティナがイヤリングを外すところだった。それからイヤリングをコーヒーテーブルに置いたとき、パールの視線に何か不穏なものを感じたようで、「なんなの？」と呼びかけた。

パールの視線が、テーブルの、空になったグラスのそばに置かれたシルバーのスタッドイヤリングの上に落ちた。「なんでもないわ」パールは静かに言った。「少し休んで。朝にまた会いましょう」

キッチンに移ると、何か居間からの物音が聞こえてこないかと耳をそばだてた。静かなままだったので、二階に向かった。寝室に入ると、床板をきしませながら古びた格子窓に近づいて、掛け金をしっかりかけるためにいったん開いた。すると星雲のほうへと消えていく、小さなコウモリのかすかなはばたきが聞こえ、さらに何かが、はっとパールの意識を引いた。海からの風がカーテンを優しく揺らし、はためかせている。その向こうで人影がひとつ、アイランド・ウォールに落ちた影の中から出てくるのが見えた。コテージのかたわらには古い帆船があって、男はそこへと光を落とす街灯の下に立っている。最初はマーティかと思った。だがナトリウムランプの黄味がかった光が照らし出しているのは、マグワイアだった。

パールは、キームズ・ヤードからここまでわたしを尾行していたことについて問い詰めたら、警部はいったいなんと言ってごまかすのだろうと思った。なにしろあの足音は、マグワイアのものだったに決まっているのだから。言い訳の内容には見当がついたし――それを自分が信じないだろうこともわかっていた。マグワイアはじっと立ち尽くしたままパールの部屋の窓を見上げていたが、しばらくすると、町の明かりのほうへと立ち去った。パールはベッドカバーの上に横たわり、闇がそのまま、浜辺を洗う潮のように自分を飲み込んでいくのにまかせた。

9

ラジオから流れる朝八時のニュースを聞きながら、パールはソファを見下ろしていた。ソファには、きちんと畳まれたタータンチェックのブランケットが置かれている。クッションのひとつがわずかにくぼみ、コーヒーテーブルには空のグラスが残っているが、それがなければ、この家にティナ・ロウがいたことを思わせるものは何もなかった。「ほんとうだってば」パールは言った。「彼女にはここで寝てもらったの」

ドリーはグラスを手に取り、匂いを嗅いでから肩をすくめた。「だったら酔いが覚めたときに、ここにいないほうがいいと思ったんでしょうよ」ドリーはグラスを置きながら付け加えた。「コニーが船で見つけたイヤリングが、ティナのものだったって可能性はあるかしら?」

「ないと思う。飛行機で来たのは金曜日だと言ってたから」

「ティナ・ロウはいろんなことを言うからね」ドリーが言った。「それも、たいていは酔っぱらっての話だし」

パールがドリーを見つめた。「鍋がやかんをなんとやらね（鍋がやかんを黒いと言う。目糞鼻糞を笑う、の意味）——プロセッコが効いたのかしら?」

ドリーが顔をしかめた。「頭が痛くって」母親が額に手を当てるのを見ると、パールも気の毒になってきた。
「座って、母さん」パールが言った。「紅茶をいれるわ」
「時間がないのよ」ドリーがバッグに手を伸ばしながら言った。「店のほうはとりあえずルビーに頼んであるけど、自分のシフトがはじまる前には、泊まり客たちのほうを片付けておかないと」ドリーはドアに向かいながら、ふと何かを思い出したようだった。「忘れるところだった」そう言ってポケットから古いバスの乗車券、綿ボコリ、半分くらいになったミントのチューブなどを出してから、ようやくシワクチャの紙切れを見つけてパールに差し出した。「今朝、留守電にメッセージが残っていたからメモをしておいたのよ。パーティ用にケータリングをご所望らしいね」ドリーは小さく笑顔を浮かべてからハンドバッグを肩にかけた。「さてと、行くわ」

ドリーが行ってしまうと、パールはしばらく、誰もいないソファを謎のように見つめた。ウォルポール・ベイ・ホテルに電話をすることも考えたけれど、それはやめにして、ドリーのメモを解読しにかかった。独特の一風変わった筆跡なのだが、地元の電話番号がなんとか読み取れた。名前のほうはすぐにわかった。サラ・バートールド。

ビーコン・ハウスは、百年以上も前からストリートを望む場所に立っている。かつては庭に、水深が浅くなっていることを船乗りたちに警告する信号灯が立っていたことから、この名前がつけられたのだ（ビーコンには、灯台のほか、なんらかの警告を与えるためのかがり火の意味がある）。海岸線にはもっと立派な豪邸もある。

中でもシーソルターの西側には、最先端のデザインを謳った、富豪たちの〝斬新な建物〟が立ち並んでいるのだが、ビーコン・ハウスの建物は独特の様式でほかのものとは一線を画しており、まず間違いなく、ウィスタブルでも最高の眺めを誇っていると言えるだろう。ニューイングランド様式の建物は正面が木造で、木のデッキが周りにぐるりとめぐらされており、マリン・パレードから近づくこともできるし、人気のない小さな雑木林を抜けて、テラスのついた裏手の庭から入ることもできる。また、ホテル・コンチネンタルの駐車場からもつながっている道があり、パールがこの朝に取ったのは最後のルートだった。

プロムナードの入り口には、もう警官の姿もない。行楽客たちはビーチに集まって泳いだり、日光浴をしたり、フリスビーをしたり、パールがほんの二日前に発見した恐ろしい死体のことには気づいてさえいないかのようだ。ビーコン・ハウスの庭のフェンスから二十メートルと離れていない場所にある古いビーチ小屋には、警察の規制線こそ外されていたものの、代わりに金属の鎖がかけられていた。

パールはサラと電話で交わした短い会話を思い出しながら、木の階段をライラック材のベランダへと上がった。電話の声には充分な親しみがあったものの、どこか焦っているような感じで、できるだけ早く会って相談をしたいのだと遠まわしに伝えてきた。パールは店をドリーとルビーにまかせて、すぐに行くからと請け合った。これでバートールド家の夏の住まいを見ることができると、興味津々なところもあったのだ。

この日も天気はよかったのだが、パールは屋敷に着くなり、ドアと窓がことごとくぴっちりと閉ざされていることに気がついた。側面の、ビーチ小屋の立ち並んでいる場所と屋敷を隔てているフェンスのそばには縦長のボート小屋があって、おんぼろではあるけれど、ラウル・デュフィの描く海のような素敵なインディゴ色で塗られていた。一台のトレーラーがその外の、浜辺へと下りられる傾斜のそばにとまっている。テラスのあたりにはビストロテーブルや、スタイリッシュなキャンバス地のデッキチェアが置かれ、垂木からは色とりどりの提灯が下がり、フェスティバルの雰囲気を醸し出していた。

ベランダに立って海のほうを振り返ると、ストリートに面した、ほかにはない眺めを持つこの屋敷が、どうして流行雑誌の記事に取り上げられ、さらにはバートールドのような裕福な人々の別荘に選ばれるのか、その理由がよくわかった。突然声がして、パールはギクリとした。

「ごめんなさい。呼び鈴は鳴らした？」

パールが振り返ると、両開きの扉のところにサラが立っていた。「いいえ」パールは言った。「ちょっと景色にみとれちゃって」

「素晴らしいでしょ？」サラが明るい声で言った。「ただあの軍の要塞はちょっと目障りだし、風力発電基地についても意見を決めかねてはいるのよ」サラが手招きした。「さあ、入って」

サラは通りやすいように扉を大きく広げたものの、パールが中に入るとまた閉じた。「じろじろ見に来る人たちが結構いるものだから」サラは説明するようにそう言うと、堂々とした居間を抜けて、打って変わったように気取りのない、農家風のキッチンへとパールを案内した。

「まあ、プロムナードからすぐのところに立っているんだし、それもある程度はしかたがないんでしょうけれど。コーヒーでいいかしら？」

パールはうなずいて、「いただきます」とこたえると、白く色を抜いたパイン材のテーブルにつきながら、裏手のデッキへのドアは開いていることに気がついた。スズメがペンキ塗りの柵にとまっては、日差しの中でさえずりながら、また飛び立っている。

「このあたりにお住まいなの？」フレンチプレスに湯を注ぎながら、サラが言った。

「アイランド・ウォール沿いのコテージに」

「あら、だったら、プライバシーを侵害されているわたしの気持ちもわかってもらえそう」

パールはにっこりした。「しばらくすれば、じろじろ見られる生活にも慣れてしまうわ」

「慣れてしまってもねぇ」サラがトレイを持ち上げながら、庭に出るドアを示した。

裏手のデッキにはテーブルがあり、白と青のギンガムチェックのクロスがかけられていた。アネモネを飾った小さな花瓶のそばに、書類用のファイルが置かれている。

「誤解はしないでほしいのだけれど」サラが続けた。「この家は気に入っているの。なんといっても、すごく――」サラはしばらく言葉を探してから、「〝風変わり〟でしょ」と言った。

「だから、この家を出なければならないかもしれないと思うと心配で」サラは、庭のフェンスのほうにちらりと目をやった。「ビーチ小屋の死体だなんて。推理小説のタイトルみたいじゃない？　もちろん、大変な悲劇ではあるんだけれど」サラは軽口が過ぎたというように、そう付け加えた。「あの小屋にこうも近いと、何か健康被害でもあるんじゃないかと不安になってしまうわ。でも警察によると、なんの心配もいらないんですって」

サラがまた、庭のフェンスのほうにちらりと目をやった。その向こうには、いくつかの小屋の屋根がはっきりと見えている。

「あれ以来、驚くほどたくさんの人たちがこのあたりにやってくるの」サラがコーヒーを注ぎながら言った。「吐き気がしちゃう。ビーチチェアにサンドイッチまで準備してきて、ぞっとするような事件がまた起こるんじゃないかと、一日中あの小屋を見つめているんだから。なんだか首が転がるのを眺めながら、ギロチンのそばで編み物を続けるドファルジュ夫人の姿を思い出しちゃうわ」サラは微笑んでから、テーブルの上のファイルに意識を移した。「でも楽しいこともあって」サラは続けた。「電話でもお話ししたけれど、あさっての夜に、ちょっとしたパーティを開くつもりなの。それで、お食事のメニューを考えてもらえたら嬉しいなって」

パールはポケットからノートを取り出した。「人数は？」

「八人より増えることはないはずよ。早めのスタートで、七時くらいから。予報だとお天気もよさそうだし、デッキでお食事にしようと思っているの。くつろいだ雰囲気の場所だから、お食事もそれに合うように、あまり肩ひじ張ったものじゃないほうがいいわ。夏向きで、しかもしっかりしたもの。魚介でそろえたくて。それであなたを思いついたってわけ。ハーコート夫妻と一緒にレストランでいただいたランチ、ほんとうに素晴らしかったもの」

「ありがとう。何か特別なパーティなのかしら？」

サラはかぶりを振った。「ハーコート夫妻へのお返しよ。でも――例によって、主人は何人か仕事の関係者を招待するつもりでいるわ」サラが小さくため息をついた。

パールはメモを取り終えた。「そうそう、カンタベリーの開発について、噂を耳にしたんだけれど」

「あら、ホテルは大きな計画の一部に過ぎないのよ。レオには終わりなんてないんだから。これまでだって人生の大半を、彼曰く、〝投資対象を守ること〟に費やしてきたってわけ。自分でもどうしようもないみたい。それが彼を動かしているのよ」

サラがフレンチプレスを持ち上げて、それぞれのカップにコーヒーを注ぎ足したときに声が聞こえてきた。「母さん？　どこにいるの？」

「表よ」サラがこたえた。

しばらくすると、アレックス・バートールドが戸口に現れた。ゆったりしたバミューダパンツをはいていたが、日焼けした上半身は裸だし、足も裸足だ。アレックスはアイスブルーの瞳でパールの目をとらえるなり言った。「失礼。お客様がいるとは思わなくて」アレックスが前に出た。「レストランの方ですよね？」

「ええ」パールは微笑んだ。

アレックスが、情報を求めるように母親のほうへちらりと目をやった。

「今度のパーティのために、ケータリングをお願いしたのよ」

アレックスの目は、その情報を吸収するあいだもパールの目をとらえていた。

「いいね」アレックスはようやくそう言った。サラは、その反応にホッとした様子を見せると、キッチンのほうへ手を振った。

「朝食はもう少し待ってちょうだい。コーヒーならここにあるけど」

「いいよ」アレックスはそそくさと言った。「外で何か食べるから」

アレックスが立ち去ろうと背を向けると、サラが慌てて声をかけた。「どこに行くの?」

「友だちに会うんだ」アレックスは苛立ちもあらわにこたえたが、そんな自分の態度を反省したようにゆっくりと振り返り、パールに向かって礼儀正しく声をかけた。「パーティを楽しみにしています」それからサッと頭を後ろに振ると、水滴が金髪から熱くなったデッキに飛び散った。アレックスは思いついたように身を乗り出して、母親の頰にキスをした。「じゃあね、母さん」

サラは、息子が出ていくのを見送りながら言った。「ごめんなさいね。あんまりうるさくするべきじゃないとわかってはいるんだけれど、あの子の計画ときたら、日ごとにコロコロ変わるものだから」

「よくわかるわ」パールは同情するように言った。「わたしにも息子がいるから」

サラが物問いたげに目を上げた。

「息子のチャーリーはカンタベリーの大学で勉強しているの」

「アレックスはいまギャップイヤーなの(大学入学資格を持った若者が、ある一定の期間、ほかの体験をするために入学を遅らせたり休学したりすること)」サラが言った。

「旅行のためではなく?」

サラはどことなく落ち着かない様子で、マリンシューズに足を入れながら家を出ていくアレックスを見つめていた。「ええ」サラはようやくそうこたえた。「息子は去年、健康上の問題をいくつか抱えていたものだから。主人とも相談して、大学で学ぶのは少し先に延ばしたほうがいいだろうという結論に達したのよ」

「深刻な問題じゃなければいいけれど」

「たいしたことじゃないの」サラはきっぱりと言った。「もうすっかりよくなったわ」

パールが顔を向けると、アレックスが高価なジェットスキーをトレーラーに載せているところだった。そこでふと、ある夏に新しいスケートボードを買ってあげられるようになるまで、チャーリーをだいぶ待たせてしまったことを思い出した。

サラが続けた。「見ての通り、健康そのものでしょ。あの子はいつもなら、休暇のときにはスノーケリングをするのが好きで。わたしたちはケープタウンに家を持っているの」サラが付け加えた。「だけどもう何年も、夏はサルデーニャ島で過ごすことにしていて。あそこにいるとアレックスは出かけっぱなしだから、六月から九月のあいだは、わたしがあの子の顔を見ることなんかほとんどなかったくらい」サラが一瞬顔をしかめた。「でも今年は、なんとか一緒に過ごす時間が作れて嬉しいわ。イースターの時期には、オランダとベルギーに旅行もしたのよ」

ジェットスキーが音を立てながら遠くへ行ってしまうと、サラはまた笑顔を浮かべながら言った。「さてと、どこまで話したかしら?」

「メニューについて」と、パールが言った。「ちょっとしたアイデアがあるんだけれど。メインには、何かイタリアの料理でどうかしら?」

「パスタ?」

「リヴォルノの郷土料理なの。独自のスープで煮込んだシーフードよ」

「素敵。詳細は、また明日確認させてもらえるかしら?」

パールがこたえる前に、玄関の呼び鈴が鳴った。「失礼。出ないと」サラがまっすぐキッチンに入ると、パールもゆっくりとそのあとを追いながら、途中で軽く足を止めて居間をザッと眺めた。玄関ホールにはぐるりとめぐる羽目板の階段がついていて、寝室のある二階へと続いている。そのほとんどの部屋からは、素晴らしい海の景色が眺められるはずだ。だとしても、サラに言わせれば、この屋敷は〝風変わり〟でしかないのだった。パールがそんなことを考えていると、サラが玄関を開けた。

「警部――」

パールがサッと顔を向けると、ベランダにはマグワイアが立っていた。ふたりの視線がからんでから、マグワイアはサラのほうに意識を向けた。「お忙しそうですね、バートールド夫人」

「いつものことですわ」サラは魅力的な笑みを浮かべてみせた。その忙しさを証明するかのように突然電話が鳴りはじめ、サラは慌てた様子で額に手を当てた。「すみません、警部。少し失礼してもいいかしら?」

マグワイアがうなずくのを見て、サラは急いで電話に向かった。電話の音がやむと、マグワイアが敷居を越えながらパールに声をかけた。「こんなところで何をしているんだ?」

「景色を堪能していたの」パールはマグワイアの向こうに目をやりながら言った。「あなたのほうは？」

マグワイアがこたえずにいると、パールはにやりとした。「なるほど、手持ちの札はまだ見せないってわけね。でもさすがにわたしは、容疑者リストから外してくれたんでしょ？」

「外したかもしれないし――外していないかもな」

「だから昨日の夜は、わたしを尾行したってわけ？」

マグワイアはこたえなかったものの、その表情が多くのことを語っていた。

「ヴィニーの奥さんが、思いがけなく、突然訪ねてきたの」パールが言った。

「ああ」マグワイアが言った。「ちょうど彼女から話を聞いたところだ」

「あら？」

「今朝、署に来たんだ。きみにそうしろと言われたと言って」

パールはしばらく考え込んだ。「逃げたのかもしれないと思ってた」

「どうしてだ？」

パールが口ごもると、別の部屋で電話をしているサラの声がかすかに聞こえてきた。パールがマグワイアを見返した。「ティナがイギリスに来たのがほんとうに金曜日なのか、確認を取ったりはしていないかしら？」

マグワイアが先ほどの質問を繰り返した。「どうして逃げる必要があるんだ？」

どうやらここ数日ウィスタブルで話を聞いてまわったことが、警部の容姿にはプラスに働いたようだ。目尻にはうっすらと笑いジワが広がっているものの、頬骨のあたりの肌は日に焼けて引き締まっているし、髪の色も、薄暗い取調室ではじめて会ったときより明るくなっている。パールは笑顔を作った。「あとで、何か飲み物でも楽しみながら話すっていうのはどう?」

この提案にマグワイアが喜んでいるのか苛立っているのか、パールにはよくわからなかったが、それを確かめる間もなく、サラが電話に向かって別れを告げ、部屋の向こうから声を上げた。「ごめんなさい、警部。すぐに行きますから」

マグワイアも大きな声で返した。「ご心配なく」だがその目はパールに据えられたままだ。「どこにする?」

「ホテル・コンチネンタルに六時半でどう?」パールが言った。

マグワイアがこたえる前に、サラが突然、ふたりのあいだに割って入った。「わたしったら、ご紹介もしないままで。マグワイア警部、こちらは――」

「ノーランさんとはすでに会っていますので」マグワイアが遮るように言った。マグワイアと目が合うと、パールはにっこりしてみせた。

それからしばらくするとパールはサラに別れを告げ、プロムナードからビーコン・ハウスを見上げた。わたしもサラと警部の会話に加われたらいいのにと思いながら。それから海岸線に目を向けた。潮は満ちはじめていたけれど、アレックスの姿もジェットスキーも見えない。音といっては子どもたちの歓声だけが、フェスティバルの蟹獲り競争が行なわれている浜辺のほうから聞こえてくる。携帯がふいに音を立てた。チェックすると、サラからメッセージが届いていた。パーティに関しての急な連絡を取る必要に備えて、自分のものに加え、アレックスの電話番号を伝えて寄越したのだ。メッセージは明るく、『楽しみにしています！』という言葉で締めくくられていた。

パールは両方の電話番号を保存すると、しばらく考え込んでから、別の番号にかけた。すると、すぐにヴォイスメールが聞こえてきた。「ハイ、チャーリー。母さんよ」パールは、気を引き締め直してから言った。「お願いがあるんだけど」

その夕方、店を閉めたパールは庭に座っていた。ミントティーのグラスがふたつ置かれた古いメタリックなビストロテーブルは、最近、格安で手に入れたものだ。けれどアンリ・ルソーの絵に出てくるようなグリーンのスプレーペンキで重ね塗りしたので、いまではハーバー・ストリートのお洒落なショップで買ってきたもののように見えなくもない――ティジーが座っていると、なおさらのこと。

「レシピについての考え方が変わったの？」ティジーが言った。

「いいえ。でも、あなたの料理だけは例外にしようと思ってね」パールはティジーがレシピを書いてきてくれた何枚かの紙を示しながら言った。今日のティジーは、妙に五〇年代のスターを思わせる。長い髪を高い位置でポニーテールにしているので、形のいい顔とすらりとした首が強調されて、若き日のブリジット・バルドーみたいだとパールは思った。

「だけど、いちいち正確に従うつもりはないんでしょ」ティジーが愛想よく言った。「自分のやり方を見つけるのが大切なんだと言っていたしね」

「あんなこと言って、気難しい人間だと思われちゃったかしら？」パールは言った。「でも、そんなことはないのよ。ただわたしにとって――料理は直感なの。だから、自分を信じる必要があるのよ」

「すべてにおいて？」

「大体において」パールは自分が一瞬ティジーを見つめていたことに気づくと、顔の前で手を振った。「暑くなってきたわ。中に入りましょうか？」

ミントティーのグラスを手にティジーのあとから居間に入るときに、パールはなんだか、若いガゼルにつきまとう古狐にでもなったような気がした。ふと、こうもいたたまれない気持ちになるのは、ティジーが息子の新しい恋人だからではなく、ただ単に、彼女が若くて美しいからなのかもしれないと思った。

居間に入ると、ティジーはかがみ込んで、サイドテーブルに飾られた写真立てを眺めた。しなやかな体が、きれいな直角に曲がっている。「テゾルッチョだわ！」ティジーが叫んだ。「この写真なんか、すっごく可愛い」ティジーは写真に向かって微笑みかけた。よちよち歩きを卒業したころに、浜辺で写したチャーリーの写真だ。

「このときもオイスター・フェスティバルだった」パールが思い出すように言った。「ストリートで蟹獲り競争があって、チャーリーが優勝したの。手に旗を持っているでしょ？」パールは見慣れた写真を、ティジーの肩の後ろから眺めた。背景にはビーコン・ハウスと、浜辺に集まっている子どもたちの姿が見える。まるで時が止まったかのように、今日の午後の情景にそっくりだった。

ティジーがパールの思いを読んだ。「パールは変わっていないのね」

「あら、いいえ、変わったわよ」パールはそっとこたえた。

「だけど、見て」ティジーは言った。「着ているものだって似ているし——昨日撮られた写真だとしてもおかしくはないくらい」

パールはふと考え込んだ。「ヴィンテージものの服はそこがいいのよ——決して古臭くならないから。じつを言うと、そのライラック色のシルクのベストもまだ持っているの。もう何年も着てはいないけど」

「素敵なベスト」ティジーは言ったけれど、もう写真からは目を離し、代わりにパールを見つめていた。「とても親密な親子なのね」ティジーはそっと言った。

「ええ」と、パールはこたえ、「うちの家族は仲がいいの」と言いながら写真をテーブルに置いた。「あなたのご家族は？」

ティジーは肩をすくめた。「家族は母しかいないの。きょうだいはいるの？」

「チャーリーと一緒ね」ティジーは言った。「ふたりともひとりぼっち」

「ひとりっ子なだけでしょ」パールが言った。「だったらあなたがこちらに来ていることで、お母さんはかなり寂しい思いをされているんでしょうね」

「理解はしてくれてるわ。この国で、わたしが何かを見つけたんだって」ティジーはパールを見返しながら、雰囲気を明るくしなければというように続けた。「わたし、自分のしたいことを見つけるまでに、すごく時間がかかっちゃって」

「演劇なのね」パールが言った。

ティジーはうなずいた。「もっと早く勉強をはじめられていたらよかったんだけど、旅をしたり、いろいろなことに時間を費やしてしまって。でもいまはもう、自分には演劇しかないって確信しているの」ティジーは考え込むように首を片側に傾げながら付け加えた。「わたしは人を観察するのが好きなんだけど、パールはどう？」

「観察？」パールは繰り返した。

「相手が、内面を表すところを見つけるの。ちょっとした表情とか小話とか、残された手がかりをね。人間ってそういうものでしょ？　そうせずにはいられないのよ」ティジーがミントティーを置くと、パールはふいに、自分がむき出しにされたような気分になった。わたしはいったい、ティジーにどれくらい自分を見せていたんだろう？　パールは話を先に進めようとした。

「チャーリーから、あなたのお芝居を見たと聞いたわ。演技にすっかり感銘を受けていた」

「ただの学生芝居よ」ティジーが肩をすくめた。「でも、楽しかった」

「どんなお芝居だったの？」

「ちょっとした――即興芝居で。たぶん、それがよかったんだと思う。レシピなしで料理をするのも、そんな感じなのかしら？」

パールは思わず笑顔を返している自分に気づき、その瞬間は、ふたりの気持ちが近づいたのを感じた。そこでティジーが時計に目をやった。「もう行かなくちゃ」

「車で送りましょうか?」パールが言った。

「ありがとう。でも、そんな距離じゃなくて――リハーサルに行くだけだから。沿岸警備隊の古い建物を使っているの」

「ウィスタブルの?」

「ええ。チャーリーの提案なのよ。彼ったら、ほんと助けになるんだから――どんなことにでもね」ティジーが立ち上がった。「コンサートには来てくれる?」

「見逃せっこないわ」パールが言った。

「よかった」ティジーはにっこりしてから、キャンバス地のバッグを肩にかけた。「レシピがどうだったか教えてね」ティジーはパールの両頰にそっとキスをすると、急ぎ足で庭の門に向かい、プロムナードへと続く小道に出た。ティジーはそこで手を振った。パールも手を振り返したものの、わざわざ腕を持ち上げる必要はなかったようだ。ティジーは振り返らなかったのだから。

家の中に戻ると、コーヒーテーブルの上のレシピに目を落とし、もう一度読み返した。レシピの内容というよりも、そこからくみ取れるものを探したのだ。筆跡は滑らかで、間違いや、線で消したところもない。丸みを帯びた、自信たっぷりの大きな文字が紙面を埋めている。だがその書体には、どことなく興味深いものがあった。しばらくのあとに、パールはそれがなんだか気がついた。文字が右側にではなく、左側に傾いでいるのだ。もうひとつ発見があった。

目を細めても文字がよく見えないのだ。パールは、明るい日差しが紙に反射しているせいだと思った。絶対に、眼鏡なんかまだ必要ではないはずだと。

10

午後六時十五分、マグワイアはホテル・コンチネンタルのバーにいて、ゆったりしたソファに腰を下ろしていた。飲み物はたいてい、琥珀色のメキシカン・ピルスナーと決めているのだけれど、ホテルのバーには幅広い客の心をくすぐるための豊富なリストがあることを知ると、ラズベリーウィートビールにしてみようかと迷ってから、結局オイスタースタウト（牡蠣殻を濾過の際に使用したビール）に決めた。背の高いグラスにビールを注いでいると、そばに少年が立っていて、自分を見つめていることに気がついた。マグワイアはにぎわっているバーに目をやった。家族連れは多かったものの、小さな子どもを探しているような気配は見られない。マグワイアは少年にこわばった笑みを向けた。だがどうやら温かみに欠けていたらしく、少年は大きなくしゃみをひとつした。すると、両方の鼻の穴から鼻水が垂れ下がった。

マグワイアがグラスを置き、ウエイトレスを呼ぼうとしたとき、パールがワインのグラスを片手に早足で近づいてきた。「ごめんなさい。ちょっと忙しくて」パールは言った。少年はパールを見上げながら、またくしゃみをした。パールは無意識の動きでグラスを置くと、テーブルからナプキンを取って、手際よく少年の鼻をぬぐった。

そこへ突然、真っ赤に日焼けした女が現れて、少年の手をつかんだ。「やっと見つけた！」

女はパールに目を向けながら、申し訳なさそうに言った。「ごめんなさいね。この子はうろちょろするのが好きなものだから」女は少年を抱き上げると、入り口の付近でベビーカーと格闘している男のところに早足で向かった。

パールはそちらを眺めてから、マグワイアを振り返った。「たぶんいないわよね?」

「何が?」

「子ども」

「そんなにわかりやすいかな?」

「ちょっとね」バッグを置いて座ろうとしたところで、バーに入ってきた男が目にとまった。マーティ・スミスだ。マーティはバーの中を見回して、パールを見つけたとたんに顔をほころばせた。そのまままっすぐ近づいてくる。

「じゃあ、来られたんだね?」店用の制服から着替えたマーティは、ブラックのジャケットにジーンズという姿でとっておきの笑顔を浮かべてみせた。が、そこでパールが困惑していることに気がついた。「業者向けの会合だよ」マーティの笑みがこわばった。「その前に、一杯飲まない?」

これを聞くと、パールは申し訳なさそうな顔でワインのグラスに目を落としながら切り出した。「ここには――マグワイア警部と来ているのよ」マーティの視線が、パールの向こう側に座っている男のほうへと移った。「捜査を手伝っているの」

「なるほど」マーティの声は素っ気なかった。「なら、お邪魔はしないよ」マーティは傷ついたような顔で一歩あとずさり、振り返ってカウンターのほうに向かった。

パールが腰を下ろしてワインのグラスを手に取ると、マグワイアはマーティのほうにちらりと目をやった。「彼氏かい？」

パールは横目で警部を見た。「あの人はたまたま、うちの店でお願いしている八百屋さんなの」

「傷ついていたようだが」マグワイアは、マーティがまだカウンターからこちらを見ているのを見て取りながら言った。「まあ、わざわざ指摘するまでもなさそうだな」パールが口を開きかけたけれど、マグワイアのほうが早かった。「どうして黙っていたんだ？」

「何を？」

「警察にいたことがあるってことさ」

パールの口元に、中途半端な笑みが浮かびかけて、そのまま消えた。パールはグラスを置いた。「だったら、ちゃんと捜査はしているってわけね」

マグワイアはこたえを待っていた。

「もう昔の話だから」パールはようやく言った。

「だとしても、やはり気になる」

「わたしの探偵事務所が気になるみたいに？」

マグワイアはオイスタースタウトを見つめた。「探偵には誰でもなれるが、それが警察にいた人間であることは多くない」

「やめたのよ」

「どうして？」

ふと、パールはマグワイアの視線にからめとられている自分を感じた。「個人的な理由で」

パールはワインを口にふくんだ。「とにかく、わたしの話をするために来たわけじゃないから」

「じゃあ、なんの話なんだ？」マグワイアが言った。

「ふたつの死体についてよ」パールは無愛想に言った。「ひとつはとてもありそうにない海の事故が原因で、もうひとつは――ちょっと信じられないような自然死」パールは言葉を切った。

「続けてもいいかしら？」

マグワイアは肩をすくめた。「ご自由に」

パールは考えをまとめるように意識を集中させた。「もう鑑識の結果は出ているはずよね。だから正確な死因と死亡時刻はわかっているし、犯行現場から集めた証拠もある」

マグワイアが指を持ち上げたけれど、パールは慌ててなだめるように言った。「もちろん、なんらかの犯罪が行なわれたと仮定しての場合よ」パールは続けた。「あなたの上官である警視は、疑わしい状況にかかわるすべての可能性を潰しておく必要を感じているんじゃないかしら」パールはマグワイアに目を向けた。「ふたりの犠牲者のあいだにはつながりがあったわけで――」

「ふたりの死者だ」マグワイアが訂正した。

「とにかくまだ、こたえの出ていない疑問が残っているはずよ」

マグワイアがオイスタースタウトをひと口飲んだ。「たとえば？」

「ひとつ目に、経験のある漁師なら、アンカーチェーンに足を取られるなんて不注意はまずしない。ふたつ目としては、残された証拠を見るかぎり、ヴィニーが死んだと思われる時刻には錨を上げるのが普通で、下ろすようなタイミングではない」

「牡蠣の詰められた籠――」

「それに作業台が片付いていたことも、ヴィニーが錨を下ろして安全を確保していたことを示している。ヴィニーは一日の漁を終えていたのよ」

「錨を上げている最中に事故ったのだとしたら？」マグワイアが言った。

パールはかぶりを振った。「そうだとしたら、アンカーロープはほとんど海中にあったはずよ。アンカーチェーンと一緒にね。デッキの上にはないわけだから、ヴィニーが足を取られるはずがないわ」

マグワイアは考え込んだ。「それで、ふたつ目の死体については？」

「もっと単純明快ね。ストラウドはパルマから飛行機でイギリスに来た。そして、死亡日の午後四時二十分にはウィスタブルにいたことがわかっている。これは彼がわたしに会いにきた時刻なの。事務所を出たのは四十五分ごろ。死んで二十四時間以内には、死後硬直により死体が固まることは言うまでもないわよね。そのあとはすぐに腐敗がはじまる」パールはワインを飲んだ。「発見時の死体の状態から考えると、ストラウドはわたしの事務所を出てから数時間のうちには心臓発作を起こしているはずよ」パールは確認を取るようにマグワイアを見た。

「大体そんなところだ」

「となると、こう考えなくちゃならないわ。つまり、ストラウドはどうしてタンカートン・スロープスのそばにある、打ち捨てられたビーチ小屋にたどりついたのか？　それからもっと重要なのは、死体を残して小屋の扉に閂をかけたのは誰なのか？」パールはマグワイアを見つめた。「ストラウドが中にいるのを知らずに誰かがやったという可能性も、完全には否定できない——たとえばティーンエイジャーか通りすがりの人が——だとしても、あの金属の輪っかに閂をかけるのにはかなりの力がいるはずよ」

「だから？」

「だから当然、閂には指紋がついていたはずだと思っているわけ」

「ついていたさ」マグワイアが言った。「きみのやつが」

「でもわたしは、扉を閉めた人間ではない。開けただけなんだから」

マグワイアがビールを少し飲んでから、「わかった。その線で考えてみるとしよう」と言った。「ヴィニー・ロウの死が事故ではなく、誰かがからんでいるとしたら——それは誰なんだ？」

パールはにっこりした。「動機、手段、機会。すでにわかっていることは何？　ヴィニーが借金を抱えていたこと？　それについてはわたしもコニーから聞いてるけど、あなたなら銀行の記録を確認することができるし、すでに当たってもいるんでしょうね。ヴィニーにとって、独立は一種の賭けだった。でもわたしの見るかぎり、彼なら成功していたと思う。ヴィニーは腕のいい漁師だし、自分のしていることもきちんとわかっていたのよ。ひとつだけ問題だったのは、養殖した牡蠣で商売ができるようになるまで、どうやって乗り切るかだった。今年からはヴィニーも真牡蠣を売ることができるようになっていたし、九月になれば、新しく育てた在来種でも商売ができていたはずなの。わたしも応援のために注文していた。ほかのレストランも、ゆくゆくはヴィニーから買うようになっていたと思うわ」

「単なる推測だろ」マグワイアが素っ気なく言った。

「わたしの推測した線で考えてみるって言ったはずでしょ?」パールはグラスに手を伸ばし、そのまま凍りついた。

「どうしたんだ?」マグワイアは、パールが入り口のところにいる人物をじっと見つめていることに気がついた。

「あれがヴィニーの元ボスの、フランク・マシソンよ」

マグワイアが見ていると、マシソンはカウンターのところで、身をくねらせるようにしながらベージュのリネンのジャケットを脱いだ。

「彼とはもう話したの?」パールが言った。

「どうして話す必要があるんだ?」

「まずマシソンは、ヴィニーが自分のもとから独立したことを面白く思っていなかった。サム・ウェラーは、貧乏と牡蠣はいつだって相性がいいと言っているけれど、フランク・マシソンはその例外ってわけ」

「そのサムってのは——？」

「あら、きちんとついてきてよ。ディケンズの『ピクウィック・クラブ』は読んだことないの？」

こたえは顔に書いてあった。

「マシソンが牡蠣の商売で何百万ポンドも稼いでいることは誰でも知ってる。だけどあの男なら、何に投資していたところでやっぱり成功していたと思うわ。なにしろ野心家なの。マシソンがいなければ、ウィスタブルでは牡蠣による商売そのものが成り立たなくなってしまうんじゃないかしら——でも、あの男を動かしているのは金だけ。それ以外はどうでもいいの」

店の責任者がマシソンにそそくさと挨拶しにいくと、数段のステップを上がり、にぎわっているレストランの中でも選り抜きのテーブルに大切な客を案内した。マグワイアがパールを見つめた。「あの男が好きではないらしいな」

「あんまりね。ヴィニーは二十年ものあいだ、彼のために働いてきたのよ。マシソンはもう少しフェアになって、ヴィニーにもっと利益を分けることだってできたのに——決してそうはしなかった。それに、新規事業を支援することもなかったの」

「リスクを見て取ったんだろう」

パールは首を横に振った。「いいえ。マシソンには、ヴィニーが利益を出すところまで行くには時間のかかることがわかっていた。あの男はおそらく、ヴィニーの資金が尽きて、また自分のところで働かせてくれとすがりに来るのを待っていたんだと思うわ」

マグワイアはまったく心を動かされていないようだった。「男がひとり、自分の支配下から独立したとしても、殺人の動機にはなりそうにないな」

「いいから、わたしの材料をチェックしてみてちょうだい」

マグワイアの困惑した顔を見て、パールが説明をした。「犯罪の手がかりって、料理の材料に似ているとは思わない？　どちらも正しい方法でまとめ上げれば、満足する結果が得られるんだから」

「そうか？」マグワイアが素っ気ない声で言った。

「もう、頼むわよ。違った素材からは、それぞれ違う味がするでしょ？　人だってそう。ある人は甘く、ある人は酸味がある――」パールはマシソンの座っている場所へちらりと視線を投げた。「――そしてある人は、とことん酸っぱかったりするのよ。そのほかにも何か、なんとも言い表しがたい風味を持っている人たちがいる。ちょっとウマミを思わせるようなね」

「なんだそりゃ？」マグワイアが顔をしかめた。

「発酵食品とか、塩蔵や乾燥加工をした食品が持つ独特のふくよかな風味のことよ。たとえば味噌汁、黒オリーブ、缶詰にしたアンチョビ――」

「で、何が言いたいんだ？」

「昨日の夜ティナ・ロウと話したあと、トニックウォーターを飲んだときに感じる、キニーネのような後味がわたしの中に残ったの。ティナは苦々しくて、自己憐憫（れんびん）に囚われている。だけどわたしだって彼女の立場だったら、やっぱりそうなっていただろうとも思う」

パールはマグワイアに、ヴィニー夫婦の話をはじめた。「あのね、ティナとヴィニーは息子さんを亡くしているの。そして、どうしてもそれを乗り越えることができなかった。ティナは酒浸りになり、ヴィニーはコニーと親しくなった。コニーはカンバーランド公爵というパブでバーテンダーをしていたのよ。それを知るとティナは行方をくらましてしまった。しかも夫婦の銀行口座から、お金をすっかり持ち逃げしてね。おまけにその数週間後には、コスタ・デル・ソル（スペイン南部の地域）から葉書を送って寄越したの。ヴィニーは恥ずかしさと失意ですっかり落ち込んでいたわ――けれど彼には、慰めてくれるコニーがいた」パールは訳知り顔にマグワイアを見た。「ティナは、金曜日の午後に飛行機で来たと言っていた。その事実関係を確認するのは別に難しくもないけれど、あなたがいま教えてくれたらもっと楽かなって」

マグワイアはためらってから口を開いた。「それは事実だ」

「ティナがそれ以前に、イギリスに戻っていたことがあるかどうかは確認できるかしら？」

「いつだ？」

「二、三週間前」

「どうしてそんなことを？」

「コニーはそのころに、ヴィニーがどこかの女と内密に会っていたんじゃないかと疑っているのよ」

「それが元妻だと？」

パールが正すように言った。「ヴィニーとティナは正式には離婚していないの。とにかく、ティナが外国にいたのであればその女ではないことになる——仮にそんな女がいたとしたら、の話ではあるけれど」

マグワイアは顔をしかめた。「いたとしたら？」そこでふいに理解した。「コニーには動機があるかもしれないってことか」マグワイアは言った。「嫉妬からだと？」

「けれどアリバイさえあれば、その可能性もなくなるわね」パールは相手の反応を待った。

知りたかったことは、すでにマグワイアの顔に書いてあった。「彼女にはアリバイがない。ヴィニーの死亡時刻には、家にいたそうだ。ひとりきりで」

パールは心を鬼にして続けた。「ストラウドの死亡時刻には？」

「散歩に出ていた」

「誰か証人はいないの？」

マグワイアはゆっくりと首を横に振った。

「わかった。ところで、ストラウドはマンストン空港に到着しているわけよね。そのあとはおそらく車を借りて——」

「GPSにより、ストラウドがまっすぐここに来たことについては確認が取れている」

「このホテルにってこと？」

マグワイアはうなずいた。

「どの部屋に泊まっていたのかはわかってるの？」

マグワイアはポケットからノートを取り出し、ページをめくった。「四十二号室だ」

「ならスイートね」パールが言った。「しかも海が眺められる部屋だわ」パールは唇を嚙みながら考え込んだ。「わたしの事務所をあとにしてから死体として発見されるまで、ストラウドを見ている人はいないのかしら？」

「誰ひとり」

「だったら、わたしたちがやらなければならないのはそれよ」

「わたしたち？」

「あなたは鑑識から情報を得られる。わたしはそのほかのあらゆる面で手伝える——人と人とのつながりや、地元の知識を使ってね」マグワイアの疑わしげな目つきに気づいて、パールはこう締めくくった。「どんなことであれ、情報は共有すると約束するわ」

「どうしてきみを信用すると？」

「わたしが元警官であることを知っているうえに、もう容疑者ではないことがわかっているからよ」

マグワイアがパールを見つめた。

「ねえ、頼むわよ」パールが続けた。「わたしが証人でもあることを忘れたわけじゃないんでしょ？　わたしなら証言と情報を与えられる——実際、もうそうしているわけだし。だからもしそのほうが簡単だっていうんなら、わたしのことを便利な情報提供者とでも思えばいいのよ」

パールはマグワイアの反応を待っていたが、返ってきたのはひとつの質問に過ぎなかった。

「〝なんとも言い表しがたい風味〟のことを、さっきなんと言ってたかな？」

「ウマミ」

マグワイアは、上着のポケットにノートをしまった。「いかにもうさんくさい」

「風味なのよ、警部、風味。聞くときには聴覚しか使わないとしても、何かを味わうときには五感のすべてを必要とする。それで思い出したけど、そのビールはどう？」

マグワイアは手の中のグラスに目を落とした。「別に牡蠣が入っているわけじゃないんだよな？」

「正解。だけど二百年前にウィスタブルでそのビールを頼んだら、塩気のある牡蠣を好きなだけ食べることができたのよ。サービスでね」パールがマグワイアのほうに身を乗り出した。「牡蠣を食べると喉が渇くの――だからますますビールが飲みたくなるってわけ」パールはにやりとした。「昔風のタパスね。おまけに相性もバッチリ。一度、試してみるといいわ」パールはワインを飲み干して立ち上がると、バッグを持ち上げたところで思い出したように言った。「そうそう、あやうく忘れるところだった――ストラウドの荷物の中に、双眼鏡を見つけたりはしなかった？」

マグワイアがポカンとした顔になった。「いや――またどうして？」

パールが微笑んだが、その笑顔が無邪気過ぎて、マグワイアはかえって引っかかるものを感じた。「また連絡するわね」

マグワイアはパールが足早に去るのを見送りながら、呼び戻そうかとも思いかけたけれど、パールはあっという間ににぎやかな観光客たちの中に消えてしまった。このときになってマグワイアも、店にいる客のほとんどが、殻付きの生牡蠣を食べていることに気がついた。それからメニューを手に取り、眺めていると、ウエイトレスがそそくさと近づいてきたので、ようやく注文を決めた。

「同じものを」空になった瓶を差し出しながら言った。ウエイトレスが去ると、マグワイアはグラスに残っていたビールを飲んだ。オイスタースタウトは濃厚で、ナッツ香があり、これまで飲んだビールとは不思議なくらい味わいが違っていた。そしてその風味は、明らかにマグワイアをとらえつつあった。

パールはそのまま家には戻らずに、タンカートン・ロードへ向かった。それからキャッスルのそばを通ってタンカートン・スロープスに出ると、そこで携帯を取り出し、チャーリーに連絡をした。このあたりは電波が悪く、携帯がまったく使えないこともあるのだけれど、なんとかショートメッセージを送ることができた。ティジーの電話番号を教えてくれたことに対するお礼と、レシピを教えてもらったことを入れておいた。レシピについては、チャーリーも好奇心をそそられることだろう。

ポケットに携帯をしまうと、パールは大砲に近づいた。だがそこで、古い望遠鏡に注意を引かれて足を止めた。もう何年ものぞいたことなどなかったので、きちんと動くのかどうか。だがもし動くのだとすれば、最近誰かが、この望遠鏡をのぞいたりはしていないだろうか。その誰かが、ネイティヴ号の作業台の上で漁の仕分けをしているヴィニーの姿を見ていてもおかしくはないのだ。

パールが二十ペンス硬貨をスロットに入れたのに合わせて、望遠鏡のレンズに日差しの円が現れた。望遠鏡を動かしてみると、遠くのレッド・サンズ要塞まではっきりと見ることができる。ここ十年ほど、地元の慈善団体が、錆びかけた要塞をこれ以上の劣化から救おうと真剣な努力を続けているのだ。似たような要塞では、修復不可能なところまで傷んでしまったものもあるのだが、レッド・サンズの防空塔には新たなプラットホームが設置されており、それも望遠鏡を使うとはっきり見えた。上部の建造物は、塔の下部についたプラットホームから、ふたつのスチール製のはしごを十メートルほど登ったところにある。まさに工学の極みのような建造物なのだけれど、いつかはあの要塞も完璧に修復される日が来るのだろうかと思いふけっていたときに、何かがパールの視界をよぎった。カイトサーファー（カイトサーフィンは、凧を使って海上を滑走するウォータースポーツ）が、浜辺に集まった観客たちを前に、宙返りのひとつを決めてみせたのだ。望遠鏡から目を離そうとしたとき、パールは観客の中に、よく知っている顔を見つけた。ルビー。けれど彼女はカイトサーファーのほうは見ておらず、隣に立っている人物に向かって微笑みかけていた。

誰だろう。パールが望遠鏡をルビーの連れに向けようとしたとき、ふと、視界が別の人影に遮（さえぎ）られてしまった。パールは慌てて小銭がないかとポケットを探ったけれど見当たらず、バッグの中からようやく一枚の二十ペンス硬貨を見つけた。

早速スロットに投入して望遠鏡を合わせると、もう、そこにルビーの姿はなかった。すでに浜辺を離れてしまったのだ。

パールは、ルビーの連れを確認するには時すでに遅しと気づいて望遠鏡を下ろした。だとしても、ひとつだけ確かなことがあった。ルビーの顔に浮かんでいた表情。あれは――恋する乙女のものだった。

11

「なかなかよく撮れているじゃないか、パール」ビリー・クラウチが釣り餌を掘るためのシャベルにもたれかかるようにして地元の朝刊の一面を眺めてから、新聞をパールに戻した。

「ありがとう、ビリー」じつはかなり古い写真で、ローカル紙の〈クーリエ〉が過去の紙面から引っ張り出してきたものなのだが、それはあえて黙っていた。レストランのレビュー記事に添えるものとして、何年か前に撮られたものだ。パールは店の外に立ち、誇らしげにメニューを示している。ほかのときであったらいい宣伝になると喜ぶところなのだけれど、写真の記事に、『ふたつの死体、ウィスタブルのパールによって』という陳腐(ちんぷ)な見出しがついているとなるとそのかぎりではない。これではまるで、ふたりの死の原因が、彼女の料理にあるかのようではないか。

早朝のシーソルター・ビーチにふさわしく、パールはゴム製の長靴とアノラックという恰好で、ビリーのあとから干潮時の干潟に出た。ビリーは泥からゴカイを集めていた。釣り餌として、ウィスタブルの釣り具店に売るためだ。立派なゴカイをひとつバケツに落としながら、ビリーはにっこりした。半ば引退はしているものの、釣りは趣味で続けている。浜辺から釣ることもあれば、ストリートから釣ることもある。ビリーによると、ストリートでは、四キロもある大きなスズキを釣り上げたことがあるのだとか。ビリーは新聞の記事に向かってうなずいてみせた。「謝礼はたっぷりもらったのかい？」

パールはかぶりを振った。「インタビューを受けたわけじゃないから。仮に受けたとしても、謝礼はもらえないんじゃないかしら」

じつはリチャード・クロスという名の熱心な若い記者がいて、パールの留守電にどっさりメッセージを残していたのだが、パールは返事をしていなかった。そこでリチャードは手に入った情報だけで一面の記事を仕立て上げると、何か情報のある方は、カンタベリー署捜査本部のマグワイア警部に連絡を、と締めくくっていた。

ビリーはがっかりしたように鼻を鳴らした。「だったら、ブン屋の連中が俺に話を聞きにくることはないかな？」

パールはにやりとした。「ないと思うわよ、ビリー」パールは新聞の小さな文字を読み取ろうとする努力をあきらめると、干潟の先に目をやった。シーソルターはウィスタブルの西から三キロほど離れた町で、海岸沿いにある古いパブを活かしたミシュランの星つきレストランで有名なのだが、パールの印象では、どこか周りから孤立していた。列車は終点のラムズゲイト、あるいはその反対のロンドンまで乗客を乗せてこのあたりを通り過ぎていくのだけれど、シーソルターには駅がなく、せいぜいバス停が数か所ある程度。住宅街もそれほど広くはないし、建物はたいてい平屋建てだ。キャラバンパークがいくつかあって、浜からは開けた湿地帯が続いている。干潮時には二キロ近くにわたる干潟が現れ、シェピー島を望む素晴らしい景色が楽しめる。この島には、いくつかのキャラバンパークのほかに、三つの刑務所が置かれている。

パールがとくに興味深く思っているのは、スウェイルと呼ばれる水路の一帯に、かつては巨大な捕虜収容所があったことだ。ナポレオン戦争の際には、朽ちかけた多くの船に、フランスの捕虜が収容されていたのだ。またこのころには戦費をまかなうため関税が上がっていたことにより密売が盛んで、何もない湿地帯がその温床になっていた。悪名高き〈シーソルター会社〉は、ブリーンにある森を隠れ蓑に、煙草、ブランデー、香水といった違法な品々の陸揚げを取り仕切り、ロンドンへと流していたことが知られている。さまざまなおとりを使い、また窓辺のランタンや煙突から突き出した箒など、巧妙な合図を駆使することによって、密売人たちは地元の沿岸警備隊といたちごっこの戦いを繰り返した。そしてときには、当局が勝利することもあった。一七八〇年には、密売に協力した十七歳の少年が死刑になり、その死体は、ボースタル・ヒルのさらし台に吊るされた。

そんなことを考えていると、早朝の日差しが注いでいるにもかかわらず、パールの体には悪寒が走った。バックパックから甘い紅茶が入ったフラスクを取り出し、ビリーにも一杯どうかと声をかけたけれど、ビリーは断り、厚い泥を掘り返し続けた。パールは、自分も行動に移らなくてはと思った。ただし彼女が探すのはゴカイではない。情報だ。「それで、最後にヴィニーに会ったのはいつ？」パールは言った。

ビリーは肩をすくめた。「前にも言ったと思うが、一週間くらい前にヴィニーがここに来てな。それがあいつと話した最後になった。だが港にいるところなら、ほとんど毎日のように見ていたよ」ビリーが背筋を伸ばした。「あれは死んじまう前の日だったな。ヴィニーが波止場にいるのが見えたから、そばに行こうかとも思ったんだが、マーティと話をしていたもんでな」

「マーティ・スミスと？」

ビリーはうなずいた。

「いったいどんな話をしていたの？」

「さあな――近くには行かなかったもんで。邪魔をしたら悪いだろ。こうなってみると、そうしておけばよかったよ」ビリーはふと黙り込んでから、また続けた。「その前のときは、ここで一緒だった。さっきも言ったように、一週間くらい前のことだ」ビリーがパールを見た。

「ちょうど、あんたがいるところに立ってたよ」

「挨拶がてらで、とくに用事はなかったの？」

ビリーは痛む腰に手を当ててから、体を伸ばした。「だと思う。ヴィニーは日によって手伝ってくれることもあれば、気晴らしにくることもあった。十月ごろには、とくによく来たっけな。冬に向けてやってくる、コクガンを見るのが好きだった」ビリーは、空っぽな空を見上げた。「アマモを食いにくるのさ」

パールはうなずいた。「それで、どんな話を？」

「とくに何も。俺らはいつだってそうだった。話す必要なんかなかったのさ」

「最後のときにはどうだったの？」

ここでビリーは、大きなため息をついた。「このあたりで行なわれている養殖について、いつもの愚痴を言い合ったよ」ビリーは、足元に落ちているムール貝や牡蠣の殻に目を落とした。

「まったくもって、ひどいありさまだからな」

ビリーの言いたいことはパールにもよくわかった。シーソルター・ビーチには、牡蠣養殖用の網袋がちょくちょく打ち上げられる。養殖作業の残骸であり、牡蠣の卵や種牡蠣を、この袋におさめたうえで、入り江の底にある棚に沈めるのだ。こういった牡蠣は、海底をさらうのではなく、袋を引き上げることにより収穫される。利点としては、捕食者による被害を減らせることがあるが、同時に、フランスの設備とともにイギリスにもたらされたと言われているヘルペスウイルスの蔓延にもつながった。

ビリーは顔を上げ、見るでもなく、打ち捨てられた古い牡蠣棚のほうに目をやった。干潟の中に、朽ちかけた骸骨のような骨組が残されているのだ。「じつをいうと、あの日ヴィニーは、誰かと一緒にいたかったんだと思うね」ビリーが言った。「いくらか妙な気分になっていたのさ」

「どうしてそう思うの？」

「シェーンのことを考えていたのは確かだからな」ビリーが言った。「バケツが釣り餌でいっぱいになると、ヴィニーは顔つきを変えて、俺を見るなり言ったんだよ。『どうして若いもんはドラッグに手を出すんだろうな、ビリー？』ってな」老いた男は言葉を切り、パールを見つめた。

「なんてこたえたの？」

「こたえられるもんか。こたえを知っているやつもおらんだろう。当の本人をのぞけばな」

だがヴィニーとティナは、その問いを何度も繰り返し自分たちに問いかけ続けてきたのだろう。「この前わたしも、ティナから同じようなことを言われた」

ビリーが顔を上げた。

「戻ってきてるのよ」パールが言った。「マーゲイトに泊まってる」

「だったら、そこから出てこんほうがいいな」ビリーが言った。「さもないとレガッタ（ボートレースや花火を含む一連のイベント）を待たずに、ウィスタブルは火を見ることになりそうだ」

パールはまだ、手の中の新聞を見つめていた。彼女が読みにくそうにやたら目を細めているのに気づいたビリーは、しばらく待ってから身を乗り出すようにして言った。「そろそろ眼鏡をと考えたりはしないのかい？」

マグワイアは受話器を少しずつ耳から離していった。そこからよどみなく飛び出してくる言葉になんとか口を挟もうと待ち受けながら、ようやくその機会が訪れると、ここぞとばかりにとらえた。「ありがとうございます。そのようにしますので、サー」そして電話を切ると、受話器を置いた。また鳴り出すのではとビクビクしたが、電話は静かなままだった。マグワイアは大きく息を吐いた。電話ではもともと、マグワイアが捜査の進捗について淡々と報告をしていたはずが、警視のほうがその会話を自分の好きなほうへ持っていってしまったのだ。これはパールが相手のときにもよくやられる。パールについては、まだ警視に話していなかった。少なくとも何もかもは。彼女が信頼に値するとはとても思えない。だが部下たちからは情報がまったく上がってこない以上、パールがあれこれ探り回るのを止める理由もないように思われた。パールはなんのかんのいっても地元の人間だ。ちょっとした運さえあれば、事件に関して何かを思い出した重要な証人を見つけ出すことだってありえるかもしれない。

どんな捜査であれ、時間は重要な鍵になる。事件発生から四十八時間以内というのが、鑑識の証拠と容疑者を結びつけるうえでの大きな境界線なのだ。容疑者の逮捕が早ければ早いほど捜査も楽になるわけだが、今回の事件においては、そもそも犯罪が行なわれたのかどうかさえわかっていない。もしも殺人事件なのであれば、どちらの現場もパールによって乱されたことになる。ビーチ小屋に関してはさほどではないものの、彼女は扉を開き、死体を返している。これが死体の肌の色に影響を与えたのは確実だ。心臓が動きを止めたあと、体内の組織には血がたまっていたはずなのだから。だがマグワイアが死体の発見後すぐに駆けつけていたことがあり、警察医はその点をあまり心配していなかった。というわけで、死亡時刻については問題なく特定されている。

状況的には変死という線で疑わしい点はない――小屋の扉に閂がかけられていたことを除けばだが。にもかかわらず、このふたつ目の死については落ち着かないものを感じていた。ストラウドが、ヴィニー・ロウに金を貸していたとなればなおさらだ。そのいっぽうで、パールはどちらの男ともつながっている。その事実が、マグワイアをジレンマに陥らせていた。両方の事件に当たる人員は今後減らされることになるだろうが、〝情報提供者〟を使うというのも気が進まなかった。過去にも何度か使ったことはある。だが概して、連中の動機には疑わしいものがあった。とくに裏切られた妻や恋人が協力を申し出てくる場合には、復讐が胸にあることが多い。マグワイアに言わせれば、これまでの経験を見るかぎり、『地獄にさえ、辱められた女ほどの怒りは存在しない』という言葉は正しいように思われた。だがそれとはまた別のタイプもいる。しかもより狡猾で、動きが読みにくい。この手の連中は、自分の握っている情報という力を振り回すのが好きなのだ。

捜査に関する主導権を握り続けることが、極めて重要だという点はよくわかっていた。あくまでも犬を一頭、自分の家に入れることを許すに過ぎないのであって、自らが犬小屋に住むようになってはならないのだ。厳密な話をすれば、もしも情報提供者を使うのであれば、それを誰かに記録してもらう必要がある。それでこそ警官と情報提供者の関係を監視することもできるのだ。だがパールが金を要求することなく協力を申し出たことで、マグワイアには抜け道が生まれた。駆け出しの探偵を使っていることなど、ウェルチ警視には絶対に知られたくない——それではあまりにも間抜け過ぎる。だがマグワイアには、自分のしていることがわかっていた。パールにはしばらくのあいだ、容疑者のリストからは外されたものと思わせておこう。じつのところは、どんな可能性も捨ててはいなかった。マグワイアは立ち上がってデスク上のファイルを閉じると、椅子の背から上着をサッと手に取った。パールを使おうが使うまいが、捜査を続けることだけは決めていた。

パールがカウンター側の電気を消したときには、閉店から三十分ほどがたっていた。パールは厨房に入ると、手にしていたメモ用紙を見つめた。「ルビー、ここに書いてあるのは一オンス？ それとも――」

「七オンスよ」ルビーがこたえた。

言われてみると、そう読めた。「もちろんそうよね」パールは言った。「ちょっと混乱しちゃって」

「何に？」

「7の縦棒のところに、横線が入っているんだもの」パールはルビーの視線を感じながら、テイジーのレシピに書かれている数字を指差した。「ここは明かりが充分じゃないから」パールは続けた。

ルビーは周りに目をやった。「充分だと思うけど」

パールはテイジーのレシピに向かって、哀しそうに眉をひそめた。問題は光のせいでも筆跡のせいでも文字の大きさのせいでもなく、自分の目にあることくらいわかっている。現実を否定するほど愚かではないのだから。ドリーはもう何年も前から老眼鏡に頼っていて、そのときどきで色の違うものを、アクセサリーめいたチェーンにつけて首からぶら下げている。だがパールにとってはもはや必需品であり、衣服のように、自分の一部も同然だった。ドリーにとってみれば、眼鏡に頼るというのは老いを認めることでしかなかったのだ。

ルビーはキビキビした手つきで、まな板の上に積まれたニンニクをみじん切りにしはじめた。

新しい料理の試作の手伝いを頼まれて、少し残ることにしたのだ。そこでルビーは、パールの怪しげな視力から話をそらすために、料理に注意を移した。「それで、これはどんな料理になるの?」ルビーは明るい声でたずねた。

「カッチュッコ・ディ・リヴォルノ。まあ、わたしたちにとっては魚のシチューね」

「お店のメニューになるってこと?」

「あるお客様のために試してみようかと思って」

パールはまな板ごと受け取ると、みじん切りにされたニンニクを、すでにタマネギを炒めていた鍋に加えた。ティジーのレシピにタマネギはなかったが、パールは即興でどうしても入れたくなったのだ。タマネギが透明になると、パセリを少々と、白ワインをたっぷり注ぎ入れた。ワインが煮詰まるのを待って鍋の中をかき混ぜた。必ず硬骨魚を入れること、という指示には従っているから大丈夫なはずだと思いながら。ガンギエイ、マトウダイ、ホウボウを使うのが伝統的な本来のレシピのようだが、そこに肉付きのよいアンコウのぶつ切りと、新鮮なハイイロボラを入れることにしたのはパールのアイデアだ。ティジーのレシピには、カッチュッコ(cacciucco)という料理名にCの文字がたくさん入っているように、できるだけ多くの魚介を使ったほうがいいと書かれている。パールは独自に、ひと口サイズのタコ、海老(えび)、ムール貝、アサリを加えようと思っていた。

「ディナーパーティなの?」ルビーが言った。

「そこまでフォーマルなものではないのよ。早めの時間からの食事会という感じね。この前、ハーコート夫妻と一緒にランチに来ていたご家族からの依頼なの。あの一家はいま、ビーコン・ハウスに滞在しているのよ」

ルビーは黙ったまま、パールには背を向けた恰好で手を洗っていた。

「あなたにも、アシスタントをお願いできないかしら？」パールが言った。

これを聞いて、ルビーが振り返った。「料理のってこと？」

「料理の準備に加えて、サービスのほうも手伝ってもらいたいの」明らかに不安そうなルビーの顔を見ながら、パールは付け加えた。「いま店でやっていることができれば大丈夫だから。もっと勉強したいんでしょ？」

ルビーは下唇を噛んでパールの申し出について考えてから、コクンと首を縦に振った。

「よかった」パールは心からそう思っていた。「きっと素晴らしい夜になるわ。それに、あの屋敷からの海の眺めはほんとうに見事なんだから」

「だろうね」ルビーは小さくため息をつくと、まな板を洗いはじめた。

パールはその瞬間をとらえた。「昨日の夜、あなたを見たように思うんだけど」ルビーがためらった様子を見せた。水道の水が、シンクに流れ続けていることにも気づいていないようだ。

「浜辺にいたじゃない」パールが続けた。「わたしはタンカートン・スロープスの上から眺めていたの。カイトサーファーのパフォーマンスを見ていたでしょ？」

短い間のあとにルビーは蛇口を締めると、また板を手にしたままパールのほうを振り返った。

「それ、あたしじゃないから」

「そうなの?」パールは驚いた声で言った。

ルビーはうなずいてから、「だって、昨日の夜はまっすぐ家に帰ったもん」と小さく笑った。「ほんと、眼鏡がいるんじゃないかな、パール」

パールが反論する前に、着信音が鳴りはじめた。陽気なアニメのメロディだ。だがその音色と相反するかのように、ルビーの顔は、かけてきた相手を悟るなり暗くなった。ルビーはパールには背を向けながら電話に出た。「もしもし」

煮詰める作業はまだ続いていたから、鍋がグツグツいうなかでルビーは携帯に耳をそばだてた。携帯についた華やかなピンクの房飾りが前後に揺れている。ルビーがようやく振り返ったとたん、パールは何かよくないことが起きたのを察した。

「いえ、その——これから行きます」ルビーは口ごもりながらそう言うと、切った電話をぼんやりと見つめた。

「どうしたの?」パールの声に、ルビーははっと我に返った。

「介護施設の看護師さんから」ルビーが言った。「おばあちゃんが取り乱してて、あたしに会いたがってるって」

パールは一瞬ためらった。「だったら行ってあげなくちゃ」

ルビーの顔が苛立ちにゆがんだ。「でも、これはどうしよう?」

パールは厨房に目をやった。調理台は試作中の料理の食材で散らかっているし、ガスレンジの上では底の広い鍋がグツグツいっている。パールは火を消すと、魚介の入ったボウルを冷蔵庫にしまった。そのまま扉についたフックからルビーの上着を外し、差し出しながら言った。
「さあ。送っていくわ」

ウィスタブルに向かう車に対して出て行く車は少なかったので、カンタベリーまでの道はすいていた。ルビーの祖母であるメアリー・ヒルの入っている介護施設は、ラフ・コモンの名で知られる地域にあった。だがその建物には〝粗野な〟ところなどかけらもない。〈フェアファクス・ハウス〉はジョージアン様式の建物で、敷地までよく手入れが行き届いていた。

パールは駐車場に空きを見つけると、エンジンを止め、ルビーのほうを向いた。「一緒に行こうか？」

ルビーがそれを望んでいるのは明らかで、いっそ痛ましいほどだった。パールはルビーの腕を取り、ヨークストーンの敷かれた小道を入り口へと向かった。堂々とした玄関ホールの壁には、ヴィクトリア時代の肖像画がずらりと飾られている。ルビーが受け付けをしているあいだ、パールはアンティークの小さな台のそばで待っていた。台にはユリをたっぷりと活けた大きな花瓶が飾られている。その花をひと目見たときには、いかにも訪れた人を歓迎しているかのようで好感を持った。だがよく見ると、花びらについた水滴がホコリを含んでかすかにくすんでいる。この場所の何もかもが、作られたものという印象を受けた。それこそ建物を包んでいる、妙に明るい雰囲気も含めて。

「おばあちゃんの部屋は三階なんだ」ルビーが言った。「まっすぐ向かっていいって」

ホールでは、ちょうど誰も乗っていないエレベーターの扉が開いていた。ふたりが乗り込んだとたん、扉が静かに閉まった。ぐるりと張られた鏡の中で、パールはルビーの無邪気な若々しい顔が、心配に曇るのを見て取った。

「大丈夫?」パールは声をかけた。

「うん。いい看護師さんたちがついてるからね、おばあちゃんに何かを飲ませて落ち着かせてると思う。でもときどき——あたしなら、そばにいるだけでそれができるから」ルビーがぎこちない笑みを浮かべた。「おばあちゃんは、大きな子どもみたいに看護師さんたちを困らせたりするんだよ。ここに電話をしたとたん、何か困ったことになってるのがわかることもある。そんなときは看護師さんに『今日はおばあちゃん、自分を忘れちゃっているのよ、ルビー』とか言われるんだけど、その意味もよくわかってるんだ。おばあちゃんは、ほんと、別人になっちゃうんだから。あれは、あたしのおばあちゃんじゃない」ルビーは言葉を切った。「ここに会いにくるたびに、おばあちゃんが少しずつ消えていくみたいで」

その思いは、エレベーターの扉が開いて廊下に吐き出されるまで、パールのそばをたゆたっていた。ルビーは右へ数歩進んだところで足を止め、パールを振り返った。「あたしが先に入ったほうがいいと思うんだけど、それでいいかな?」

「もちろん」パールは励ますような笑顔を浮かべて、ルビーが祖母の部屋に入っていくのを見守った。この子はなんて若いんだろうと思いながら。

ひとりになると、パールはなんとなく廊下の反対側の壁を見つめていた。狩猟の場面や、野生動物のスケッチなどの小さなプリントが飾られている。結局、命が尽きるのは自然なことなのだろう。だとしても、幼いころに母親を亡くした娘が、いまは少しずつ祖母のメアリーを失いかけていることを考えると、人生はルビーに厳し過ぎると思わずにはいられなかった。

中年のカップルが通りかかり、エレベーターへと向かった。男のほうがパールに気づいて礼儀正しく会釈をしてみせたが、女のほうは涙を押し殺していた。キャンバス地のショッピングバッグの持ち手を強く握り締めながら。ふたりを連れてエレベーターの扉が閉まったとき、パールはふと、いつかわたしにも、このような施設に入ったドリーを訪ねる日が来るのだろうかと思わずにはいられなかった。気をそらすために携帯を取り出すと、素早くドリーにメッセージを打ち、いまいる場所とその理由を知らせた。それから電源を切り、またしまった。

ちょうどそこで、空の水差しを手にルビーが出てきた。パールはパッと立ち上がった。「様子はどう？」

「混乱してる。最初は、あたしが誰かさえわからなかったくらい」ルビーは水差しに目を落とした。「ちょっと水をくんでこようと思って」

「わたしがやるわ」パールはこれですることができたと嬉しいくらいだったが、ルビーは首を横に振った。

「場所ならあたしのほうがわかるし。戻るまで、おばあちゃんのそばにいてもらえるかな？」

ルビーは感謝の笑みを浮かべながら、廊下を足早に去っていった。

パールは気持ちを引き締めてから、部屋に入った。

メアリー・ヒルはもともと、竿のようにまっすぐな背筋と、船首像のような胸を持ったがっしりした体つきの女性だった。だがいま、窓際の椅子に腰かけているその姿は影絵のようで、自身の認知症という悪魔により吸い取られ、弱々しく縮んでしまったかに見えた。一日の最後の日差しがメアリーに注ぎ、その影を床に落としている。なんだかメアリーの抜け殻みたい。パールはそう思いながら老女に近づくと、そばに腰を下ろした。「わたしよ、メアリー」パールはそっと声をかけた。「パール・ノーラン」

メアリーの視線が窓から動き、パールの顔をじいっと見つめた。引き結んだ唇に小さな笑みを浮かべながら、メアリーはうなずいた。「パール――」メアリーは自分自身に言い聞かせるようにして繰り返した。「ドリー・ノーランの娘さん」

パールは笑顔を返しながら、メアリーの手を取った。メアリーの体越しに目をやると、壁にはたくさんの写真が飾られていた。インファントスクール（英の幼児教育機関）の制服を着て誇らしそうなルビーに、ウィンザー・ハウスの部屋で、ルビーが木の仮装をしているクリスマスのもの。結婚登記所の外で笑顔を見せている新婚カップルの写真もあった。紙吹雪が舞う中で、新郎は白いタキシード姿、新婦はパリッとした白いボレロに、ペチコートの層をのぞかせた地面まであるスカートを合わせ、ウエストのところをしっかりと絞っている。この女性がメアリーだったりするのかしら？　そのそばには、それよりは新しいけれど、おそらく二十年かそれ以上前の写真が飾られており、いまのルビーを大人にしたような、若くてきれいな女性が写っていた。黒っぽい髪の両サイドを短くした彼女の髪型を見ながら、パールはヒューマン・リーグと、八〇年代にヒットした彼らの曲〈愛の残り火〉を思い出した。ルビーの母親であるキャシー・ヒルも、パール同様、あのレコードのファンだったのだろうか。写真の中のキャシーは憂いを帯びた微笑みを浮かべて、壁の上から遠くのほうを見つめている。

「あの人は死んじまったんだろ？」ふいに、メアリーの声がパールの思いを破った。「牡蠣漁師のヴィニー・ロウさ。彼女がこの前来て、教えてくれたよ」

「ルビーのこと？」

「いいや」メアリーはかぶりを振った。「セイディ――ビリー・クラウチの奥さんだよ。ほんとうにひどい話じゃないか」メアリーは鼻の下をぬぐってから、ハンカチをカーディガンの袖に突っ込んだ。それから部屋に目をやり、突然不安そうな顔になった。「あの子はどこに行ったんだい？」

「お水をくみにいったのよ。すぐに戻ってくるわ」

次の瞬間、メアリーの椅子から刺繍の入った小さなクッションが落ちた。メアリーは途方にくれたようにキョロキョロしたけれど、パールが拾い上げ、メアリーの腰の後ろにあてがい直した。メアリーがパールに手を伸ばした。「あんたはいい娘さんだ。あの子のことを気にかけてくれるね？」パールがこたえる前に、メアリーが淡い色の瞳をサッと壁の写真に向けた。

「わたしには無理なんだもの。あの子はもう、わたしの手の届かないところにいる。だが、あんたは違う。わたしの代わりに、あの子の面倒を見てやってちょうだい。あの子には誰かが必要なんだから。男に心を奪われているいまはとくにね」

パールは頭の中の問いを声に出していた。「誰のこと?」

「あの若いのだよ」メアリーは言った。「あれはあの子のためになりっこない。その気配だってもう見えているのに、わたしには何ひとつできやしない。ここにいるかぎりはね」メアリーは指をパールの手のひらに食い込ませながら、相手の目の中に同意の色を求めた。

「メアリー、あなたは混乱しているのよ――」

「いいや」メアリーは言った。「あの男のしそうなことくらい、わたしにはわかっているんだ。約束してちょうだい。あの子の面倒を見るって。さもないと、あいつはあの子に死をもたらすだろう」メアリーは息を整えるために言葉を切ったが、パールはその目に恐怖を読み取っていた。

「よくわからないわ。誰がルビーに死をもたらすというの?」

メアリーは話そうとして乾燥した唇を開いたけれど、言葉を失ったかのようにそのまま口がパックリ開いた。パールには、メアリーの注意がほかの何かに移ったのがわかった。ルビーが戸口から言った。「大丈夫だよ、おばあちゃん。あたしはここにいる」ルビーは水差しを手に、急いで部屋を横切った。「言ったじゃない。何も心配することはないんだって。母さんは、もう安全なところにいるんだから。思い出した?」ルビーはグラスに水を注ぐと、祖母に差し出した。

「安全?」メアリーが繰り返した。

「そうだよ」ルビーが優しく言った。「何も、誰も、もう母さんを傷つけることはできないの」

そのあとに続いた沈黙の中で、メアリーがルビーからパールへとゆっくり目を移した。「そうだね」メアリーはようやくそうつぶやいた。「その通りだ。もう誰も、あの子に触れることはできない」その思いに慰められたのか、メアリーは孫娘からグラスを受け取ると、水を飲みはじめた。

「もう帰ってもらったほうがいいかも」ルビーがパールにささやいた。「あたしは泊まれるように手配したから」

「ほんとに?」パールも小声で返した。

ルビーがうなずきながら小さな笑みを浮かべると、孫娘を見つめていたメアリーも同じように微笑んだ。パールは立ち上がり、ゆっくりドアに近づいた。そこで振り返ると、ルビーがすでに、パールと代わるようにして椅子に座っていた。メアリーはすっかり穏やかになっている。孫娘の小さな手で髪を撫でてもらっている姿は、まるでなだめてもらった子どものようだ。パールはふたりの注意を引くことなく、するりと部屋から滑り出ると、静かに扉を閉めた。

それから三十分後には、シースプレー・コテージの玄関の前に立っていた。中で電話が鳴っている。慌てて玄関を開けて受話器を取ったのだけれど、電話の主はすでにあきらめたあとだった。と思ったら、ポケットの中で携帯が鳴りはじめた。ドリーだった。「メアリーはどうだった?」

「ルビーの顔を見たら落ち着いたわ」パールは上着をサッと脱ぐと、ひじ掛け椅子に倒れ込んだ。「あんなに悪いとは思わなかったし――ルビーの苦労にも気づけてなかった」

電話の向こうで、ドリーが思い出させるように言った。「子どもってのは、大人が思うより も強くてしなやかなことが多いんだよ」

その通りだと思いながらパールが口を開きかけたところで、ドリーが続けた。「ところで、セイディ・クラウチから電話がかかってきたのよ。コニーのところに行ってきた教区牧師と話をしたんだってさ。それによると、警察がヴィニーの死体を引き渡そうとしないっていう、あんたの話は当たってるみたいだね。しばらく葬儀はできそうにないんだけど、あさっての晩に集まりを開こうって計画があるのよ」

「集まり?」

「偲(しの)ぶ会みたいなもの。フェスティバル中ってこともあるし、場所はネプチューンになると思う」ドリーが言葉を切った。「あんたも出席するって言っておいたから」

パールはしばらく考え込んだ。

「パール?」

「聞いてるわ」パールは聖アルフレッド教会の鐘の音をぼんやりと聞きながら言った。

「少し休みなさい。明日の朝、また話しましょう」

ドリーの声が聞こえなくなり、電話を切ってポケットにしまったところで、忘れかけていたことをふと思い出した。パールはシワシワになったティジーのレシピを取り出すと、苦労して目を通しながら、少なくとも明日の朝にできることがひとつはあると心を決めた。

12

「よくなった？　悪くなった？」

パールは眼鏡技師のところの壁に据えられている、照明を当てたボックス内の文字列に集中していた。認めるのは辛かったけれど、よく見えるようになったのは確かだった。ヘンリー・ブランケルは、ハイ・ストリートに店を構えている眼鏡技師で、ドリーはもう二十年もお世話になっている。ヘンリーは、自分もかけている分厚い眼鏡の向こうで穏やかに微笑んだ。二十分とはかからない検査によって、パールがだいぶ前から現実を直視していなかったことが明らかになった。彼女には眼鏡が必要なのだ。

「これはあくまで読書用だ」ヘンリーが眼鏡処方を書き込みながら言った。「だがもうひとつ、運転用の眼鏡が必要になるかもしれない。とくに夜間だな」

「どうして？」

ヘンリーが書面からちらりと目を上げて、パールの苛立たしげなしかめ面に向けた。

「つまり、どうして突然こんなことになるの？　これまでずっと、視力にはなんの問題もなかったっていうのに」パールは言った。

ヘンリーは小さく肩をすくめた。「すべては年とともに、いくらかたるんでくるのさ」

「あら素敵」

「目の筋肉も含めてだ」ヘンリーが慌てて付け加えた。

「なら、わたしも近眼になったってこと？」

ヘンリーは白髪（しらが）が混じったこめかみのあたりを引っかきながら、もう少し専門家らしい説明をした。「きみの症状は極めて一般的なもので、老眼として知られている。文字通り〝老いた人の目〟ということさ」

パールが口をポッカリと開いた。「わたしはまだ三十八歳で、七十八歳ってわけじゃないのよ！」

「二月に三十九歳になってるだろ」ヘンリーが訂正するように言った。「老眼は、四十歳から五十歳のあいだのどこではじまってもおかしくはない。眼球の水晶体が弾力性を失いはじめるとともに、毛様体筋のピントを合わせる機能が衰えるんだ」パールが渡された眼鏡処方にしょんぼりと目を落とすのを、ヘンリーが角縁眼鏡の奥から見つめた。「残念ながら、時と戦うことはできないんだ」

十分後には、パールはさまざまな眼鏡フレームを試し終えていた。幅の狭い眼鏡は顔が大きく見えるし、幅広のフレームだと顔立ちが負けてしまう。とうとう、一番存在感のない眼鏡を選んだ。だが透明なフレームのせいで、なんだか真面目な学者っぽく見える——どちらも、パールにはまったく当てはまらないのだけれど。値段のタグを確認するなり、パールは目を見開いた。だがとにかく支払いを済ませ、引き取りは後日になる旨を告げられると、なんだか得たものよりも失ったもののほうが多いような気分でその場をあとにした。

舗道では暑い中を、短パン姿で真っ赤に日焼けした観光客たちがうごめいていた。だがそこで、通りの反対側に集まっている、こじゃれた恰好の人々が目に入った。そこには議員のピーター・ラドクリフをはじめ、商工会議所のメンバーが数名、それからフェスティバル委員会からも知った顔が混じっていた。それぞれがクリップボードを片手に、窓のディスプレイを評価するため、店を次々と回っているのだ。

一団がコルヌコピアの前で立ち止まると、店主のマーティが出てきて挨拶をした。道の反対側からでも、窓には緑の網が縦横に張りめぐらされ、その中に熱帯の花々が散っているのがわかった。ごてごてと安っぽくてカラフルだ。無人島を表現しており、岸に打ち上げられた宝の箱からは、牡蠣殻（かきがら）、パイナップル、マンゴーがこぼれ出している。バナナのぶら下がるラフィアヤシの上には、ぬいぐるみのオウムがとまっていて、機械仕掛けになっているらしく前後に揺れていた。マーティはパールには気づかないまま、審査員たちを楽しませることに集中していた。審査員のほうは、ディスプレイに対するマーティのこだわりを聞きながらクリップボードにいそいそとメモをしている。パールはしばらくマーティを観察していたものの、なんだか悪いことをしているような気分になったので、にぎわっているハイ・ストリートを横切ると、ホースブリッジへと向かった。するとそこで、白漆喰（しっくい）塗りの建物から見知った顔が出てきた。

コニー・ハンターはひとりきりで、プラスチック製の淡い黄褐色のファイルを持っていた。ちょコニーは携帯をチェックすると、ハーバー・ストリートのほうに不安そうな目を向けた。ちょうど観光客を満載にした屋根のないオープンバスが、乗り降りする客がいるときにだけ止まるバス停に近づいているところだった。しばらくのあいだはバスに視界を遮られたけれど、バスが走り去ったときにも、コニーはまだ舗道に立っていた。そこへ流線形の黒い車が近づいてきたかと思うと、コニーのそばで止まった。コニーはにっこりしてから、助手席に乗り込んだ。車が方向指示器を出しながら走りはじめたとき、パールにも運転手の顔が見えた。フランク・マシソンだった。

パールはしばらくのあいだ、いま目にしたものを理解しようとしながら固まっていた。観光客たちが周りをよけていったが、それからようやく道を渡り、コニーの出てきた建物を見上げた。〈バレット&コリンズ〉は古くからある事務弁護士の事務所だが、ここ数年、共同経営者が何名かそのリストに新しく名を連ねている。パールは入り口のそばに据えられた、艶やかな真鍮の銘板に記されている新しいパートナーの名前を確認してから考えをまとめると、中に入った。

風通しの悪い受付では、黒髪をツンツンさせた若い女が、電話用のヘッドセットで話をしながら、コンピューターの画面に意識を集中させていた。パールは電話が終わるのを待ち、少し苛立ったような顔で近づいた。

「渋滞につかまってしまって」パールは言った。「ここで友だちと会うことになっていたのに。まだいるかしら?」

腕時計を確認しているパールに向かって、受付が顔をしかめた。「お名前は?」

「コニー・ハンター。たぶんバレットさんとのお約束だったと思うんだけど」

受付がコンピューターをチェックした。「いいえ」彼女はまた顔を上げながら言った。「スティーヴン・ロスとのお約束だったようです。残念ながら、数分前にお帰りになっています」若い受付嬢は、次の指示を待つかのように言葉を切った。

パールは愛想よく微笑んだ。「ありがとう」

その夕方、レストランを閉めると、ドリーはノーフォーク流ポッティド・シュリンプ（溶かしたバターに小海老を入れ、再び冷やし固めたもの）を冷蔵庫にしまってからパールのほうを振り返った。パールはコンロの前に立ち、煮立っている大きな片手鍋をかき混ぜていた。

「だったらコニーを気の毒に思って、乗せてあげようと思ったんじゃない？　それがなんだっていうの？」

「マシソンは人助けをするような人間じゃないわ」パールはむっつりした顔で言った。「何か、自分の利益になることがないかぎりはね」

「結論に飛びついているように思えるけど」

「わたしは自分の見たものについて話しているだけよ」

「何を見たっていうの？」

「コニーは片手に書類の入ったファイルを、もう片手に携帯を持って弁護士事務所から出てきたの。たぶん、マシソンに電話をかけたところだったのよ」

「どうしてそう言えるの？」

「マシソンがすぐにやってきたからよ。そして、まっすぐコニーのそばに車をとめた」

「たまたま通りかかったのかもしれない」

「コニーは誰かを待っていた」パールは言った。「バスに乗ることだってできたのよ。それなのに、コニーは車を探していた。マ、シ、ソ、ン、の車をね」

「一九八一年にキャリー・カーペンターにふられて以来、マシソンは女に対して一切興味を示していないのよ」ドリーは鼻で笑った。「あの男は金を操るのはうまいけど、女についてはそのかぎりじゃないってこと」

「だったら、恋愛ではない何かがあるのかも」

ドリーは娘を横目でにらんだ。「早く眼鏡ができるといいわね、パール」

「わたしは真面目に言ってるの」

「そうでしょうとも。でも、もう少し力を抜いたら？　あなたったら町中をうろつき回って、なんだか――」ドリーはパールの表情を見て言葉を切った。

「なんだか？」

ドリーは身構えながら言った。「まるでストーカーみたい。ほかの人たちのプライベートをこそこそ嗅ぎ回るなんて」

パールが啞然としたように口を開いたけれど、ドリーはひるまなかった。「あれじゃあ、ほかにはすることがないのかと思われたってしかたがないけれど、あなたには仕事があるわけだし――」

「しかもふたつね」パールが思い出させるように言った。

「いいえ」ドリーが言った。「レストランでの仕事がひとつと、時間を食う趣味がひとつよ」

「母さんったら、なんだかマグワイアにそっくり」パールが言った。

「だったら、あの扁平足は正しいのかも。あいつにまかせておけばいいのよ」

「情報をあげて、協力しようとしているの」

「協力なのか――競争なのか」ドリーが挑むように言った。「専門家にまかせておきなさいよ。あなたは自分が知っていることをしていればいいの」

「で、それはなんなわけ？」

「この店よ。ほかでもない、あなた自身の名前が入り口の上に出ているんだしね。誇りを持ちなさい」

ドリーは娘の視線をしばらく受けとめていたが、パールは顔を背けて、また鍋をかき回しはじめた。言い過ぎたことを察して、ドリーはパールに近づくと、先ほどよりは優しい口調で言った。「いったいどうしたっていうの？　まるで突然、この店では充分じゃなくなったみたいに」パールが黙ったままでいるので、ドリーは疲れたようなため息をついた。「チャーリーがいないのは、わたしだって寂しいのよ。だけど、もう一人前の大人なの」

「まだ二十歳（はたち）前なのよ」パールが言い返した。

「そして、恋をしている。どんな気持ちだかは覚えてる？」沈黙が返ってくると、ドリーは、

「覚えていないのね」と勝手に結論を出した。「問題はきっと、そこにあるのよ」それからあきらめて背を向けようとしたところで、突然パールが口を開いた。

「母さんは誤解してる。わたしはチャーリーのことでは幸せだし、ティジーに出会えたこともよかったと思ってる。実際、この前だってティジーをお茶に呼んだくらいなんだから」

パールはまた、何かドキリとするようなことを言われるのではと身構えたけれど、ドリーはコンロの上の鍋を訳知り顔に見つめているだけだった。「レシピを聞くために？」

湯気と一緒に芳香を放っているカッチュッコにちらりと目をやりながら、レードルを握っていたパールの手がこわばった。「わたしはただ――バートールド家のパーティにはこの料理がちょうどいいんじゃないかって」

「それで、そのレシピと悪戦苦闘してるってわけ？」

「悪戦苦闘なんかしてないわよ」

「いいえ、パール、あなたはまた張り合おうとしているのよ。今度の相手は扁平足ではなく、ティジーのようね。どうして認めないの？　わたしだってもしもあなたが息子だったら、おんなじように感じていたかもしれない」

パールは苛立った声で口を挟んだ。「今度はいったいなんの話なの？」

ドリーは肩をすくめた。「母親と息子のあいだには特別なつながりがあるってよく言うじゃない」

「しょっちゅう言い争いばかりしている母親と娘とは正反対ってわけ？」パールはあてつける

ように言った。

ドリーはそれにはこたえることなくエプロンを外すと、フックにかけて、ドアに向かった。それからふと足を止め、振り返って言った。「ごめんね」

「何が？」

「神経にさわることを言ったかなと思って」ドリーはもう一度コンロの鍋に目をやると、上着の袖に片腕を通した。「今夜の会がうまくいくことを祈ってるわ」ドアが閉まった。

ドリーが出て行くと、パールは自分の中からプライドが消え失せるのを感じた。火を消しながら鍋を見つめた。オイルとスパイスをたっぷり使った金色の液体が、パールの加えたサフランによって艶をまとっている。鍋にレードルを入れ、気をつけながら唇に持ち上げた。だがその瞬間、熱い液体が口蓋を焼いた。ギクリとしてレードルを投げると、怒ったような音を立ててシンクに落ちた。その音が静まると、パールは上着のポケットからティジーのレシピを取り出して、ドリーが祈ってくれたように会を成功させたいのなら、もっとしっかりしなくてはと思い直した。


それからしばらくすると、ルビーが店に来てくれた。打ち合わせ通り、パリッとした白いブラウスと黒いズボンという恰好で、金髪はきっちりとポニーテールにまとめている。マスカラと、艶やかな淡いピンクの口紅を塗っていたので、パールはあれっと思った。ルビーがお化粧をしているところなんて、はじめて見たと。ルビーはきれいだったけれど、緊張しているらしく、こめかみのあたりからはみ出した髪を撫でつけながら、小さな手を震わせていた。「あたしの見た目、大丈夫かな?」

パールはにっこりした。「とっても素敵よ」

パールの指示のもと、ふたりで必要なものを店のヴァンに積み込んだ。食器のセット、カトラリー、料理用の食材。大きなケータリング用の鍋は最後に積んだ。パールは勢いよくヴァンのドアを閉めながら、わたしの料理で必ずみんなを満足させてみせると気合を入れた。もしもドリーの言う通りで、パールに〝張り合う〟必要があるのだとすれば、いま、ティジーとマグワイアが自分の人生に登場したことで、過去の不安定な自分が表面に現れてきたからなのだろう。

マグワイアに警察をやめた理由を聞かれたとき、パールは慎重なこたえしか返さなかった。こたえたくなかったのは、相手がマグワイアだったからではない。そもそもその質問をされるたびに、何度も繰り返してきた話を使って切り抜けるのが常だったのだ。その話はとてもよくできていたから、それ以上深掘りされる心配もなかった。だが刑事であるマグワイアには、相手に隠していることがあれば直感的に感じ取る本職の勘がある。もちろんパールの話にも、口にされたこと以上の何かがあるのだろうと疑っているはずだ。パールはいま、自分がマグワイアに単純な真実を話すことができないのは、その後ろにある感情的なものがそれほど単純ではないからなのだろうと思った。初恋の人との関係が失敗に終わり、自分のキャリアに終止符が打たれたのが、あまりにも大き過ぎる現実であることを、自分に対してさえ認めることができなかったのだ。だが今夜はその大きな節目になりそうな気がした。触媒が働いて、わたしを別の方向に動かしてくれるかもしれないと。

運転席につき、エンジンをかけると、助手席に座っているルビーに目をやった。「行くわよ」

十分後にも、車はたいして進んでいなかった。東のタンカートンに向かう渋滞の列にはまってしまったのだ。信号が故障していて、ウィスタブル・ハーバーの向かいにあるゴレル・タンク駐車場の入り口に車がたまる原因になっていた。この〝タンク〟というのは実際には貯水池で、鉄道を敷く際、干潮時の沈泥を洗い流す目的で作られたものだ。いまでもここから水がくみ出されてはいるものの、観光客の車を預かる場所としての役割のほうが大きくなっている。交差点には若い警官が立っており、退屈した顔で車の流れを誘導していた。

パールはルビーのほうに顔を向けた。「おばあちゃんの具合は?」

「今朝は、だいぶ落ち着いてた」ルビーが言葉を切った。「だけど、もう絶対によくはならないんだよね?」

パールはどうこたえたものかと迷った。「施設の人たちがしっかり見てくれているわ」

「うん、わかってる」ルビーはぼんやりと窓の外に目をやった。膝に置かれた手が、相変わらずそわそわ動いている。

「心配なの?」

ルビーはパールのほうを振り返った。

「今夜のことよ」パールが言った。「もしそうなら、心配しなくて大丈夫。何もかもうまくいくわ」

「もちろん」ルビーが、パールの笑顔に力を得たように言った。

パールはルビーに同情を覚えた。「あなたはよく働いているわ、ルビー。それに、見てあげなくてはならないおばあちゃんもいる。少しは気を休める時間も作らないと。時間があるときには何をしているの？　つまり、何か楽しいことはしてる？」

ルビーは小さく肩をすくめた。「あんまり。散歩をするくらいかな」

「浜辺に？」

「ううん。たいていはヴィクトリーの森か、ダンカン・ダウンに行くの。小さいとき、母さんと一緒によく行ったんだ」ルビーが言った。「母さんのことは知らないんだよね？」

パールは首を振った。「話してみて。どんな人だったの？」

「自由人。おばあちゃんはいっつもそう言うの。ちょっとヒッピーみたいな感じかな。父さんもそうだった。出会ったころは、ロマのキャラバンと一緒に田舎を旅してまわったんだって」

「それは知らなかった」

「うん。ほかの旅人とも一緒にキャンプをしたりして。ロックフェスに行ったりとか、そんな感じ」

「あなたが生まれる前の話？」

「そう。けど生まれてからも、あたしが学校に行くまでは、そんなふうに暮らしてた。おばあちゃんはあたしが覚えてないだろうと思い込んでて、どっさり写真をくれたんだけど」ルビーは言葉を切った。「ちゃんと覚えてるんだよね。あの森のことも、母さんが幸せそうだったことも。いつか、あたしの子どもをあの森に連れてくんだ。ブルーベルを摘んだり、キノコ狩りをしたり、ピクニックをしたり」ルビーがパールのほうに顔を向けた。「ちゃんとした家族ならそうするみたいにね」

ルビーの無邪気な笑顔にみとれていたパールは、若い警官が自分に向かって手を振っていることに気づいてアクセルを踏んだ。

ビーコン・ハウスのすぐ外のプロムナードに、パール用の駐車スペースが確保してあった。ルビーが荷物を運ぶのを手伝ってくれた。まだ夕暮れまでは時間があったけれど、すでにベランダには豆電球がチラチラと灯り、若い女がひとり、テキパキとテーブルに花を飾っていた。ニッキー・ドワイヤーだ。背の高い魅力的な女性で、ふわふわの赤毛を肩まで垂らしている。ニッキーは数か月前にロンドンからやってきたばかりだ。ハイ・ストリートに新しい店を開き、生花(なまばな)とドライフラワーの両方を扱っている。パールはいま、バートールド家に対するニッキーの仕事ぶりに感心しながら、マーティの店のウィンドーに飾られていた極楽鳥花も、ニッキーによって提供されたものに違いないと気がついた。

「きれいね」パールが言った。

ルビーの手は、大きなテーブルに飾られたカスミソウの上をたゆたっていた。「〝赤ちゃんの(ベイビーズ・)吐息(ブレス)〟（カスミソウの別名）」ルビーは独り言のようにつぶやいた。

「その通りよ」ニッキーがにっこりした。「バートールド夫人は二階だけれど、まっすぐ入るようにと言ってたわ」

パールもケータリングの経験は充分に積んでいたから、成功の秘訣は落ち着きを失わないことだとわかっていた。主人側は、すべての問題は考慮され、対処済みであるとの安心を必要としている。それを心得たうえで、すべての荷物を運び終えると、パールはできたてのカッチュッコの仕上げに入った。ルビーも、生のイチジクとキャビアの前菜を準備している。まもなく、サラ・バートールドがキッチンに入ってきた。

「必要なものはそろっているかしら？」

パールが振り返ると、サラは、こんな夜にふさわしい輪っか状のシルバーのイヤリングを片耳にとめているところだった。ほんとうに心がざわつくほどの美しさだ。蒸し暑さにもかかわらず、白いロングドレスをまとった姿は氷のように冷ややかで、さらにはかかとの高い、スパンコールの煌めくエスパドリーユを履いており、それこそまるで彫像のようだ。

「何もかも」パールがこたえた。

サラはホッとした顔になった。「よかった。主人も三十分以内には戻ってくるし、お客様が来るのは七時半だから」だがパールが言葉を返す前に、サラの視線が窓のほうへと動き、ベランダにいる人影に気がついた。「それに、アレックスもようやく帰ってきたわ。また遅れるんじゃないかって心配していたのよ。ちょっと失礼しますね」

サラは息子を出迎えようと、早足でデッキに出た。窓の向こうに見えるアレックスは、色のあせたジーンズ、白いベスト、マリンシューズという恰好で、金髪を片手でかき回しながら母親の指示にこたえている。それから屋敷の中に入る前に、アレックスとパールの目が合った。羽目板をきしませながら階段を上がる足音に混じって、アレックスの、少し苛立ったような声が聞こえてきた。「わかったよ、わかったから。支度をするって」それから上階のどこかで扉が閉まった。

七時半ちょうどに、同じ窓からハーコート夫妻のやってくるのが見えた。花のアレンジメントと、高価なスコッチのボトルを持って、とくに夫のロバートからはみなぎるような自信が感じられる。ロバートがレオ・バートールドの手を握って上下に振ると、レオのほうも、夫妻を旧知の友のように歓迎した。ルビーがふっくらしたグリーンオリーブの皿をトレイでテーブルに運ぶあいだ、パールは耳をそばだてていた。だがハーコート夫妻による社交辞令が聞こえてくるばかりで、そのうちにほかの客も到着しはじめた。背の低い中年の男が、隣を歩いている女性と腹立った様子で言い争いながらベランダのステップを上がってきた。だが窓越しにパールの姿を見つけると、男は黙り込み、呼び鈴を鳴らした。

「あれは誰？」キッチンに戻ってきたルビーが、小声で聞いた。

「ピーター・ラドクリフ」パールがささやいた。「それから奥さんのヒラリーよ」

この男、地元ではラッティ・ラドクリフの名で知られている。陰気でむっつりとした地元の議会議員だ。ウィスタブルに一方通行の交通システムを導入しようとしていたのだが、それにパールが真っ向からたてついて以来のおなじみだった。パールは、その手のシステムを導入した町はことごとく個性を失っていると言って反対したのだが、ラドクリフは聞く耳を持とうとしなかった。ハーバー・ストリートに、車がその周りを環状に走る歩行者専用の〝カフェ区画〟を作るという無価値な計画に取り憑かれていたのだ。さらには地元の独立系店舗との競争になるチェーン店の受け入れにも熱心だったが、これが彼にとっては失敗の原因になった。地元の店主たちが一方通行システムに反対するパールの運動に同調し、計画を撤回に追い込んだのだ。

その当時、ラドクリフの不自然なカツラが地元議会の席でどれほどの退屈しのぎになったかもパールはよく覚えていた。まるで野生動物が取り合いの喧嘩をしたなれの果てのようなカツラだったのだ。だが今夜の〝ネズミ男（ラッティ）〟は、驚くほど自然な灰色の髪をふさふさとたくわえていた。おそらくは大変な費用をかけて、植毛をしたのだろう。例のカツラからは大進歩だけれど、鋭い眼光を縁取る、真っ黒い毛虫を思わせる眉とは残念ながら色が合っていない。パールはラドクリフの出費を思って、思わずにっこりした。だが別の誰かがベランダに現れて、先ほどまでラドクリフのいた場所に立つと、その笑みはかき消えた。その新客はまっすぐに海のほうを見つめている。背中しか見えなくても、パールには誰だかすぐにわかった。フランク・マシソンだ。

パールがカッチュッコをテーブルに運んだときには夕暮れが近づいており、ルビーがだいぶ前に前菜の皿を下げていた。パールが近づくと、バートールド家の面々は、ゲストたちと一緒に、庭の端に置かれたテーブルで、トゥーレーヌ産の高級なソーヴィニヨン・ブランを楽しんでいた。「まあ、ここでパールを紹介できるなんて、ほんとうに嬉しいこと」フィービー・ハーコートが甲高い声で言った。だがピーター・ラドクリフのしかめ面は、まるっきり賛同できないと言いたげであった。

サラがにっこりした。「パールのお料理は楽しんでいただけていますでしょ、ラドクリフさん?」

「まあ、それは」ラドクリフは渋い笑みを作った。「だが聞くところによると、仕事の掛け持ちをしているとか」ラドクリフはワインをひと口飲み、あとの説明は妻にまかせた。

「探偵事務所をはじめたと聞いているわよ、パール」

「そうなの?」サラが驚いたように言った。

「そうなんだろ?」ラドクリフが冷ややかに笑った。「探偵が、ひとつどころかふたつも死体を発見するとは、まったくたいした不運じゃないか。当然、新聞の記事は全部読んでいるんだろ? なんたって一面だからな、パール」

サラ・バートールドが困惑した表情を浮かべた。「あなたが、例の死体を発見したの?」

「残念ながら」パールは言った。

サラが眉をひそめた。「その話なら先日出たじゃない——ビーチ小屋の死体のことよ。そのときあなたは何も言わなかった」

レオ・バートールドがそつなく言った。「もう一度繰り返したい体験ではないだろうからな」

そしてパールに、料理を給仕するようジェスチャーで示した。「たとえ探偵だとしてもだ」

短い沈黙をフィービーが破った。好奇心が強過ぎて、その話題をそのままにしておくことができなかったのだ。「警察は真相に近づいているの？」すべての目が、こたえを求めてパールに注がれた。

「どうかしら」パールは慎重にこたえた。「捜査は警察の管轄で、わたしとは関係ありませんから」

ロバート・ハーコートが自分のグラスにワインを注いだ。「あの気の毒な漁師は、どう見たって事故死だよ」

「その漁師は、わたしのところで働いていたんだ」マシソンが言った。「もう昔の話ではあるがね」

「つまり――個人的に知っていたということかしら？」サラが言った。

「彼のことなら、パールも知っていますよ」マシソンが、その言葉で巧みに自分から注意をそらした。

「ああ、なんてひどい事件なのかしら！」サラが叫んだ。

「ほんとうに」パールが言った。「彼にはパートナーのほかに、小さな子どもがふたりもいたの。大変な損失だわ」

「意味のない損失だ」マシソンが言った。

「で、もうひとりのほうは？」レオが言った。

「心臓発作だよ」ラドクリフが簡潔に言った。

「だったら、ふたつの死のあいだに関連性はないと？」

サラがこたえを求めるようにパールを見たけれど、それにこたえたのは、彼女の息子のアレックスだった。その声は辛辣で、母親とその話題の両方に苛立っているかのようだった。「どうして関連性があるんだよ？」

サラは、息子の声音にうろたえたようだった。「わからないわ。ふたつの死が続けざまに起こったのだから、もしかしたらと思って。その漁師の死を知ったときのことを覚えているかしら？　わたしはあの夜、晩禱式に出ていたの。あのときみんなで歌ったのが〈危険な海にいる人々のために〉だった。なんて皮肉なのかしらって話をしたでしょ。覚えてる、レオ？」

「ああ」レオが疲れたように言ったとき、その目がパールの目と出合った。「だが、話題を変えないか？　ディナーの席にふさわしい内容だとは思えない」

ホストがそう言うと、客たちの注意はなんとなくパールの給仕した料理のほうに向けられた。最初にスプーンを取り、カッチュッコを味わったのはサラだった。サラはしばらく黙り込んでから、「最高だわ」と言い切った。ほかの面々も続き、舌鼓を打った。パールは満ち足りた思いで、静かに屋敷の中へと引き返した。だが扉のところで振り返ると、じっと自分を見つめている人がいた。フランク・マシソン。

その後、ルビーが食べ終わったデザートの皿とカトラリーをプラスチックの箱に詰め込んでいたときに、庭のほうからこわばった笑い声が上がった。

「なんなの？」パールが聞くと、ルビーが窓の外に目をやった。

「あの議員さんが、またろくでもない冗談を言って、奥さんにテーブルの下で蹴飛ばされたの」ルビーがにやりとした。「これを車に運んでもいいかな？」

「お願い」

ルビーが出て行くと、パールは後方の窓に近づいて、庭の端にいるゲストたちを観察した。非常にくつろいだ雰囲気だ。暗闇の中で蠟燭（ろうそく）の炎がゆらめき、それぞれがリキュールのグラスを手にしている。パールはタイミングを計り、急いで玄関ホールに行くと、羽目板の階段を上がった。踊り場のところで、少し開いているドアが目に入った。おそらくは主寝室だろう。階下では、ルビーがキッチンに戻ってきたところだった。パールは耳をそばだててみたけれど、夜の庭からは、ほろ酔い気分らしいフィービーの声が聞こえてくるだけだ。こっそりと踊り場を横切って、寝室のドアを大きく開けた。

暗かったが、淡い月光の筋が窓から皓々（こうこう）と差し込み、窓際にある背の高い何かを照らしていた。三脚に載った大きな望遠鏡だ。パールが望遠鏡を調べようと近づいたとき、ふいにプロムナードのほうから物音が聞こえた。外に目をやると、トレイのたぐいをヴァンに運んでいるルビーの姿が見えた。アレックスがその後ろから近づいて軽く言葉を交わしてから、作業を手伝いはじめた。パールは望遠鏡の前に立った。

かなり高倍率のレンズで、水平線を漂っている貨物船の姿まではっきり確認できる。シーソルターの西側にはトロール漁船が点々と浮かんでいるが、望遠鏡は明らかにあるもの――打ち捨てられたレッド・サンズ要塞――に向けられていた。表から突然笑い声が聞こえてきたので、パールは慌てて望遠鏡から離れた。そのままドアへと近づいたが、途中で目にとまるものがあった。化粧台の上に、宝飾類のたぐいが置かれている。夜の席にどれをつけるか迷ったのだろう、ゴールドのチェーンや指輪のたぐいが出しっぱなしになっている。そのそばには装飾的な宝石箱があり、蓋が開いていた。象牙らしきもので象嵌がほどこされているところを見ると――極東から来た、値がつけられないたぐいの貴重な品なのだろう。その中では月光を浴びて一連の真珠が煌めき、ほかにも熟したベリーを思わせるルビーのネックレスと、コイルのような螺旋状になったシルバーのバングルが確認できた。

パールは宝石箱に手を伸ばすと、しばらく指をたゆたわせてからルビーに触れ、動かした。すると、下から青い光が煌めき出した。ひと粒のターコイズ。だがコニーからリーヴズ・ビーチで見せられたようなイヤリングではない。ゴールドのチェーンについたペンダントに仕立てられている。それを箱に戻したところで、鋭い声が聞こえた。

「何してるんだ？」

パールが心臓をドキドキいわせながら振り返ると、ドアのところにアレックスが立っていた。アレックスが壁のスイッチを探るとふいに電気が灯り、月光が輝きを失った。

「えっと――迷っちゃったみたいで」パールは嘘をついた。「トイレを探していたんだけど」

アレックスの視線が化粧台の上の宝石箱に移るのを見て、パールは彼が状況をおもんぱかり、どうするのが最良なのかを考えているのがわかった。とうとうアレックスが、ドアを通れるように脇へよけた。

「なら右に行って」アレックスの声は厳しかった。「踊り場の真ん前にあるから」そう言うと、廊下を引き返す方向を指差した。

部屋を出る前に、パールは笑顔を浮かべてみせた。「ありがとう」

このひと言で、アレックスの緊張も緩んだようだ。「どういたしまして」アレックスはそうこたえながら、パールが立ち去るのを見送った。


パールがルビーをウィンザー・ハウスに送り届けたときには、十時を少し回っていた。

「長い一日だったわね、ルビー」

「うん、でも楽しかった」ルビーがくたびれた顔に笑みを浮かべてあくびをしながら、ヴァンを降りた。だが建物に向かおうとしたところで足を止め、パールに向かって言った。「昨日あたしに、もっと勉強するべきみたいなこと言ってたよね。あれって本気？」

パールはうなずいた。「明日、わたしが何冊か本を選んであげるってのはどう？」

「いいね」ルビーはパールに笑顔を返しながら、跳ねるような足取りでウィンザー・ハウスへと入っていった。

自分のコテージに戻ると、パールはまっすぐキッチンに行き、ずっと飲みたくてたまらなかったキンキンに冷えた白ワインをグラスに注いだ。たっぷりひと口飲んでから、庭へのドアを開けて外に出た。まだ暖かいが夜気には静けさが感じられ、木製の事務所の壁を窓枠まで這い登っている白いジャスミンが、クラクラするような香りを濃厚に漂わせている。パールは事務所の鍵を開け、デスクについた。パソコンの電源を入れると、ハイ・ストリートにある弁護士事務所バレット&コリンズのホームページを開いた。画面にはパートナーたちの写真が並び、それぞれの業務内容についての説明がついている。スクロールをしていくと、スティーヴン・ロスという名前が見つかり、感じのよい四十代前半の男が画面から微笑みかえしてきた。そのそばに記されている内容は、パールが予想していた通りのものだった。『専門は遺言、委託、遺言検認』

携帯がふいに静寂を破り、パールをギクリとさせた。慌てて電話に出ると、女性の声が言った。「遅い時間にごめんなさいね。だけど受け取ったメッセージには電話をするように書いてあったから」

「連絡をくれてありがとう、マリオン」パールは、相手が先を続けるのを待った。

「あのね、あなたの質問に対するこたえならノーよ。ビーコン・ハウスには望遠鏡なんかないし、あったこともないわ」

パールは一瞬考え込んでから、「ありがとう」と、慎重に返した。「次の読書会では会えるかしら?」

「そのつもりよ」マリオンが言った。「教区牧師の選んだ、あの作品を読み終えることさえできればね」

パールは携帯を置くと、次の読書会で取り上げることになっている、やたら分厚くて感傷的で悲惨な回顧録のことを思い出しておかしくなった。顔を上げると青白い月が見えた。空を昇っていこうとしているのに、それを何かが邪魔でもしているかのように、重たく垂れ下がって見える。だが、それが幻想に過ぎないことはわかっていた。この天の下にあるものは——いま新しい発見をしたパールを含め——あまねく定められた道を進むのだから。

13

マグワイアは、満ちつつある波立った海を力強くかきながら、海面を切り裂いていた。いつもなら、そのストロークは滑らかで安定している。だが今日の泳ぎはぎこちなかった。おそらくは、プール以外の場所で泳ぐのが久しぶりのせいもあるのだろう。マグワイアの思いは、最後に海で泳いだときに飛んでいた。週末を組み合わせて休みを取り、ヴェネツィアでゆっくりとドナの三十歳の誕生日を祝ったのだ。マグワイアはふと、ちょうどあとひと月で、リアルト橋を見下ろす古いホテルに泊まったときから五年がたつことに気がついた。一瞬、サン・マルコ広場から響いてくる鐘の音が聞こえ、ホテルのバルコニーの下を流れるカナル・グランデの濁った水が見えるような気がした。

マグワイアは目を閉じ、シルバーの留め金のあいだに胸の谷間を見せている、黒い水着姿のドナを思い浮かべた。ドナは腰まで海につかり、片手で長い赤褐色の髪を持ち上げながら、反対の手では、リド島の青い海を一緒に楽しもうと手招きしている。マグワイアのストロークが、その彼女に近づこうとでもするかのように速まった。だが間もなく、ひどく冷たい入り江の波が、彼の愚かさを咎めるように頭を叩きつけてきて呼吸が苦しくなってしまった。

立ち泳ぎをしながら息をつくと、遠目に、朝の水泳を楽しんでいる人たちが何人か見えた。

白いキャップをかぶった女の頭が、平泳ぎで水をかく力強い動きに合わせて浮いたり沈んだりしている。禿げ頭の男が、両脇にラブラドールを一頭ずつ連れて、深いほうに向け楽々と進んでいる。マグワイアは木製の防砂堤の先端にようやくたどり着いたところだったが、ほかの人たちのいるほうに行こうかと迷いながら、ふと浜辺のほうに目を向けた。すると、自分を手招きしている人がいた。陸風になびいた髪がその顔を隠したかと思うと、彼女は片手で巻き毛をつかみ、頭の上に持ち上げた。だが、幻覚ではないことはわかっていた。ああして浜辺で自分を待っているのは、パールなのだ。

海から上がると、マリンシューズがあればと思いながら、ゴツゴツした浜辺を痛々しく進んだ。洋服のところまで来ると、そばに置いておいたタオルを体に巻いてから声をかけた。「こんなところで何を?」

「心配しないで。つけ回しているわけじゃないから」パールはにっこりした。「ネプチューンのそばに車がとまっているのを見つけたのよ」

ネプチューンというのは、浜辺に立つ、白い下見板張りの〈オールド・ネプチューン〉という古いパブのことだ。この店を、つくづく恐れ知らずだという人もいる。なにしろ長い年月の中で風や波の良し悪しに影響を受け、とくに荒れているときには何度か海に飲み込まれそうになったことがあるのだから。一八八三年の大嵐には耐えて、亡くなった人々の遺体の仮置き場として使われた。だが一八九七年の冬にあった高潮は逃れられなかった。壊滅的な被害をもたらしたこの高潮は、ネプチューンだけでなく、町のほとんどを飲み込んだのだ。高潮は一度押し寄せただけでネプチューンの建物をすっかり押し流してしまい、あとには数枚の板しか残らなかった。だが古いパブは不屈の精神によってまた立ち上がると、もともとの建物の木材を集めて再建されたのだった。

〈ネッピー〉の愛称でも地元の人々に親しまれているそのパブは、自然の力に抵抗しつつ、多くの絵の中に描かれることによって、すでに永遠に命を得ていた。長年のうちに建物の基礎がずれてしまい床が傾いているので、客はパブのどちら側に立つかで、巨人に見えたり小人に見えたりする。ネプチューンはウィスタブルの景観にとって、なくてはならない古い店なのだ。

「あそこはまだあいてないの」パールが言った。「だから表のどこかにいるはずだと思って」

パールはマグワイアが、タオルで金髪を拭き、骨ばった広い肩をぬぐうのを見守った。胸元には、青白い肌の上にくっきりしたV字形の日焼けの跡がつき、たくましい背中にはシナモン色のそばかすが散っている。色黒なパールとはあまりにも対照的だったから、彼女がふと、わたしたちの先祖は人種が違うのかもしれないと思ってしまうほどだった。

「冷たいでしょ」

マグワイアが肩越しにパールを振り返った。

「海の話」パールが言った。「ほんとうなら、ほかの人たちが泳いでいる沖のほうまで行けばよかったのよ。満潮を迎える前には、干潟を通ってシーソルターから満ちてくる潮が海水を温めてくれるの。あと百メートルも進んでいたら、そこに着いていたのよ。晴れた日には三十度近くまで上がるわ」パールはパブの外に置かれた木のベンチに近づくと、そこに腰を下ろした。

「いまさら言われてもなぁ」マグワイアは相変わらず海面を上下している白いスイミングキャップに目をやりながら言うと、洋服を取り、パールのほうに近づいた。そのときに、スピードボートが轟音（ごうおん）とともに満潮の海を駆け抜けて、パールが伝えようとしている言葉をかき消した――望遠鏡がどうとか言っていたようだが。

「もとからあの屋敷にあったものではないの」そこからは聞き取れた。「だとすると、バートールド家がわざわざ持ち込んだということになる」パールは言葉を切った。「この海岸線の、何にそこまで興味を持ったんだと思う?」

「聞かせてもらおうか」マグワイアが促した。

パールは海を示しながら言った。「あの古いマンセル要塞よ。要塞の名前は、設計した技師にちなんでいるの」マグワイアは、これを聞いても無表情なままだった。「もともとは三つあった」パールは続けた。「ノア、シヴァリング・サンズ、レッド・サンズ。ノアは、船が衝突した際に壊れてしまった。シヴァリング・サンズは、もっと東に離れた沖合にあるわ。この海の、まっすぐ向こうに見えるのがレッド・サンズよ」パールは水平線のあたりにかすんでいる要塞のシルエットに目を向けたが、マグワイアのほうはパールを見つめていた。パールはゆったりしたシルクのブラウスを着て、健康的に日焼けした首元には小さなシルバーのロケットをかけている。マグワイアはふと気づくと、あの中には誰の写真が入っているのだろうと考えていた。

「レオ・バートールドは、ちょっとした海軍オタクなんじゃないのか?」マグワイアが、ようやく口を開いた。

「あれを作ったのは陸軍なの」パールが言った。「それに、レオ・バートールドにオタクの気があるとは思えない。彼はビジネスマンだし。だからこそ昨日の夕食会にも、地元の議員や、フランク・マシソン、それから建築家のロバート・ハーコートを招待したんだわ」

「どうしてそんなことを知っているんだ？」

「わたしが食事を提供したから。それで思い出したけど、牡蠣は試してみたの？」

マグワイアはその質問を無視して、もともとの話題にしがみついた。「で、何かほかにわかったことは？」

「マシソンのところでパートタイムをしている元漁師が、亡くなる一週間ほど前にヴィニーと会っているわ。その人によると、ヴィニーは心ここにあらずだったって」

「ヴィニーは借金を抱えていたんだぞ」

「でもビリー・クラウチの話を聞くかぎり、ヴィニーの頭を一番に占めていたのはそのことじゃなかったみたい。辛い命日が近づいていたのよ。ヴィニーは十二年前のオイスター・フェスティバルのときに息子さんを亡くしているの」

マグワイアが顔をしかめた。「死因は？」

「バイク事故」パールが言った。「ただしシェーンはその日、エクスタシーをいくらか服用していたの。当時二十歳で、あの子がドラッグをやっているなんて誰も知らなかった。当然、ヴィニーとティナもね」

マグワイアは黙り込んだ。十二月のある雨の晩に、スピードの出し過ぎで捕まった別の二十歳のふたり組のことを思い出しながら。

「聞いてるの？」

パールの言葉で、マグワイアは顔に降り注いでいる日差しのぬくもりの中にはっと引き戻された。

「親の知るのが最後だってのは珍しくもない」マグワイアは静かに言った。「それを告げる兆候があったとしても、目をつぶってしまうことが多いんだ。ティーンエイジャーの不安定さが、いろいろなことの説明になってしまうからな」

「兆候って、たとえばどんな？」パールが言った。

マグワイアは肩をすくめた。「種類によって違う。大麻やヘロインをやっている子どもは、たいてい引きこもりがちになる。スピードやクラックといったアッパー系なら異常に活動的になるが、メスのようなドラッグであればさらにその傾向が強まる」

「メス？」

「メタンフェタミンのことだ。クリスタル・メス。最近では多くのドラッグから選べるようになっているが、新しいものはひとつもない。快楽を得るための薬物は、この五十年近く、若者文化の一部であり続けてきたんだ。二十年前ならエクスタシー。いまでは、おなじみのコークがまた人気を取り戻している」マグワイアは咳払いをした。「話を戻してもいいか？」

だがパールは、相変わらずドラッグのことを考えていた。「それってコカインのことよね？」

マグワイアがうなずいた。「十六歳から二十四歳の若者のうちの五パーセント程度が、ある時点でドラッグを試しているという試算が出ている。それほど大きな数字ではないように見えるかもしれないが――」

「どうして子どもたちにそんなお金があるの？」

「末端価格が落ちているんだ。平均的な数字では、十年前に比べると一グラムにつき十ポンドほど安い価格で買うことができる。需要の高さからもより多くのコカインが国内に入り込んでいるし、混ぜ物をするのも簡単だから売人たちの利益も大きい」

パールが何かを隠しているのを感じて、マグワイアは言った。「何を考えているんだ？」

「ドラッグのことを知りたいのなら、大学は最高の場所だなって」パールはため息をついた。

「息子が、カンタベリーの大学にいるの」

マグワイアはしばらく考え込んだ。「しっかりした息子さんなのかな？」

「そう思いたいけど」

マグワイアはまた、パールの首元に下がるロケットに目をやった。「ご主人もまじえて、一度息子さんと話をしたほうがいいかもしれないな」

「父親はいないのよ」パールが静かに言った。

マグワイアの頭にはすぐに別の質問が浮かんだけれど、それを口にするのはやめにして笑顔を作った。「慰めにはならないかもしれないが、きみのようなお母さんから何かを隠すのは難しそうだ」

短い間のあとに、パールも笑顔を返した。「誉め言葉だと思うことにするわ」それから続けた。「ヴィニーの遺体がいつ引き渡されるか、知っていたりはするかしら?」

「検死の報告書なら、今日中に上がってくるかもしれない。確実ではないが」マグワイアが木のテーブルの下で長い両脚を伸ばした。水着がすっきりと乾いたら、服を着て、カンタベリーまで車で戻らなければならない。それがわかってはいても、こうしてパールと一緒に腰を下ろしていると、日が沈むまでベンチにぼんやりと寝そべっていたいという思いが胸にわいてくるのを感じた。この土地にやってきては、折り畳みの椅子や風よけを運んでいる観光客たちのように。

パールがこう言って、マグワイアの物思いを破った。「あなたが今夜一緒にここに来ても、そう場違いではないかもね」

「ここ?」

「ネプチューンよ。ヴィニーのために小さな集まりがあるの。お葬式の代わりにね。顔を出して、気晴らしにわたしと情報交換をするというのはどうかしら」パールは立ち上がった。「もしも日光浴で忙しいっていうのなら別だけど」

顔を上げたマグワイアの目が、日差しに煌(きら)めいているロケットの上でとまった。

「時間は?」

パールはにっこりした。「七時くらい」

それから浜辺を横切るあいだも、パールはマグワイアが自分を見ているのを感じていた。周りに足場を組んだ別荘のそばを通り過ぎるとき、上半身裸の作業員たちが上のほうからパールに声をかけ、冷やかすように口笛を吹いた。

それを見た瞬間、マグワイアは自分の反応に驚いた。守らなくてはと思いながら、彼女をどこか自分のもののように感じたのだ。だがパールが毅然とした態度で、ひとりでも大丈夫だというように歩き続けているのを見て、自分の心配はお門違いだと思った。パールは独立したひとりの女なのだ。誰のものでもなく、ましてやマイク・マグワイアのものであるはずがなかった。パールがネプチューン小路のほうに角を曲がると、マグワイアはレッド・サンズ要塞のほうに目を戻した。そこでふいに、パールの言葉を思い出してはっとした。

「きっと似合うと思ってたんだ」チャーリーが、コーヒーと、クルマエビの残り物を前にしてテーブルの向こうから言った。

「嘘ばっかり」パールは冷笑した。

「ほんとだって。なんか頭がよさそうに見えるし――だけど、その、ギスギスした感じではなくてさ」

パールはチャーリーを見つめた。「それでいったい、何が言いたいわけ?」

チャーリーは殻のたまった皿の上から、またひとつ海老を取り出した。「もうちょっとこう、おばあちゃんみたいに〝奇抜な〟やつを選ぶこともできたと思うんだけど、その眼鏡はなんていうか、その――」チャーリーの声が、言葉を探そうとして尻すぼみになった。「目立たない」

これを聞いてパールは眼鏡を外すと、手の中でいじった。自分が〝目立たない〟ことを望んでいたのかはさておき、それはまっとうな探偵にとって必要な資質ではある。なにしろ周りの環境に溶け込みつつ、観察を行なうのが仕事なのだから。だがこの眼鏡は、なにも巧妙な変装をするために手に入れたものではない。それどころか、これからは自分という人間の一部のようになるのだろう。パールはしょんぼりした顔で眼鏡をテーブルに置いた。

「例のパーティはうまくいったの？」チャーリーが言った。

「ええ」パールが笑顔になった。「喜んでもらえたわ――ルビーもよくやってくれたし」

チャーリーは、そばのテーブルに給仕をしている若いルビーのほうにちらりと目をやった。ルビーのほうでも、厨房に戻る途中でチャーリーにサッと笑顔を向けた。そのときにチャーリーは、客の多くの顔がパールに向けられていることにはじめて気がついた。「みんなが見ているのはぼく？」チャーリーは言った。「それともぼくたちふたりかな？」

客たちは確かに見ていた。こそこそと会話を交わしながらメニューをかざしたりしているのは、あれでごまかしているつもりなのだろうか。

パールはため息をついた。「地元の新聞に記事が出てからは、ずっとこんな感じなの。メニューにサインをもらえないかと言ってきた人さえいたくらい」

「母さんの料理に感銘を受けたのかもよ」

パールが言葉を返そうとしたとき、男の声が聞こえてきた。「ノーランさんですか？」見ると、若い男が近づいてくる。この暑さにもかかわらずジャケット姿で、男はとっておきの笑顔を浮かべてみせた。「クーリエ紙のリチャード・クロスです」リチャードはウサギのような素早さで、パールの隣の空席にするりと座ってしまった。「少しだけお時間をいただけないかと思いまして」

パールはチャーリーと短く視線を交わしてから、「お断りします」とこたえた。

「わかってもらえないかなぁ」リチャードは引き下がらなかった。「例の事件にはじつに興味深いものがあります。ひとつどころか、ふたつの死体が——フェスティバルの最中に見つかったんですからね。読者は、あなたサイドの話を知りたがっているんだ」リチャードが期待するような顔で言った。

「でしょうね」パールは淡々とこたえた。

「わかってもらえないかなぁ」リチャードが繰り返した。「でも、話すつもりはありません」

「完璧にわかっていますとも」パールは言った。「あなたには仕事があることもね。でも、それならわたしだって同じ」パールはリチャードの思い描いていた新聞の見出しをズタズタにしていることに、ふと罪悪感を覚えながらたずねた。「もうランチは済んだのかしら?」リチャードが首を横に振ると、パールがルビーを手招きした。「こちらの方に、シーフードカウンターで何か出してもらえる、ルビー? お店のサービスで」リチャードは自分が残念賞をもらったことを悟りながら、ルビーについておとなしくカウンターに向かった。

「お見事」チャーリーがにやりとした。

「あの記者が取材をあきらめたのは、ランチのためというよりも、ルビー目当てかもしれないわね」パールが言った。

チャーリーがそこで、突然話題を変えた。「ねえ、母さん、ネプチューンにはティジーも連れていっていいかな？」

パールは不意をつかれて見つめ返した。「今夜ってこと？」

チャーリーは椅子の背にかけてあったジージャンを着はじめた。「うん。これから、沿岸警備隊の建物に迎えにいくところなんだ。ドラマーとギタリストと、あそこで定期的にリハーサルをしているもんだから」

「それならティジーからも聞いているわ」パールはこわばった笑みを浮かべた。「もちろんいいわよ。ティジーも連れていらっしゃい」そう言うと、カップを手に取り、コーヒーを飲み干した。

「何も問題はないんだよね？」チャーリーは、母親の気分を感じ取っていた。

「なんのこと？」パールが言った。

「ティジーとのことでさ」チャーリーは単刀直入に言った。

パールは息子の率直さに驚きながら、カップを置いた。「どうして問題があると思うの？」

「その、ティジーのことが気に入らないのかもしれないと思って」チャーリーは正直に言った。

「嫌うところがあるかしら？」パールが言った。「美人で、才能があって、おまけに料理の腕も素晴らしくて。あなたが完璧な女性を見つけたことに、母さんが問題を感じるわけがないでしょ？」パールは相変わらず微笑んでいたけれど、チャーリーはそれにこたえなかった。「あらあら」パールが言った。「ここはあなたが何かを言うところ――」

「彼女は完璧じゃないけど、母さんはそうだとでも言いたいの？」

「単なる冗談よ」パールが言った。

「わかってる」

パールはチャーリーの視線を感じて気まずさを覚えながらため息をつくと、とうとうこう口にした。「おそらく母さんの問題はティジーじゃなくて、あなたなのよ、チャーリー。もう少し早く話すこともできたはずでしょ？」

「なんの話？」チャーリーは困惑していた。

「たとえばブルージュの件ね。あなたはひとりで行くと言っていた」

チャーリーは小さく肩をすくめた。「そのつもりだったんだけど、途中で気が変わったんだよ。当時はまだ、彼女に対する本気具合が自分でもよくわからなくて」

「それでいまは？」

チャーリーがにやりとした。「自分でもどうかと思うくらいぞっこんなんだ」

「チャーリー――」

「母さんにも、彼女のことを好きになってもらいたい。それだけなんだ」

息子の瞳には、おなじみの表情が浮かんでいた――これまでの年月、この目つきをされるたびにパールは心をほだされ、譲歩してきたのだった。パールはもう一度大きく息をつくと、心の底からこう言った。「ティジーのことは好きよ」同時にバッグに手を伸ばし、ラッピングされた包みを差し出した。

「何これ？」チャーリーは困惑顔で、銀色の蝶が点々と散っているピンクの可愛らしい包装紙を見つめながら言った。

「ティジーへのプレゼント」パールが言った。「わたしからのね——だから、必ず渡してよ」

チャーリーは最後の海老を口に放り込むと、しばらく味わってからテーブル越しに身を乗り出して、母親の頰にいきなり軽いキスをした。そのまま立ち上がると、「母さんはほんとうに完璧だよ」と言ってから、最後にいたずらっぽく、「ほぼほぼね」と付け加えた。チャーリーはにやにやしながらドアに向かい、戸口のところで手を振った。

チャーリーの姿が窓の向こうから消えたところで、パールはいまいましい眼鏡に目を落とし、ケースの中に突っ込んだ。


それから二時間後、パールは庭にある事務所のデスクについていた。もう何週間も雨が降っていないし、降る予報もなかった。空は、ピンと張った青いキャンバスのようだ。ふいに表の浜辺から、メガホンを通した大きな声が聞こえてきた。見ると、フェスティバル恒例の綱引きのために、ふたつのチームが準備をしている。知っている顔もいくつかあった。漁師、地元の建設業者、このあたりで活動しているアスリートも数人——それからマーティ。パールはその姿を窓から観察した。上半身を脱いだマーティの胸の筋肉が引き締まるのを見ていると、なんだかのぞき見でもしているような気分になった。両チームの選手たちが前浜に足を突っ張ろうと力を振り絞るなか、マーティの顔も苦しそうにゆがんでいる。周りでは、地元の人間と観光客が入り混じりながら選手たちに声援を送っており、大変な事件が起こっているにもかかわらず、そのいっぽうではフェスティバルが続いていることをパールに思い出させた。しばらくすると勝鬨が上がった。見ると、マーティが両腕を高々と突き上げており、相手チームは湿った浜にバッタリ倒れ込んでいた。一瞬パールは、マーティが自分に目を向けたように感じた。だが錯覚に決まっている。マーティは勝利に酔いしれているだけだ。

マーティがチームメイトのほうを振り返るなか、パールはパソコンの前に戻り、地元のウェブサイトのアドレスを打ち込んだ。最近、金を払って探偵事務所の小さな広告を載せてもらったのだが、そこからの問い合わせはまだひとつも来ていない。おそらくは母さんの言う通り、わたしはレストランにあてるべき時間をさいて、自分の時間を無駄にしているだけなのだろう。なにしろいまの時代、コンピューターの検索エンジンというテクノロジーを使えば、誰でも自分の謎を解決することができるのだから。だとすれば、どうしてわたしは自分の謎を解くことができずにいるのかしら。おそらく、とパールは思った。解くべき謎などそもそも存在していないからで、マグワイアからの検死報告が、ヴィニーの死にまつわる疑問のあれこれにきちんと説明を与えてくれるのではないかしら。

パールは画面の左上の隅に出ている文字を見つめた。〝検索〟。それからその横にある検索ボックスに〝レオ・バートールド〟と打ち込んだ。一瞬ためらってからキーを叩くと、関連ページが画面を満たしはじめた。新聞や雑誌の記事、経済アナリストの言葉からの引用、経営統合に関する意見。社会面に関する項目には、レオとサラのジュネーヴでの結婚式や、アレックスの出生届にまつわるものなど、さまざまな写真が出ていた。もっと最近のものらしいカラーの紹介写真があったので、パールはそれを全面表示にし、レオの顔を拡大してみた。

パールが見知っている通りのレオだった。冷静で、自信に満ちていて、人間というよりも、どこかロボットのような感じのする男。いっぽうその横にいるサラは、まるで釣り合いを取るかのようにはかなげで、繊細（せんさい）な美を見せている。彼女の完璧な笑顔の裏には、何か家族の秘密が隠されているのだろうか？　ふたりの少し前の中央にはアレックスが立っている。父親の手がその体を安定させるように肩に置かれているところは、カメラを向くという単純な動作を息子に強いているかのようだ。おそらくは――彼の将来に対してもそうなのだろう。

その写真はまさに完璧な家族そのものだったが、パールはふと、ここまで世間の目にさらされながら生きている人たちにとって、隠れる場所などあるのだろうかと感じた。レオ・バートールドが、この夏にボヘミアン的な田舎暮らしをすることを選んだのも、そんなところに理由があるのかもしれない。それとも――ホテル関連のプロジェクトにからんで、この地に来る必要があったのだろうか？　そもそもサラは、レオについてはじっとしていられないタチの人間だと言っていたし、一家は、ウィスタブルよりもよほど華やかなあちこちの土地に別荘を持っているのだ。

サルデーニャの、地中海に臨（のぞ）む崖の上に立つ別荘〈ヴィラ・レオーニ〉を紹介している雑誌の写真が見つかった。その下には、一家が浜辺のレストランで食事をしている写真もあった。

まるでライオンの家族のように誇らしげなその写真にはキャプションがついており、ある一文がパールの注意を引いた。『レオの息子のアレクサンダー・バートールド。これからミラノにある大学で経済学を専攻の予定』だったら、アレックスは父親にならってビジネスの世界に入るつもりなのね。そう思いながらも、パールの脳裏には、また別の姿が焼きついていた。お決まりのバミューダパンツにマリンシューズという、カジュアルな姿のアレックス。あの子が、父親の帝国を継ぐところなんてとても想像できない。ふと、アレックスに対する同情を覚えた。サラの言っていた体の不調というのは、何かストレスと関係があるのだろうか。両親の期待は大きいはずだけれど、あの子はまだ若い。父親の望む息子になるには、まだ時間がかかるはずだ。少しずつだけれど、チャーリーがどんどん父親に近づいているように。

パールは引き出しから、薄い紙挟みを取り出して開いた。中には何枚かのスケッチが入っており、シワになった薄紙で仕切られている。黄昏時(たそがれ)のウエスト・ビーチ、シーソルターの古い牡蠣棚、タンカートン・スロープスから眺めたストリート、それから防波堤に腰を下ろして海を眺めている、長い黒髪を垂らした少女。

最後のスケッチから顔を上げると、パールは窓の外に目をやった。景色はほとんど変わっていなかったけれど、いまでは風力タービンの白い羽根が優しい風に回っている。スケッチに目を戻したとき、少女の顔の上をたゆたっていたパールの指がかすかに震えた。母さんはなんにもわかっていない、とパールは思った。わたしの問題は、若いころの恋に落ちたときの気持ちを、あまりにも覚え過ぎているところにあるのよ。

14

アイランド・ウォールの裏手の浜では、潮が引いたあとに残されたブラダーラック（海藻の一種）がもつれるなかで、カモメとキョウジョシギが餌をあさっていた。遠くには、背を丸めながら干潟を進んでいく、謎めいたいくつもの人影が見える。子どもを連れた親たちが、靄にかすむ陽光の中で、蟹や貝を探しているのだ。パールは自分もこの同じ浜で、父親と一緒に潮干狩りをしたときのことを思い出した。生まれつき反抗心の強かったトミー・ノーランは、現状に対して疑問を持ち続けることの重要性を植えつけるようにして娘を育てた。成長するにつれ、パールは自ずと、漁師たちがほとんど常に、何かしら当局との問題を抱えていることに目を向けるようになった。近頃では割り当て量の改善を求めて抗議活動が行なわれているけれど、数世紀前であれば、汚職に手を染めている沿岸警備員をどう避けるかに心を砕いていたことだろう。シーソルターでは、地元の密輸団体が、酒や煙草や装飾レースといった密輸品の陸揚げを仕切っていたばかりか、不法なうえに非道な人身売買の輸送にもひと役買っていたのだ。

三百年前、牡蠣漁用の縦帆船は、フランスの戦争捕虜を、収容所になっていた廃船から、沖合の係留施設へと定期的に逃亡させていた。これは干潮時の浅瀬には近づくことのできない、喫水の深い船が使う施設だ。脱走兵たちはその古い木製のプラットホームから、せかせかと働いている漁師や船乗りたちにまぎれこんで、まさにこの浜から陸に上がったのだと言われている。おそらくは彼らも、いまのパールのように、耳慣れない漁師たちの労働歌を耳にしたのではないだろうか。その歌は夜風に乗って、オールド・ネプチューンの外から漂ってくる。若いミュージシャンのグループが、低い石壁に腰を下ろして、アコーディオン、ハーモニカ、フィドルを演奏しているのだ。その旋律こそ古いものだが、いまこの時を打ち壊さんばかりに荒っぽく歌声を張り上げているところは、いかにも今風の演奏だった。

「ここにいたのね！」

振り返るとドリーがいた。深紅のショールを体に巻きつけて、目をキラキラさせながら男と腕をからめ合わせている。男は年齢も背丈も大体ドリーと同じくらいだが、スッと伸びた背筋とまっすぐな肩のラインのおかげで、かなり若々しく見えた。黒っぽい肌に、がっちりした体つき。太ってはいないがたくましそうだ。脚が短いわりに肩幅が広いものだから、なんらかの力によって、四角になるよう上から押しつぶされたような印象を受ける。

「ファアン」ドリーが言った。「娘のパールを紹介するわね。パール、こちらはファアン。フラメンコの先生よ」

これを合図に男がサッと一歩前に出ると、手を差し出した。妙に猫を思わせる手で、指からは黒々とした太い毛が生えている。

「エンカンタド」ファアンが喉を鳴らすような声で言った。

「お会いできて嬉しいって」ドリーが通訳した。「ただし、ファアンは完璧に英語を話せるのよ。

そうよね？」

「その通り」ファンが白い歯を煌(きら)めかせ、パールの手を大きく振りながら言った。気まずい沈黙が広がるのを感じて、ファンが口を開いた。「あっちで待っているよ、ドロレス。音楽のそばでね」それから優雅に手を閃(ひら)めかせると、その場を離れた。

「またあとで(アスタ・プロント)」ドリーは指をひらひらさせながら、ファンに手を振った。

パールは母親を見つめた。「ドロレス？」

「ドリスでは、わたしに合わないんですって」

「あの人がそう言ったの？」

「ファンには、わたしの中にある〝スペイン人の魂〟がわかるのよ。スペイン語も教えてもらっているの」

「フラメンコのほかに？」

ちょうどそこで、ファンがドリーに投げキッスを送り、それから演奏に注意を向けた。ドリーはパールをにらみつけた。「へんな当てこすりはやめてちょうだい、パール。レッスンには十人以上の生徒がいるのよ」

「なら、カスタネットがたくさんあるわけね。あの人、へたばらなければいいけど」

ドリーは立ち去ろうとでもするかのように、ショールを引き寄せた。

「どうして連れてきたのよ？」パールが苛立った声で言った。

「どうして連れてきちゃいけないのよ？」ドリーは彼女らしい理屈をこねた。「ヴィニーだって、ファンを好きになっていたはずよ！」そこでドリーの目がふいに険しくなった。「ただし、扁平足がこの場に来るのを喜ぶとは思えないけど」

浜辺を近づいていたマグワイアが、ふたりの会話の内容を察したかのように足を止めた。ドリーは訳知り顔な目を娘に向けた。「中で会いましょう」

ドリーがパブの入り口で待っているファンのほうに向かうと、マグワイアがその機会をとらえ、パールに近づいた。こういう場にふさわしく、黒っぽいスーツと、パリッとした白いシャツで決めている。足元はやはり穴飾りのついたこじゃれた靴だったが、浜辺に広がる小石の上ではどことなく場違いに見えた。

パールが口を開こうとした瞬間、喝采の波が起こった。演奏を終えたミュージシャンに向かって、子どもたちがパブのステップから拍手を送っている。その中にはヴィニーの娘たちもいた。それだけを見れば、なんの変哲もない夏の夜のイベントのようだったが、多くの客が列をなしてパブに入りはじめていて、これは死んだ漁師を偲ぶ会なのだという現実を思い出させた。マグワイアはパールの気分を感じ取っていた。「ほんとうにいいのか？」

パールはマグワイアに顔を向け、うなずいた。「行きましょう」

町中からある程度の人数が来ていたから、パブの中はごった返していた。扉のそばのテーブルには、ネイティヴ号のデッキの上で、日差しに向かって微笑んでいるヴィニーの写真が飾られていた。古い木とビールの匂いがあたりを満たし、ふたつの置き台に渡された板は、その上に並んでいるソーセージロールとキッシュの大皿の重みでたわんでいる。赤ら顔のぶっきらぼうな店主ダレルの好意で、八時までは無料で飲める飲み物も準備されていた。だからといって、ガブ飲みをする人はいないだろう。片手に黒ビール、もう片手にウイスキーのグラスを持っているビリー・クラウチを別にすればの話だけれど。

部屋の向こうでは、フアンからワインのグラスを受け取りながら、ドリーがパールに目を向けていた。ドリーはパールに向かってグラスを持ち上げてみせると、ひと口飲んでからコニーに近づいた。コニーは、彼女を慰めようとする人々に囲まれていた。大半は、夫を失ったのが自分ではないことにホッとしている若い母親たちだ。パールはコニーの様子を観察し、ヘアスタイルが変わったこと、可愛らしい顔立ちが化粧で引き立って見えることに気がついた。ショート丈の黒いシフトドレスに身を包み、小柄ながら曲線の豊かな体が、窓から差し込む日没の光で背後から照らし出されている。

マグワイアがパールの興味を見て取った。「どうしたんだ?」

パールは我に返った。「えっと――コニーがいつになくきれいに見えるなって」そのときに、見知った顔が厨房(ちゅうぼう)から出てきた。ルビーだ。ルビーはピタリと足を止めると、やましそうな顔で、運んでいた食べ物のトレイに目を落とした。

「パール!」ルビーは、見つかっちゃったとでもいうかのように息を呑んだ。「気にしたりしないよね?」

「何を?」

「ここでアルバイトしてること」ルビーは後悔を絵に描いたような顔になると、早口で言い訳をはじめた。「でも、ほんとはアルバイトってわけでもないんだよ。ちょっとしたお手伝いってとこ。ダレルにバッタリ会ったんだけど、そしたら何時間か働かないかって言うから。それに、これ一回きりだしね」ルビーは心配そうにパールの反応を待っていた。

「自由な時間は、あなたの好きに使っていいのよ、ルビー」パールは優しく言った。

ルビーは明らかにホッとした顔になって、ふいに、運んでいたトレイのことを思い出したようだった。きれいな三角形にカットされたサンドイッチに、パセリが散らしてある。「さあ、ひとつどうぞ」ルビーは、「全部あたしが作ったんだよ」と言ってからマグワイアに注意を向けた。「刑事さんだよね？　新聞で写真を見たもん」

マグワイアがウインクした。「あんまり怖い顔でなかったらいいんだが」

ルビーはにっこりしてから店の中に目をやった。「あたし、亡くなった人のことはよく知らないんだ」ルビーが小さな声で打ち明けるように言った。「だけど、こんなにたくさんの人が集まるんだから、きっといい人だったんだろうなって」

「その通りよ」パールが、友人のことを哀しく思い出しながら言った。

ルビーはふと、何か言いたそうな様子を見せたが、すぐに気を変えて言った。「行かなくちゃ」それからキビキビと、ほかの客たちのほうにトレイを運んでいった。

パールはサンドイッチをひと口かじり、中身を確かめた。コーンビーフとスイートピクルスのような、ありきたりなサンドイッチを口にするのは久しぶりだ。だがそこにはなんとなくホッとするものもあり、ふと子どものころに楽しんだ浜辺でのピクニックを思い出した。パールはそこでマグワイアに顔を向けた。「検死について何か情報は？」

マグワイアは肩をすくめた。「この手のことには時間がかかるんだ」

「そのようね」

明らかにがっかりしているパールの顔を見て、マグワイアはなんだか自分が無能になったような気がした。そこで手に持ったチーズとキュウリのサンドイッチを見つめながら、ほかの話題を探した。「で、これは誰のアイデアなんだ？」

パールは、コニーの周りにいる人たちのほうに向かってうなずいてみせた。「教区牧師よ」

マグワイアは、それらしい人物を探した。「黒いスーツを着ている背の高い男性かな？」

「いいえ、青いスカートをはいている背の低い女性よ」パールはマグワイアを見つめた。「あなたが固定観念に凝り固まった人でないのがわかってなによりだわ」

マグワイアがイラッとしながら言い返そうとしたとき、静けさの広がっていたパブに笑い声が上がった。「あれは？」

「ビリー・クラウチ」

マグワイアは、カウンターにもたれている年老いた男に目をやった。ビリーはまた何かの小話を披露しているらしく、数人の漁師を引きつけている。「なかなかに個性的な人物のようだな」

「奥さんが見張っていなかったら、あれどころじゃ済まないわ」パールの視線が、ルビーのサンドイッチを試している年老いた女たちのグループのほうへ向かった。「ライラック色に髪を染めているのが奥さんのセイディよ。地元の小さな病院で助産師をずっとしていたんだけど、最近引退したところなの。いまや、みんなの〝なんでも屋さん〟ってとこね。婦人会から編み物サークルまで、それこそあらゆる場所を駆けずり回っているんだから。非公式ながら、〝町の触れ役〟も同然よ。だから秘密にしておきたいことがあるなら、とにかくセイディにはしゃべっちゃだめ」

そう口にしたとたん、介護施設にいるメアリーのことを思い出した。ヴィニーの死をメアリーに知らせたのも、やはりセイディだったのだ。

「パール？」

振り返ると、ある人物が、自分ではなくマグワイアを見つめていることに気がついた。

「マーティ、ハイ」パールが笑顔を作っても、マーティの視線は動かなかった。「もう以前に会っているわよね」パールが続けた。「こちらは――」

「マグワイア警部だろ」マーティの声は素っ気なかった。「覚えてるさ」

それに続いたぎこちない沈黙を、マグワイアが破った。「失礼。飲み物を持ってくるよ」

カウンターへと向かう警部の姿を、マーティが疑わしげな目で追いかけた。「迷惑しているんじゃないのかい？」

「迷惑？」

「つきまとわれているとか」

「まさか」

マーティはパールに目を向けた。「夜中まで尋問されたと言ってたじゃないか」

「あれはヴィニーが死んだ夜だったから」パールは刺々しい口調で返した。

「あの、ホテルにいた夕方は？」

「警部は仕事で来ていたの」

「なら、今朝、浜辺に一緒にいたのも仕事だったたっていうのかい？」

パールははっとした。「こっそり見ていたってわけ？」

「違うよ」マーティは言い訳するように言った。「あのときはカヤックに乗っていて、岸に近づいたときにきみたちの姿が見えたんだ――けど、きみのほうでは気づかなかった」

パールはマーティの目を見返すことができなかった。それで顔を背けると、マグワイアが自分に微笑みかけてから、飲み物を頼もうと背中を向けるのが見えた。

マーティは咎めるように言った。「赤の他人同士にしては、ずいぶんと親しげじゃないか」

「ねえ」パールが切り出した。「今回の事件の捜査は、カンタベリー署の管轄なのよ。ウィスタブルには刑事捜査課がないんだから」

「だが、あいつはカンタベリーの人間じゃない」

「どういうこと？」

「お客さんに元刑事がいるもんだから、あそこにいるきみの友人についてちょっと聞いてみたのさ。そしたらあいつはＤＦＬだとわかった。ここには異動で来たんだ。それが意味するのは、たいていひとつだよ」

マーティの冷笑が、パールをますます苛立たせた。「いったいなんの話なの？」

「考えてもみろよ」ささやくような声だった。「なんだって大都市の刑事が、こんな田舎に移されるんだ？」マーティがパールに身を寄せた。「もちろんヘマをしたからさ。何かの捜査でしくじったもんだから――それでここにいるんだ。ここはひとつ、ぼくから店を出て行くように言ってやるよ」

マーティが行きかけたところで、パールが腕に手をかけた。マーティはピタリと足を止め、パールの手に目を落としたが、彼女のほうは手を離しながら言った。「警部がここにいるのは、わたしのためなの」

「きみの？」

「わたしが来るように誘ったのよ」パールはごく抑えた、きつい声で言った。

マーティは困惑した顔を、カウンターでダレルとやり取りをしているマグワイアのほうに向けた。パールはその瞬間をとらえた。

「亡くなる前の日、ヴィニーとは何を話していたの？」

マーティはこたえなかった。

「波止場のところで、あなたがヴィニーと話しているのを見ていた人がいるのよ」パールが促した。

「だから？」

「そんなこと言ってなかったじゃない」

「どうして話す必要があるのさ?」マーティが髪にサッと手を入れながら、親指でマグワイアのほうを突いてみせた。「あいつが、この件にきみを巻き込んでいるのかい?」

「まさか。わたしは単純な質問をしているだけよ」

マーティはふと考え込んでから、小さく肩をすくめた。「わかったよ。どうしても知りたいっていうんなら、あのときはヴィニーと貝殻(かいがら)——牡蠣殻について話していたんだ。窓のディスプレイに使いたいと思って」

パールがその言葉について考えていると、マグワイアがワインのグラスを両手に戻り、片方をパールに差し出しながらマーティに声をかけた。「失礼——きみにもあったほうがよかったかな?」

マーティはむっつりした顔でパールとマグワイアをかわるがわる見てから、きびすを返し、大またで立ち去った。

「邪魔をしてなきゃいいんだが」マグワイアが乾いた声で言ったけれど、パールのほうはマーティの言葉を思い返していた。

「コニーと話をしにいかなくちゃ」パールが言った。

マグワイアが窓のほうに向かってうなずいてみせた。「どうやら彼女のほうから、みんなに話があるみたいだぞ」

コニーはほかの女たちから離れ、店の中央に立った。静寂が広がり、ジョークのオチに差しかかっていたビリー・クラウチでさえ黙り込んだ。コニーは咳払いをしてから、ためらいがちな声で話しはじめた。

「長々と話すつもりはないんです。わたしはただ――みなさんに心からの感謝の気持ちを伝えたくて。今夜はこうして来てくれて――ほんとうにありがとうございます」コニーは神経質に指でハンカチをいじりながら続けた。「すごく温かいカードやメッセージや――」一瞬、言葉が途切れた。「お手紙をたくさんいただいて」コニーは大きく息をついた。「こんなときだからこそ、この地域の一員なんだと感じられることがありがたくて。みなさんが葬儀の日取りを気にして連絡をくれたこと、ヴィニーも喜んでいると思います」コニーはここで言葉を切ると、ふいにチラッとマグワイアに目を向けた。「ただ、葬儀についてはまだおこたえできる状況にはなくて。ヴィニーの死に関しては、捜査がいまも続いているものだから」

コニーは視線を目の前に戻すと、たくさんの顔が自分を見つめているなかで、舞台の上の俳優が台詞を忘れたときのように黙り込んでしまった。パールは助け舟を出そうと咄嗟に動きかけたけれど、そこでコニーが一種のトランス状態から覚めたかのように自分を取り戻した。

「みなさんの支えがどれほど力になっているか、それだけは言っておきたくて」コニーはまた言葉を切った――が、今度はどこかをまっすぐに見つめていた。「みなさんがいてくれなかったら、わたしはきっと途方にくれてしまうでしょう」

その言葉が宙を漂った。パールは、コニーの視線の先を追った。フランク・マシソンが入り口のところに立っていた。また別の俳優が、合図を待ちながら舞台袖で待っているかのように。

コニーは自分の両手に目を落としながら、思いをかき集めた。「みなさんも知っての通り、ヴィニーは善良な人でした。働き者で、優しくて――」それからコニーは、どこか辛そうに次の言葉を続けた。「――誠実でした」ここでワインのグラスを手に取ると、高く掲げた。グラスは夕焼けの光を浴びて、スポットライトのように輝いてみえた。

「ヴィニーに」

まるで振り付けでも決まっていたかのように、店内にいた誰もがそれに合わせてから、唇を飲み物で湿らせた。続いて誰かが、ゆっくりと拍手をした。そこで人々の顔が、店に入ってきたばかりのティナ・ロウに向けられた。着火されたヒューズのように、ざわめきが店内に広がっていく。

「そうなの？」ティナが無邪気に言った。「まあ、驚きでもないけど」「あなたは歓迎されてないわ」腹立ちを隠そうともせずに、コニーが言った。「あんたたちがあたしをどう思おうと、あたしはまだヴィニーの妻なんだからね。いまとなっちゃ未亡人だけど。だからもちろん、ここにいる権利があるってわけ！」ティナは、警告するようなパールの視線を無視しながら、店内の人々に向かって言った。

ティナが集まった人々からの反応を期待しているのが、パールにはよくわかった。だがほとんどの人は、困惑からか罪悪感からか、どちらにしても顔を背けていた。ティナがワインのグラスを取ろうと手を伸ばしたところで、また別の手がそのグラスを奪い取った。コニーがそのまま、驚いているティナの不意をつくようにしてグッと体を寄せた。

「わたしはあなたと戦って、叩きつぶしてみせるから」コニーは険悪な声で言った。

店内は静まり返ってから、次第にざわめきはじめた。もう充分だと判断したマグワイアが、ふたりの女のあいだに割って入った。

「いまのを聞いた？」ティナがマグワイアを見上げながら言った。「この女、あたしを脅迫したのよ」

「ええ」コニーが言った。「わたしは、ヴィニーがとっくの昔にするべきだったことをするつもりなの。わたしは――」コニーがまた一歩近づこうとしたが、動きを読んでいたマグワイアがふたりを引き離した。

ティナが不満そうに言った。「こんな態度を取って、このアバズレをほうっておくつもりなわけ？」

パールが助けに入ろうと前に出た。「もうやめて、ティナ」パールは言った。「あなたは事態を悪くしているだけよ」

「だったら、何もかもあたしのせいってわけね？」ティナはコニーを見据えながらも、マグワイアに向かって言った。「この女を逮捕するの、しないの？」

マグワイアはかぶりを振った。「いや、それよりもきみを送り届けることにする」マグワイアはティナの腕をつかむと、相手が困惑気味なのをいいことに、素早く彼女を引き立てた。客たちも波のようにサッと分かれて通れるようにした。入り口のところまでくると、マグワイアはちらりとパールを振り返ったが、何も言わずに出て行った。

扉が閉まると、店内をまた音や動きが満たしはじめた。女たちは、まっすぐコニーを慰めにいった。その中にいたセイディ・クラウチが、コニーの世話を焼いて座らせようとしながら言った。「いったいどういう神経をしているんだか、よくも顔を出せたもんだ」

「この会のことは、いったいどこから知ったのかしら?」教区牧師がこう言うと、セイディの顔が青ざめた。

またパブの扉が開き、今度はチャーリーが入ってきた。「何がどうなってるの?」チャーリーは扉のほうを指差しながら言った。

「聞かないで」パールはため息をついてから、チャーリーがひとりなことに気がついた。「ティジーは?」

「外で電話をしてる」

その瞬間、ルビーが厨房から出てきた。その顔は、チャーリーを見るなりパッと明るくなった。神経質な手つきでエプロンを外すと、青白い顔からほつれた金髪を払い、早足で近づいてきた。「来てるとは思わなかったよ、チャーリー」

「家に帰る途中でちょこっと寄っただけなんだ」チャーリーは笑顔でルビーの目をのぞき込んでいたので、背後でパブの扉が開いたことには気がつかなかった。

ティジーは店内を見回してからパールを見つけていそいそと近づいてきたが、チャーリーがルビーと話し込んでいるのに気づくと礼儀正しく後ろに控えていた。そこでチャーリーが恋人の存在を感じ取ってサッと振り返ると、ティジーの腰に腕をするりと回した。

「ルビーとははじめてだったよね」チャーリーが言った。「母さんのレストランで働いている子なんだ」
ティジーの顔に温かな笑顔が浮かんだ。「はじめまして、ルビー」
ティジーの魅力的なまなざしに捕らえられたまま、ルビーは困惑したようにためらっていた。チャーリーが引力に引かれるかのように体を寄せているのも、パールの目には、事態を悪化させているように見えた。ルビーはようやく自分を取り戻すと、夢から覚めたかのように目をパチクリさせた。

「はじめまして」ルビーはにっこりした。「ごめんなさい、あたし――厨房に戻ったほうがいいみたい。洗い物が山ほどあるから」

ルビーがその場を離れると、パールは自分が思っていたよりも、ルビーはチャーリーのことが好きなのかもしれないと思った。ルビーの姿を見送っていたところに、誰かが視界を遮った。

「ノーランさん?」

記者のリチャード・クロスだった。手にはノートとペンを握り締めている。「さっきの件について、話を聞かせてもらえないかな?」

パールは一瞬虚をつかれたが、リチャードが説明するように言った。「あのふたりの女性の件ですよ。そのうちのひとりは、亡くなった漁師の奥さんだった人ですよね?」

「もう違うわ」パールはきっぱりとそう言って立ち去ろうとしたが、リチャードが行く手をふさいだ。

「まるで猫の喧嘩みたいだったな」リチャードが抜け目なく続けた。「みんなが見ていたわけだし、噂にもなるでしょう。間違いのないところを記録しておいたほうがいいとは思いませんか？」

「ふさわしい時でも場所でもないわ」パールははねつけるように言った。

「では明日、お店に伺うということでどうかな？」リチャードは愛想よく微笑んだが、こたえたのはチャーリーだった。

「母さんのこたえは聞いたはずだ」

リチャードはチャーリーからパールに視線を移しながら、自分が負けたことを悟った。しょげた様子で退散するリチャードを見ながら、ティジーが言った。「あれは誰なの？」

「穿鑿(せんさく)好きな地元の新聞記者だよ」チャーリーが言った。「昼間には店まで押しかけてきて、母さんにまとわりついたんだ」

「自分の仕事をしているだけよ」パールが言った。「でなければ、しようとしているのね」リチャードはまだ、期待するような目でパールを見ていたが、ようやくパブを出ていった。「それで」パールは話題を変えるように言った。「リハーサルはどうだったの？」パールはティジーにたずねたのだけれど、今度もこたえたのはチャーリーだった。

「最高さ。沿岸警備隊の建物は音響も素晴らしいんだ。コンサートを楽しみにしててよ——」

チャーリーは、ティジーが困ったような顔をしているのに気づいて言葉を切った。「どうしたの？」

「上着を忘れてきちゃって」

「なら、一緒に取りに戻ればいい」

「いいえ」ティジーは心を決めたように言った。「いまはここにいましょう。あそこの管理人に電話をかけて、明日まで、どこか安全な場所に保管しておいてもらうわ」

「ほんとにそれでいいの？」チャーリーが言った。

「ええ」ティジーがそう言ってその場を離れると、カウンターにいるドリーとファンの姿が見えた。

「おばあちゃんと一緒にいるのは？」チャーリーが言った。

「フラメンコの先生」パールはいたずらっぽく言った。チャーリーは妙な目つきで母親を見たけれど、パールのほうは肩をすくめて公平にコメントをした。「まあ、良さそうな人ではあるし、おばあちゃんはぞっこんみたいよ」

チャーリーは、ドリーに向けられたファンの熱いまなざしを見ながら言った。「どうやら両想いみたいだな」そして空になったグラスを置くと、口の中でつぶやくように言った。「ちょっと挨拶をしにいって、どんなやつか確かめてくるよ」

パールがティジーの姿を探すと、ティジーはまだ携帯で話を続けていた。なにやら会話に集中しているような顔だ。だがパールを見ると、微笑んでから電話を切った。

パールは近づきながら声をかけた。「どう？」

「大丈夫。明日までとっておいてくれるって」ティジーはそれから温かな声で言った。「チャーリーに預けてくれたプレゼントのお礼を言いたいと思っていたの。あのベスト、すぐにわかった。あの写真の中で着ていたものでしょ？」

「ええ」パールが言った。「でも、着る必要があるとは思わないでね」

「あら、でも着るわよ。すごく素敵だし、サイズもぴったりだから。ありがとう」ティジーは身を寄せて、パールの頬にキスをしたが、そのときに何かが目にとまったようだった。コニーは相変わらず窓辺にいて、弔問客たちに取り囲まれている。「あれが亡くなった方の奥さん？」ティジーが言った。

「パートナーよ。ヴィニーは最初の奥さんと離婚していなかったの。その結婚自体は、とっくの昔に破綻していたんだけど」

ティジーは入り口のそばのテーブルに飾られていたヴィニーの写真に目を落とすと、「コズイ・トリスト」と独り言のようにささやいてから、英語で言い直した。「お気の毒に」

「そうね」パールはヴィニーの笑顔を見つめながら、なによりもヴィニーがここにいて、真相を話してくれればいいのにと思った。


一時間もすると、みんな店から、外の浜に出ていた。その中にはドリーとパールの姿もあった。

「これからみんな、軽く一杯やりにうちへ来るのよ」ドリーが言った。「一緒にどう？」

パールは少し離れたところで、自分の上着をティジーに勧めているファンに目をやった。ドリーがその視線に気がついて言った。「わたしたちのあいだには、ほんとうに何もないのよ。

あくまでもフラメンコの師弟関係。だけどファンには素晴らしいリズム感覚があるから」

「ついでに毛深い手もね」

ドリーはパールの目をとらえて、わかっているわというように微笑んでから言った。「さすがの観察力ね、パール。でも大局を見るときには、細かいことにこだわらないものよ。ファンに対してもそうでなくっちゃ」

「せいぜい努力するわ」パールは軽くあしらうように言った。

「ほんとうに一緒に来ない？」ドリーが言った。

パールは気を変えて集まりに参加することも考えたけれど、何かが胸に引っかかっていた。ふたつの世代のカップルに挟まれて邪魔者気分を味わうのが怖いわけではない。マグワイアがティナをどうしたのかが気になっていたのだ。「今夜はやめとく」パールは結局そうこたえた。

ドリーはパールの肩に手を置いてキスをすると、体にキュッとショールを巻きつけてから、いささか覚束ない足取りで砂利浜を歩きはじめた。その姿を見送っていると、浜辺に立っているダレルが目に入った。誰かを探しているのかキョロキョロしている。よく見るとダレルの手には、見覚えのあるピンクの房飾りのついた携帯が握られていた。「どうかしたの？」

「ルビーが携帯を置いてっちまって」

「そう遠くまで行かないうちに気がつくわよ」パールが言った。

ダレルは首を横に振った。「いや、帰ってからしばらくたつんだ。厨房で電話を受けるなり、急いで友だちに会わなくちゃならないからってな。明日、あの子に渡してもらえるかい？」

パールは携帯を受け取った。「もっといい手を打つようにするわ、ダレル」

それからしばらくすると、オクスフォード・ストリートにかかる古い鉄道橋をくぐって角を曲がり、ベルモント・ロードに出ていた。労働者クラブの外には〈裏方たちの夕べ〉というポスターが貼られており、なかからは地元のミュージシャンであるナイジェル・ホビンズの歌声が聞こえてくる。戦争を終わらせる春の訪れを歌ったフォークソングだが、それを聞いていると、夕べの諍い(いさか)が思い出された。コニーのスピーチは心に響いたものの、いくつかの疑問も残った。ほかの女性の存在を疑っているのであれば、どうしてヴィニーが誠実だったなどと言うことができたのだろう？ それに――マシソンの顔を見たとたん落ち着いたように見えたのはどういうわけかしら？ マシソンが、コニーの保護者的な役割を引き継いだなんてことがありえるの？ それともコニーは、ヴィニーの夢と借金に対してとっくの昔に愛想を尽かしていて、いまではマシソンに言い寄っているとか？

真実は、今夜見たことの中にあったはずなのだ。だがドリーがほのめかしていたように、パールにはなんらかの理由で、自分が観察していた以上のものが見えていないのだろう。マーティの、マグワイアに対する嫉妬についてもショックだった。マーティは、浜辺にいたわたしを盗み見ていたのかしら？ だとすると、同じようなことを別のときにもしているかもしれない。

暖かな夜にもかかわらず、パールは頭の中を整理しようとしながら、全身がゾクリとするのを感じた。ティナが現れたことにより積年の怒りに焦点が当たることになったわけだが、そもそもふたりの諍いそのものが目くらましになっている可能性もある。コニーが生命保険について包み隠さず話してくれたところによれば――ヴィニーは経済面で難しい状態にあったにもかかわらず、掛け金をすべて払っていたという。だがその保険金がかなりの額だとしたら？　殺人の動機になりうるだろうか？　この件については、一度マグワイアと話をする必要がある。だがおそらく彼はいま、ウォルポール・ベイ・ホテルのバーでティナに酒をおごらされたうえに、彼女の側の話を聞かされていることだろう。なにしろティナは罪のない犠牲者のふりをするのがうまいだけでなく、ストラウドにヴィニーへの出資を取りつけるだけの才覚があるのだ。いまもまた、自分の有利になるように物事を操っているのだろうか？　だとすれば、パールにはその動機がわからなかった。実際のところ、パールに見えているのはマシソンだけだった。

もしヴィニーの死を願っていた人物がいるとすれば、考えれば考えるほど、マシソンしか思い当たらなかった。パールがマシソンを嫌っているのは確かだが、それも理由があってのことだ。マシソンは野心家で、自分を大きく見せることにしか興味がない。ヴィニーが仕事を辞めたことへの腹いせに、復讐をする気になってもおかしくはなかった。おそらくは、自分の元雇用者に相応の報いを与えようとしたのではないだろうか。自分で手を下すことは肉体的に難しくても、金を使って誰かにやらせることには慣れている男なのだ。あの晩のパブにも、海の仕事でなんとか生計を立てている男たちがたくさんいたはずだから、その中の誰かが、ヴィニーを脅かすようにマシソンから声をかけられ、金に釣られてその気になったとしても不思議ではない。ふとある考えがパールの頭に浮かんだ。ビリー・クラウチがそのひとりなのでは？　本人としてはヴィニーのためを思って引き受けたつもりが、いつの間にやら手には負えない事態になってしまったとか。

パールは夜気をたっぷり吸い込みながら、マグワイアのもたらす検死結果によって、できるだけ早くこたえが出ることを願った。自分の心の平安のためだけではない。ヴィニーが安らかに眠れるように。これからのヴィニーは、人々の記憶でのみ、ウィスタブルで生きることになるのだから。

ウィンザー・ハウスに向かって芝地を横切っているうちに、労働者クラブからの音楽もだんだん遠ざかっていった。建物に入るとエレベーターはすぐにやってきたので、パールはそれに乗ってルビーの住んでいる階に向かった。エレベーターの扉が開くと、かすかなキャベツの香りが廊下を満たしていた。しかもいやな匂いではなかったものだから、パールは自分が昼食のあと、ルビーの作ったサンドイッチを軽く口にしただけであることを思い出した。

玄関の前まで来ると、すりガラスの向こうに、明かりがぼんやり灯っているのが見えた。呼び鈴を鳴らしたところ、はっきりその音が聞こえたものの、中からは返事がない。もう一度呼び鈴を鳴らしてそわそわと少し待ってから、ガラスのパネルをノックした。それからとうとう郵便受けの戸を開き、中をのぞき込んでみた。

するとまた別の匂いが鼻孔を突いた。キャベツではなく、卵を調理したときに特有の硫黄に似た匂いだ。郵便受けから、鮮やかな花柄の壁紙を背景に古いホールスタンド（コートをかけたり、小物を置いたりできる玄関用の家具）が見えた。模様のついた赤いカーペットが居間のドアまで続いている。パールは最後にもう一度呼び鈴を鳴らしてみた――が、やはり返事はない。

エレベーターのほうに一歩戻ってから、ふと、ポケットにルビーの携帯が入っていることを思い出した。ルビーの携帯に対する依存度を知っているパールは、郵便受けに入れて帰ろうと決めた。そこで玄関のほうを振り返ったときに、中から人影が近づいてくるのがわかった。すりガラス越しに見える小さかったその影が、どんどん大きくなったかと思うと、いきなり玄関が開いてルビーが現れた。扉にしがみつくようにして立っている。眉のあたりを汗で濡らしながら、息をするのも辛そうだ。ふらつく足取りで一歩前に出ながら、ルビーはなんとか短い言葉を絞り出した。

「助けて――」ルビーはあえぎながら、パールの腕の中に倒れ込んで意識を失った。

15

病棟の待合室は狭くて息苦しかった。ネオンを思わせる電灯のせいで、何もかもがぞっとするほど青白く見える。田舎の景色を描いた〈ストゥール川の白鳥〉という絵も本来の色を奪われ、おまけに壁の上で傾いでいた。手持ち無沙汰だったパールは絵をまっすぐにすると、額についたシルバーのプレートに気づいて、この絵がとうの昔に亡くなった誰かの〝愛しい思い出〟であることを知った。ローテーブルには、読み古された雑誌類とドライフラワーの籠、そしてティッシュの箱がひとつ置かれていた。数えきれないほどの人たちが、ここで悪い知らせを受けてきたのだ。パールはドアが開くのを見つめながら、自分がそのひとりにならないことを願った。

立ち上がったときには、てっきり病院のスタッフが出てくるのだろうと思っていたが、目の前に現れたのはマグワイアだった。汗みずくになってシャツの襟元のボタンを外しながら、空いていたパールの隣の椅子にどさりと腰を下ろした。「どうして病院ってのは、どこもかしこもこう暑いんだ?」

パールにしてみればマグワイアから慰めを得たいところだったのに、相手の機嫌がこうも悪くてはそれどころではなかった。「途中で何か聞いていないの?」

マグワイアがかぶりを振った。「看護師たちは急患に対処していたんだ」

彼はパールからの電話を受けるなり駆けつけたのだ。最初は、これでマーゲイトのホテルにティナ・ロウをおいて退散できると喜んだのだが、病院が自分に及ぼす作用については心の準備ができていなかった。そしていまは消毒液の匂いを嗅ぐだけで、ロンドンの聖トーマス病院に——二年前の、望みがないことを告げられたあの夜に——引き戻されるのを感じた。あのときは、ウエストミンスター付近のエンバンクメントに出て、テムズ川沿いにベンチを見つけると、ドナの死の知らせが、自分の心に浸み込むのを待った。潮が素早く引いたあとに沈泥が落ち着くように。

いまパールを見つめていると、マグワイアは突然、自分がむき出しにされたような気分になって、手順を踏むことに救いを求めた。「両親には知らせたのか?」

「親はいないの」パールは言った。「年老いた祖母がいるだけでね。しかもアルツハイマー型認知症で、介護施設から出られないのよ」

マグワイアがその情報をしっかり吸収する間もなく、くたびれた様子の若い研修医が待合室に入ってきた。シャツの袖を肘までまくり上げている。「ルビーの付き添いの方ですか?」

パールが素早くうなずくと、医者は無言の問いにこたえた。「状態は安定しています」

パールはまた息ができるようになるのを感じた。「会えるのかしら?」

「まだです。様子を見るために、今夜は入院してもらいたいと」

「何があったのかな?」マグワイアが言った。

「何か口にしたものに反応したようですね」医者が言った。

「アレルギーかい？」マグワイアが言った。

「真菌毒素です」医者が言った。「クリトサイベ・デルバータ。見た目は普通のキノコなんですが、実際には毒がある。幸い、それほどの量は食べていないので。大量に食べると、深刻な腹痛や吐き気を催すんですよ」医者がパールに目を向けた。「見つけてくれたタイミングがギリギリで。解毒剤もあるんですが、使わずに済んでいます。もう峠は越えました」

パールはホッとしたあまり、ぐったりと背もたれに寄りかかった。

「彼女と話せるかな？」マグワイアが言った。

「今夜はだめです。いまは眠っているし、休ませる必要があるので。明日の朝の様子次第かな」医者はくたびれた笑顔を浮かべてから扉のほうを向くと、そのまま何も言わずに出て行った。パールは壁の絵と、使われることのなかったテーブルのティッシュボックスにちらりと目をやった。マグワイアもパールの思いを読んでいた。

「さあ」マグワイアは優しく声をかけた。「家まで車で送るよ」


ウィスタブルへと戻る途中、ブリーン地区の道路はすいていたので、マグワイアはかなりの速度で急なカーブをどんどん進んでいった。パールは手の中の携帯電話から、ハンドルを握っている力強い手へと目を上げた。

「それで、わかったことは？」マグワイアが言った。

パールは携帯の画面を見ながら情報を読み上げた。「デルバータ。一七九九年に、アガリクス・デアルバッスとして最初に記録されている。ラテン語で〝白くする〟という意味の動詞、デアルバーレに由来。毒のもたらす症状のひとつから、〝発汗キノコ〟として知られる。白いヒダを持つ、白か淡黄色の小さなキノコ。数多くある毒キノコのひとつ」

黙り込んだパールのほうに、マグワイアがちらりと目を向けた。「どうしたんだ？」

「ルビーはキノコ狩りをするの。子どものころからずっと続けているって。母親と一緒に、ここからもそう遠くはないヴィクトリーの森に出かけていたみたい」

「だったら、今回の毒キノコもそこで採ってきたんだろう」マグワイアが、信号に合わせて車を止めた。

「かもね」パールは考え込むように言った。「でも長年続けているのに、いまさらそんなミスをするかしら？」

信号が青に変わった。「確かめにいくとするか」マグワイアは素早く判断を下すと、ボースタル・ヒルのふもとで右に鋭く曲がった。

しばらくすると車はウィンザー・ハウスの外にとめられ、パールとマグワイアはルビーの家の玄関の前に立っていた。

「捜査令状がいるはずでしょ」パールが思い出させるように言ったが、マグワイアはそれを無視して財布からクレジットカードを抜くと、ドアと枠の細い隙間に滑らせた。玄関は、その手の下で音もなく開いた。

マグワイアはホールスタンドの上に散らかっていた回覧状のたぐいにサッと目を通してから、相変わらず卵の匂いが漂っている廊下を進んだ。キッチンに入ると、その匂いはますます強くなった。パールはぐるりと見ただけで、メアリーの趣味だったキッチンを、ルビーが自分の好みに合わせようとしているのを感じた。壁にはワン・ダイレクションのポスターが貼られているし、窓台にはひと枝の蘭がついた白いキューブ状の鉢が飾られている。とはいえメアリーの古い棚は昔ながらのティーポットや毛糸で編まれたティーコージーが占領しているし、そのそばに置かれたティータオルは〈マーゲイト・プレジャー・ビーチ（現在のドリームランド・マーゲイトの前身であるアミューズメントパーク）〉にあったゲームセンターの広告用に作られたものだった。

「何を探しているの？」パールは、他人の空間に侵入していることに居心地の悪さを覚えていた。

「さあな」マグワイアは作業を続けながらこたえ、皿が一枚置かれた水切り台を調べた。「すべてのことがどうつながるのかを知りたいだけだ」

パールがペダル式のゴミ箱を確かめると、中に入れてあるゴミ受けの袋はまだ新しかった。続けて冷蔵庫を開けながら、マグワイアに声をかけた。「最初にここに来たときは、卵の匂いがほんとうにはっきり感じられたの。冷蔵庫には卵が三つあるけれど、殻はどこにも見当たらない。つまりルビーは卵を料理したあとで、マンションの通路の奥についているゴミ用のシュートにゴミを捨てたことになる。それを調べられないかしら？」

「で、何を探すんだ？」マグワイアが冷笑した。「卵の殻か？」

「キノコよ——毒キノコ——とにかく、ルビーの体に毒として作用したものを探すの。ちょっと待って——水切りにはお皿が何枚あった?」

「一枚だけだ」マグワイアは皿と、そのそばに置かれていたひと組のナイフとフォークを持ち上げてみせた。「どうしてだ?」

パールは立ったまましばらく考え込んだ。「ダレルによると、ルビーはパブの厨房で電話を受けている。パブを出たのもそれが理由だって——つまり誰かと会うつもりだったのよ」パールはふいにあることを思い出した。「ルビーの携帯!」パールは携帯を取り出すと、履歴を調べた。「最後の電話はわたしからのものだわ。昨日の午後」

マグワイアは肩をすくめた。「だったら、パブの店主の勘違いだろう。でなければ友だちからの電話の履歴を消したことになる。おそらくは電話を、帰る言い訳に使ったんじゃないのか」

調理台に携帯を置いたとき、パールの目が何かに吸い寄せられた。花柄のカバーの小さなノートだ。パールはそれをめくりはじめた。

マグワイアが近づいてきた。「それは?」

「レシピよ」パールがそっと言った。「何もかも書き留めていたのね——わたしが店で、ひとつひとつの皿をどんなふうに準備しているか」

ルビーの真摯な努力のしるしに触れて明らかに感動しているパールを眺めながら、マグワイアは声をかけた。「彼女のことが好きなんだろ?」

パールはゆっくりとうなずいた。「あの子はひとりぼっちなの」

マグワイアは黙ったまま、ひとりぼっちというなら俺もそうだと思った。そして手を伸ばし、パールからノートを取ると、そっと調理台の上に戻して微笑んだ。「彼女にはまだ、きみがいるじゃないか」

午前三時過ぎに、マグワイアの車はようやくネルソン・ロードの角を曲がってアイランド・ウォールに出てから、夜明け前のかすかな光の筋が空に現れるなかでシースプレー・コテージの前にとまった。疲労にぼんやりしていたふたりは、帰りの車の中ではずっと黙りこくっていた。

マグワイアが先に降り、車をぐるりと回って助手席のドアを開けた。パールが車を降りようとしたときに、膝に置いていたバッグが転がりかけた。慌てて押さえたけれど、鍵が滑り出てふたりのあいだに落ちた。パールは慌てて拾おうとしたが、マグワイアのほうが早かった。マグワイアが鍵を渡すときに、ふたりの視線がからんだ。一瞬指先が触れ合って、喪失感からなのか欲望からなのか、まるで電気ショックのようにその瞬間を長引かせた。

手を引いたのはパールのほうだった。玄関のほうに一歩近づくと、そこで振り返った。その晩の出来事を通して、ふたりの立場が対等になったことを悟りながら。自分でも心がはっきりしないながらに、その瞬間、気づくと頭の中を占めていた問いかけが口をついて出ていた。

「寄っていく?」

マグワイアはパールの視線を受けとめながら、空には火が灯されたように、光がにじみはじめていることに気がついた。そしてまた、ドナを思った。どのようにして彼女が自分の人生から奪われたかと、彼女を失って以来ひとりで過ごしてきた空っぽな夜のことを。奇妙なことに、そのすべてがこの一瞬に凝縮されているように感じた。マグワイアはどうこたえたものか自分でもわからないまま口を開きかけたが、その瞬間、まるで演出でもされていたかのように、突然ムクドリの群れが浜辺から飛び立つと、空を埋め、うねり、分かれ、またひとつになって、矢のように明るいほうへと飛んでいった。

この情景が、マグワイアに考える時間を与えてくれた。ゆっくりパールを振り返ると、簡単にこう言った。「きみは少し休んだほうがいい」

パールはマグワイアが車に戻り、エンジンをかけるのを見守っていた。車をスタートさせると、マグワイアは一度も振り返ることなく角を曲がって消えた。パールは手の中の鍵に目を落とし、玄関を開けようと振り返った。なんだか気持ちが落ち着かなかった。マグワイアに拒絶されたからというよりも、家に広がる静けさと空っぽな感じに心がざわついた――いつもなら、それをありがたく思うくらいなのに。それから、留守番電話のライトが点滅していることに気がついた。ひょっとすると病院からで、ルビーに関する何か悪い知らせだろうかと思ったけれど、再生ボタンを押すと、聞いたことのある声が聞こえてきた。

「心配はしないでくれよ、パール」ファンはそう切り出していた。「お母さんは大丈夫なんだが――」ファンはしばらく言葉を探してから、簡潔にこう締めくくった。「朝になったら、助けにきてほしいそうだ」

16

「ねえ、ルビーの入院で大変なのはわかっているのよ。でも大切なお客様を、あなた以外の人に託すわけにはいかなくて」

ドリーはサンルームに置かれた寝椅子に横たわっていた。シェニール織のカバーをかけたいくつものクッションで体を支え、膝の上にいるトラ猫のモジョを片手で押さえつけている。庭につながる扉は開いているものの、部屋の中は朝の日差しに温められて、不快なくらいに熱がこもっている。パールはモジョの瞳が、脱出を画策するかのように、表に見えるラベンダーの茂みに据えられていることに気づいた。

「掃除をすれば済むってわけじゃないから」ドリーが続けた。「じかに会って挨拶するのが大切なの。泊まる人たちには親しみのある顔を見せて――ここなら安心と思わせてあげないとね」

パールは乱暴な言葉を口の中で噛み殺すと、「大丈夫よ」とこたえた。ゲストハウスをやっている大家のほとんどは客の世話を代理人にまかせているのに、どうして母さんはそうしないんだろうと理解に苦しみながら。「母さんが立てるようになるまでは、わたしが全部やるようにするから」

これを聞くと、ドリーは見るからにホッとした。「よかった。フランス人が三時に帰って、オーストリア人が五時に来るのよ。その入れ替えだけ心配してくれれば大丈夫だから。豆の袋と一緒に数時間も休めば、わたしもすっかり元通りになるわ」

「豆?」ちょうどキッチンから戻ってきたファンが言った。持っているティーカップのソーサーには、ガリバルディビスケットが二枚添えられている。ファンの眉は、意味がよくわからないというように持ち上がっていた。

「凍らせたお豆よ。腰に当てるの」ドリーが言った。「筋肉は冷やすにかぎるんだから」

「ほんとうかい?」ファンが言った。「温めたほうがいいんじゃないのかな?」

「あるいはカイロプラクティックで診てもらうとか」パールが言った。

ドリーは首を横に振った。「豆よ」

ファンはパールと視線を交わしてから、小さく息を吐いて扉に近づくと、そこで麦わら帽子をかぶり、女たちふたりに向けて言った。「では、豆を手に戻ってきますよ」

ドリーは玄関の閉まる音がするまで待ってから、物憂(ものう)げな笑みを浮かべて言った。「なんて優しいのかしら」

「訴えられるのを心配しているだけだったりして」

「フラメンコの途中で痛めたわけじゃないのよ」ドリーが言った。「知りたいっていうんなら教えるけど、わたしはファンに〝アサナス〟を見せていたの」パールが目を見開いたので、ドリーは説明するように言った。「ヨガのポーズのことよ。鋤(すき)のポーズをとるのに苦労したことなんか一度もなかったのに――」

パールは何も言わなかったけれど、その沈黙が多くを語っていた。

「あなたの考えていることくらいわかっているわよ」ドリーが言った。「でも、ほかに何をすればいいっていうの？　セイディ・クラウチと一緒に『ジャムとエルサレム（英のホームコメディ）』愛好会にでも入れって？　それともワガママな高齢旅行者にでもなって、どこかの大邸宅をうろつけばいいの？」

ドリーがそこで、痛みにギクリと苦悶の表情を浮かべたので、パールは慌てて駆け寄った。

「お医者さんに電話するわ」

「やめてちょうだい！　痛み止めをたっぷり処方されるだけに決まっているんだから。それならアルニカ（抗炎症作用がある）があるはずよ。救急箱を見てみてちょうだい」

パールは反論してもしかたがないと、窓辺の棚にある、鏡の張られた大きな救急箱を取りにいった。パールが子どものころから使っているもので、いろいろな水薬、錠剤、精油がしまってある。ドリーは薬品を信じておらず、素人知識で、その代わりとなる治療法を用いることが多かった。庭にあるハーブを使ったり、霊的な力こそなかったもののヒーラーとしての能力があったとされている祖母が試し、信じていた治療法に頼ったり。パールは救急箱をドリーに渡すと、母親が眼鏡をかけて、いくつもあるプラスチックの容器をひっかき回すのを見つめていた。

「ルビーがいつ退院できるか、病院からは聞いてるの？」ドリーが言った。

「いいえ。今朝電話をしてみたんだけど、ルビーとは話をさせてもらえなくて。医長にもう一度診てもらう必要があるんですって。とにかく、あとでもう一度お見舞いにいくつもりでいる。家に戻って休息をとれば、きっと元気になると思うの」

「あの、陰気な狭い家で?」ドリーが舌を鳴らした。「それよりも店で簡単な仕事にでもつけてあげなさい。あの子は、あなたのそばにいるほうがずっと幸せなんだから」ドリーは眼鏡越しに、しかめられたパールの顔を見やった。「ちょっと、わかってるんでしょ?」

「何が?」

「あの子にとって、あなたがどれだけの存在かってこと。誰が見たってわかるわよ――あの子はあなたに憧れているの」

パールはこう言われて、ふいに葛藤を覚えた。ルビーのことは好きだし、守ってあげたい。同時に、自分の空になった巣を埋めるために、ルビーを利用するようなことはしたくなかった。

パールは母親が薬を探すのを手伝いはじめた。「あった――ほら、アルニカよ。水はいる?」

「もちろんいらないわ」ドリーは苛立った口調で言った。「ホメオパシー薬なのよ。小さなスプーンを取ってちょうだい」

パールがスプーンを取ろうと振り返るのを見て、ドリーは娘が、ここ数日で暑い夏の日差しをたっぷりと吸収したことに気がついた。手脚は、トミーの肌がいつもそうだったように浅黒く、長い髪は十代のころのように背中に垂らしている。二十年の時が、ふと、ドリーを考え込ませた。

「一緒に行くこともできたのに」ドリーがそっと言った。

「ファンのこと?」パールは、母親の唐突な言葉に虚をつかれて言った。

ドリーはかぶりを振った。「そうしていたら人生がどうなっていたか、考えてみたことはないの? もしも自分の心に従っていたらって」

パールは母親の目の色を見て取った。この手の大げさな質問をするときには、いつだってこんな顔になるのだ。過去のことを持ち出すときには必ず。

パールは自分の心が閉じるのを感じた。「あるわ」ようやくそうこたえた。「でも、わたしの心はここにあるの」そう言いながら、スプーンをドリーのほうに差し出した。その瞬間、モジョが脱出の機会到来とばかりにドリーの膝から跳び下り、サンルームの扉から庭にあるラベンダーの茂みの中へと姿を消した。

「まったく恩知らずの——」ドリーがモジョのほうにそう呼びかけた瞬間、アルニカの錠剤が床に散らばった。

ふたりの後ろで扉が開き、ファンが入ってくると、息をつきながらビニールの袋を持ち上げて、戦利品のようにドリーに向かってかざして見せた。

「豆だぞ!」ファンは使命を果たしたと言わんばかりに顔をほころばせている。ドリーの表情も感謝にとろけた——そこでパールもモジョと同様、脱出の機会をとらえた。

二時間後には、〈ケント&カンタベリー病院〉の白いアールデコ調のエントランスにいた。

廊下は混み合っており、ところどころにはショッピングモールを思わせるようなお洒落な飲食店が並んでいて、パニーニや、スキムミルクを使ったカフェラテなどを売っている。パールもその一軒でやたらと値の張る果物を買いながら、ドリーの家を出たあとでコルヌコピアに寄らなかったことを後悔した。そのせいでマーティのことと、パールがマグワイアと一緒にいるのを再び見たときの傷ついた顔を思い出した。ネプチューンでのマーティの言葉は、単なる悔しまぎれだったんじゃないかしら？　けれどマグワイアがケント州の北海岸に配属された理由が、マーティの言う通りだという可能性もまだ残ってはいた。

病院の店舗を出るなり迷ってしまった。迷路のような通路にとまどいながら、正解ではない道筋がいたるところにあるのは、まるで事件の捜査のようだと思った。マグワイアのことを頭から締め出しながら歩き続けていると、ようやく目的の病室のスイングドアへと続く通路を見つけることができた。

そのドアを開けて、空っぽのベッドを見るなり胸がざわついた。リネン類は剝がされ、ベッドサイドテーブルもきれいになっている。ルビーがここにいたしるしはどこにもなく――ひとつの思いがパールの心臓を凍らせた。別の時、別の病室で、空っぽになった父親のベッドを見たときのことを思い出したのだ。両手で頭を抱えたまま椅子に腰かけていたドリーが、パールのほうに目を上げて父トミーの死を告げたときのことを。心臓発作により、父は四十二歳の若さで命を失った。その死は、アンカーチェーンにつながれたヴィニーの死体を冷たい海の中で見つけたときのように、あまりにも突然で、ショックだった。そこでパールは、背後に誰かが立っていることに気がついた。

ルビーだった。昨夜のままの恰好で、額が見えるように金髪をかき上げ、肌はアラバスターのように蒼白だ。ルビーは微笑んでみせた。「なんだか幽霊でも見たような顔だよ、パール」

パールは両手を差し出すと、ルビーをギュッと抱き寄せながら、ツンと鼻をつく病院の石鹸の香りを吸い込んだ。「ほんとうに大丈夫なの?」パールは、一歩下がってルビーの顔を調べるようにした。

「大丈夫」ルビーはにっこりした。「もう二時間くらい前に退院の許可が出てたんだけど、この書類ができるまで待たなくちゃならなくて」ルビーは茶封筒を持ち上げてみせた。「かかりつけの先生に渡す手紙。また具合が悪くなったときに備えてね」

パールは笑顔を返し、ルビーの小さくて冷たい両手を温めるように握り締めた。「さあ、行きましょう」

病院の駐車場に着くと、ルビーは助手席に乗った。

「心配させちゃったんならごめんね」ルビーは言った。「朝のうちに電話をしようとは思ったんだけれど、携帯が見つからなくて」

「パブに忘れていったのよ」

ルビーがたじろいだ。

「だからわたしが昨日の夜、あなたのところへ届けにいったの」パールが言った。「それで、あなたを見つけたってわけ」

ルビーは何かを計算でもしているかのように考え込んでいた。「それで――あたしの携帯は、いま、家にあるのかな?」

セント・ダンスタンズ通りにある古い踏切の信号が突然赤に変わったので、パールは踏切が下りる前に慌ててブレーキを踏んだ。その瞬間、マグワイアと一緒にルビーの部屋を訪れたことは黙っていようと決めた。

「ええ。キッチンのテーブルに置いてあるわ」

これを聞いて、ルビーはホッとしたようだった。電車が速度を上げたまま通り過ぎると、踏切がまた開いた。パールはアクセルを踏み、ブリーン方面に向かう道を進んだが、大学のキャンパスへと続く曲がり角まで来ると、チャーリーは近くにいるのかしらと思った。たとえば図書館にでも――コーヒーを飲みながら、おそらくはティジーと一緒に。そんな思いを振り払うかのように、気づくとこう問いかけていた。「何があったの?」

ルビーは弱々しい笑みを浮かべた。「食べちゃいけないキノコを食べちゃったの――でも心配しないで。二度とやらないから」

「キノコなんかなかったけど」

ルビーはパールを見つめた。

「昨日の夜、あなたの家によ。冷蔵庫にも、ゴミ箱にも見当たらなかった。だから――」

「全部食べちゃったから」ルビーが慌てて遮(さえぎ)った。「帰ってからオムレツを作って食べたの。それからお皿を洗って、ゴミを出して――寝る支度をしようと思ったところで気分が悪くなっきちゃって」

パールは目の前の道路を見つめたままで言った。「誰かと会う必要があったんじゃないの？」

「どういう意味？」ルビーが警戒するように言った。

「ダレルによると、お友だちから電話があったって」

「それは勘違いだよ」ルビーはすねたように言ったが、その両手は震えていた。

「ルビー、わたしは何があったのか知りたい、それだけなのよ」

「おまわりみたいに？」その口調がいきなり、はっとするほど刺々しくなった。「あの刑事に、あたしをスパイするように言われたってわけ？　だからこうして一緒にいるの？」

「まさか。もちろん違うわ。ねえ――」パールは、怯えている小鳥を捕まえるかのように震えているルビーの手に手を伸ばした。

「降ろして。車を止めてよ！」

パールはブレーキを踏み、車を縁石に寄せた。パールもルビーも、息を整えるのにしばらく時間がかかった。「どうしたっていうの？　わたし、何か怒らせるようなことを言った？」

だがルビーは聞いていなかった。「ただ車を降りて、おばあちゃんが誰かから話を聞く前に、あたしから説明しなくちゃならないだけだよ」ルビーは熱に浮かされたように言った。

「どうしてそうなると思うの？」パールはそうたずねながらも、ルビーがフロントガラス越しに、数百メートル先にあるフェアファクス・ハウスを見つめていることに気がついた。

「そんなの決まってるじゃない」ルビーの声は苦々しかった。「ウィスタブルがどんなだかは知ってるでしょ。もしパールが誰かひとりにでも話してたら、いまごろは町の半分が知ってるよ。そしたらその次はセイディ・クラウチがやってきて、おばあちゃんの耳にゴシップを吹き込み、おばあちゃんはあたしのことを心配しはじめるってわけ。おばあちゃんが、いま起こっていることと昔のことを、頭の中でごっちゃにしちゃうのがわからないかな？」ルビーの呼吸が速まっていた。「おばあちゃんには、入院してたことを知られたくないの。わかった？　母さんのことを思い出させるだけなんだから」

ルビーの不安は妄想の域にまで近づきつつあるようだったから、パールは気づくと同意していた。「わかったわ」

これを聞くとルビーの呼吸も落ち着いた。それから車のドアを開けると、舗道に降りて、フェアファクス・ハウスのほうに歩きはじめた。パールは車の中からその姿を見送った。門をくぐると、ルビーは砂利敷きの小道を入り口のほうへと向かいながら足を速めた。大きな玄関ポーチのせいで、小さな体がますます小さく見える。介護施設に入る手前で、ルビーは振り返ってにこっとしながら手を振ると、そのまま建物の中に消えた。あの笑顔が感謝の笑みだったのか、それとも質問から逃れられたことにホッとしたからなのか、パールにはよくわからなかった。

17

その午後のシフトを手伝ってくれる人の調整がつくと、パールはゲストを迎え入れる支度をしようとドリーズ・アティックに向かった。一時間半あれば充分だろうと思っていたけれど――扉を開けた瞬間に考えをあらためた。そのスーレというフランスの一家は、ドリーの小さな貸し部屋をこれでもかというほど散らかしていた。雑誌をはじめ、ピクニック用の皿やコップが床のあちこちに散らばっている。シンクには汚れ物が積み上がり、枕には、せめてチョコレートであってくれと思うようなシミがついていた。間に合わないのではという不安でパニックになりかけたけれど、オーストリア人のブライト氏から電話があって落ち着いた。素っ気ない事務的な声で、一家が空港で足止めを食っていることを知らせてきたのだ。どうやら非は時間に正確なオーストリアのリンツ空港ではなく、エセックス州の〝無能な〟スタンステッド空港にあるらしい。時間の余裕はできたものの、やはり大変なことに変わりはなかった。屋根裏のフラットは息苦しいまでに暑く、ビールの匂いがたち込めている。まずは、ゴミの片付けから取り掛かった。ペダル式のゴミ箱から袋を引き抜いて、階段を半分ほど下りたところで呼び鈴が鳴ったかと思うと、玄関には見知った人が立っていた。

「ティジー！」

「泊まり客が来るまで、あとどれくらいあるの？」

パールはポカンと口を開けてから、サッと時計に目をやった。「間に合いそうになくて」

「大丈夫」ティジーがにっこりした。「ふたりならね」ティジーはパールの手からヒョイとゴミ袋を受け取ってゴミ捨て場の容器に捨てると、パールのそばをかすめて階段を上った。

パールがそのあとから居間に入ると、ティジーはジージャンを脱いでいるところだった。その下に着ていたのは、ひと目でチャーリーのものとわかるゆったりした白いシャツだ。

「今朝はリハーサルがあったから」ティジーは説明するように言った。「ついでにドリーのところに顔を出したの。そこで状況を聞いて」ティジーは貸し部屋の惨状を見ながらピタリと動きを止めると、おもむろに口を開いた。「助けがいるみたいね。わたしがキッチンを片付けるから、パールには居間をやってもらって、最後にふたりで寝室をやっつけるというのでどうかしら？」

パールは焦りに押しつぶされそうだったのが、ふっと気持ちが楽になるのを感じた。「早速お願い」

次の一時間は、ティジーが小さなキチネットを手際よく丁寧に片付けていくいっぽうで、パールが部屋の中に年代物の騒々しい掃除機をせっせとかけてまわった。会話はまったくなかったけれど、パールがようやく掃除機のスイッチを消すと、寝室からはティジーのハミングが聞こえてきた。その音色がパタリとやんだのでパールが寝室に入ってみると、ティジーは壁に飾られている、絵の描かれた流木を眺めていた。「すごく素敵」ティジーは言った。

「母さんの去年の作品よ」パールが言った。

「へえ。なら、チャーリーの美術好きはおばあちゃん譲りなのね？」

パールは、やはりアーティストだったチャーリーの父、カールの話をするのがいやでためらった。「たぶんね」そうこたえて、部屋を飾っているさまざまなアート作品に目をやった。「チャーリーが小さいころは、いつだってふたりで絵を描いていたわ。わたしが店から戻ってみると、ふたりして何かの傑作を制作中ってわけ」

「でもいまは、ほかの誰かの作品を研究している」ティジーがパールを見つめた。「もう自分では描こうとしない。どうしてなの？」

パールはティジーの探るような視線に居心地の悪いものを感じた。「直接聞いてみたら？」

「聞いてみたのよ。そしたら自分にはそんな才能がないんですって」

「そんなことはないわね」

「だったらたぶんチャーリーには、証明しなければならない何かがないんだわ」

パールはティジーに顔を向けた。「どういう意味？」

「芸術家というのは、たいてい問題を抱えているものでしょ？　それを乗り越えるために活動をする。だけどチャーリーは落ち着いているのよ。完璧なの。おそらく彼には、何かを訴える必要がないんだわ」ティジーが言葉を切った。「いまはまだね」

「そうかもしれない」パールは片付いた部屋に目をやりながら、清潔な掛布団カバーを手に取った。「ほんとうに助かったわ」

「どういたしまして」ティジーが明るい声で言った。「かえって楽しかったくらい。休暇シーズンに、シャレー（アルプス地方の別荘）で働いていたときのことを思い出しちゃった。アルプス地方にあるクラヴィエーレの上のほうにあったの」

「それはイタリアなの？」パールが言った。

「ええ」ティジーはパールの手元から、カバーの角のふたつを取った。「ハンニバルが通ったのは、アルプスのあのあたりだと言われているの——象を連れてね。そんなのって想像できる？」ティジーが肩をすくめた。「いまでは人気のリゾート地になってる。仕事はきつかったけど、スキーができて楽しかった」

ダブルベッドを挟むようにして立ち、夏用の軽い掛布団をカバーに入れて振るようにしてから、清潔なシーツの上に、白い雲のようにふんわりと落とした。

「ところでお店のウエイトレスさんの具合はどう——ロージーだったかな？　ドリーから、体調を崩したと聞いたけど」

「ルビーよ」パールは言った。「もう元気になったわ。ありがとう」

「よかった」ティジーはほっそりした手でイギリス刺繍（ししゅう）のカバーを撫でつけていたが、ようやく満足したようだった。「さあ、これで全部片付いた」

「それも見事にね」パールが物憂（ものう）げに言った。

ドアのほうに向かおうとしたティジーを、パールが止めた。「ティジー」パールはきれいに片付いた部屋を示しながら言った。「わたしひとりでは絶対に無理だった。ほんとうにありがとう」それから部屋を横切ると、ティジーを抱き締めた。若々しい甘やかな香りを吸い込みつつ、自分が心の底からそう思っていることを感じた。

ブライト一家は午後七時を過ぎてようやく到着した。ごみごみした通りを逃れてようやく屋根のある場所に来られたことにホッとしながら、部屋の様子にも満足しているようだった。息苦しいほどの暑さにもかかわらず、夏掛けだけで寒くないかと心配してはいたけれど。

パールは新しい客が無事に落ち着いたことをドリーに知らせると、一時間後には海岸沿いを家へと歩きながら、今年の〈海の祝福〉を見逃したことに気がついた。これもオイスター・フェスティバル恒例のイベントで、聖職者と聖歌隊員による宗教的な儀式の体裁を取る。海の怒りをなだめ、潤沢な恵みに感謝するものだが、集まっていた人々はだいぶ前に去り、浜辺にはほとんど人気(ひとけ)がなかった。携帯電話が鳴ったので出ると、聞こえてきた声は、どことなく申し訳なく思っているかのようにためらいがちだった。「パール?」

「調子はどう、ルビー?」

「元気だよ、ありがとう。でもあたし、昼間のことをあやまらなくちゃって」

パールはひっくり返してある自分のボートに腰を下ろすと、つぶやくようなルビーの声に耳を傾けた。「なんだか、いろんなことがあったから」

「わかってるわ。調子もよくなかったんだしね」

「でも、そんなの言い訳にならない」ルビーが言った。「あたし、感謝してるんだよ、パール。

てくれたことにも、この前の夜、おばあちゃんのところまで送ってくれたことにも」

「おばあちゃんの様子は？」

「変わんない。だけどあたしのほうが、おばあちゃんの顔を見たら気分がよくなった」しばらくは波が浜辺に打ち寄せる、眠りを誘うような音だけがあたりに響いていたけれど、それからまたルビーの声が聞こえてきた。

「明日は仕事に戻ってもいい？」

「あなたがそうしたいんだったらね」

「ありがとう、パール」

電話が切れると、パールは電源を切り、海を眺めた。太陽はすでに沈んでいて、リーヴズ・ビーチには誰もいない。泳ぎ手たちが浜辺に残していった鮮やかなタオルだけが点々と見えるだけだ。パールは立ち上がると、頭の中にある思いを連れて、満潮になった夜の海に出ようと決めた。

ヨットクラブの外には風速と天候の状態を知らせる看板が出ているのだが、パールは自分の船乗りとしての勘を信頼していたので、それを確かめることさえしなかった。その日はあまりにも忙しく、マグワイアのことも頭に浮かばなかったが、ふと、電話をしてみようかと思った。検死結果の精査が済んでいるのか気になったのだ。だがそうだとしても、教えてくれるとは思えない。自分のカードは、しっかり手元に残しておくはずなのだから。

ボートを着水させると、浜から離れてゆきながら、今朝のドリーとの会話を思い出した。二十年前、パールには新しい人生をはじめるチャンスが与えられた。それは生きられることのなかった人生。なぜなら彼女は、自分の愛する浜辺の町ウィスタブルにとどまることを選んだのだから。パールの心の声は、警察の仕事はあきらめて、母親としての務めをしっかり果たしなさいと彼女に告げた。それでもときどき、もうひとつの人生のことを思わずにはいられない。別の道を選んでいたら、そこから続いていたはずの人生を。マグワイアに対する反感と、同時に魅力を感じている部分のいくらかは、パールがずっと自分のものにしたいと思っていた立場に、彼が立っているという事実に根差しているのだろう――だとしても、昨日の夜には、マグワイアとのあいだに絆のようなものを感じた。あのときはわたしも弱っていたし、無力感にもさいなまれていたから、ルビーの回復を知ってホッとしたあまり、そんなふうに思っただけなのかしら？

パールは、病院の待合室で感じたことを思い返してみた。最初は何者かが、ルビーの命を故意に危険にさらしたのではという恐怖に襲われたが――そのあとで若い医者が、食べてはいけないキノコを口にしただけだとはっきりさせてくれた。どうということのない間違いだ。説明もつく。それからパールは、自分は直感によって間違ったほうに流されているのではないかという思いにふけった――ヴィニーの死を含むすべてにおいて。

星がひとつ、暗くなりかけた空に流れるのを見て、パールは上着の襟に触れた。実現しなかった夢、打ち砕かれた希望に敬意を表(ひょう)してそうするようにと、父親に繰り返し教えられていたのだ。彼女の夢も、ヴィニーの夢と同じように壊れるのかもしれない。それでも人生は続いていく。頭上の夜空で、星たちの織り成す巨大な絵図が変わり続けていくように。

ふいに冷たい風が吹き寄せて、波頭（なみがしら）を泡立てた。風力発電の赤と白の光も、夜空を背景にしてはっきり見えるようになっている。ほかの光は海のあちこちに散っていた。点々と浮かぶ釣り船の航海灯の中で、一艘のクルーザーの明かりが水平線の向こうに消えていった。ボートの船体を叩く波の動きに、パールは自分が海を漂っていることを思い出した。そろそろ戻らなくては。

その瞬間、何かがパールの意識をとらえた。一艘の船の赤い左舷灯が、海の上で明るさをどんどん増している。パールはオールにもたれながらその光を観察した。なんだかまっすぐ自分のほうに突っ込んでくるように見えたが、それは単なる錯覚に過ぎない。それから右舷側のライトが見えたことで、船が砂利の砂州、ストリートのほうに針路を変えたのがわかった。双眼鏡を取ると、疾走している船の肋材が波を受けてはずんでいるのが見えた。船は、レッド・サンズ要塞のほうからまっすぐやってきて、数メートルほど離れたところを通り過ぎていこうとしている。

ぼんやりした光の中で、海岸のほうを静かに見つめている三つの人影が確認できた。双眼鏡を下ろしたパールのそばを、その船が通り過ぎていった。乗っていた三人はすぐにわかった。レオ・バートールド、その隣に腰かけているロバート・ハーコート、そして岸に向けて操縦しているのはビリー・クラウチだった。

18

ビーチ・ウォークにある小さなカフェの窓から中をのぞくと、ほとんどの席は家族連れで埋まっていた。何人かの職工がカウンターから離れたときに、探していた人の顔が見えた。若い男がひとり、覆いかぶさるようにしてノートパソコンに向き合っている。パールは急いで中に入ると、リチャード・クロスの向かいに席を取った。リチャードはパソコンから目を離すことなくコーヒーのカップに手を伸ばし、口元へと運んだが、そこでようやくパールに気がついた。

「ノーランさん！」

「パールよ」パールが言った。「話があるの」

リチャードは、パソコンの画面にちらりと目をやった。「え？——いまですか？」

「そう——いまよ」パールはきっぱりと言った。

パールが立ち上がると、リチャードはパソコンを閉じてコーヒーを飲み干し、慌ててパールのあとを追いかけて出入口に向かった。

外に出ると、ホテル・コンチネンタルのほうへと向かう観光客たちをかき分けるようにして進んだ。浜辺に出たところで、パールはようやく若い新聞記者に向き直った。「記事を書かせてあげる」これを聞くなりリチャードの顔がパッと明るくなった。「しかも特ダネよ」

「その代わりに、情報が欲しいの」パールはポケットに手を入れて、ノートから切り取った紙を差し出した。

それに目を通しながら、リチャードの顔が困惑に曇った。「よくわからないな。オードリー・ストーンってのは誰？」

「市役所の事務員よ」パールは封のされた封筒を差し出した。「カンタベリーで彼女をランチに連れ出すのに、充分な額を入れておいたから。その質問に対するこたえを、確実に引き出してほしいの」

「だけど、ぼくは――」

「だけどはなしよ、リチャード。なんとかするの。いっぱしのジャーナリストなら、地元の議会にいいコネがあるはずでしょ。しかもこの件は、間違いなくあなたの役に立つはずよ。おまけに」パールは付け加えた。「オードリーはものすごくキュートなの」

「そうなの？」リチャードの顔が明るくなった。

「内気だけれど、働き者でね。どことなくビアトリクス・ポターの世界を思わせる人よ」リチャードの困惑した顔を見て、パールはにやりとした。「オードリーは確実に六十歳を過ぎているから、退職の時が近づいているの。彼女はあまりにも長く、ひとりの男のために働いてきたってわけ。ピーター・ラドクリフのためにね」

「あの議員のことかい？」

パールはうなずいた。「だからオードリーにはご褒美がふさわしい。つまり、あなたがご褒美なのよ、リチャード」パールは、リチャードが持っている紙のほうを示しながら言った。「さあ、早速取り掛かってちょうだい」

歩き出そうとしたパールに向かって、リチャードが声を上げた。「ちょっと待って！　その、できることはやるよ。ただ、ぼくはいま、〈海の祝福〉についての記事を大急ぎで仕上げなくちゃならないんだ」

「オードリーが先」パールがつれなくはねつけた。「でないと、特ダネもなし」

若き新聞記者は大きなため息をついてから、負けを認めた。「わかった」

パールの車はボースタル・ヒルの渋滞の中を進み、リチャードに会って数時間後には、ブリーンからの田舎道に出ていた。熱い靄が、ウエストゲイトの塔の上に見えるカンタベリー大聖堂の尖塔を包み込んでいる。パウンド・レーンにある駐車場に空いている場所を見つけると、買い物客や観光客の海を抜けるようにしてセント・ピーターズ・ストリートを進んだ。パールは、マグワイアはいまごろどこにいるのだろうと思った。署のデスクについて仕事をしているのか、それともどこかでランチでもしているのか。

この目抜き通りには全国的に知られたチェーン店が立ち並んでおり、いかにも歴史のある地方都市にありがちな景観を見せている。観光シーズンにはストゥール川の橋のところから出発するボートツアーがあって、地元の学生たちに仕事を与えている。まずはボートを漕いで、フランシスコ修道会にゆかりのあるごく小さな島状の場所まで行くのだが、ここには十三世紀のチャペルがあって、川の両岸にまたがるような形で立っている。それからクロムウェル時代の鍛冶場や、ドミニコ会のさまざまな小修道院をまわり、街中にある古いアボッツ・ミルからつながっているソリー果樹園で行程を終えるのだ。

だがたいていの観光客たちは、まっすぐ大聖堂に向かう。その手前にある古い市場(いちば)はもともとの〈牛杭(ブルステイク)〉という呼称を失って久しいものの、その名前は、屠殺(とさつ)される前の牛が杭につながれ、肉質をやわらかくする目的で犬に嚙まれていた残虐(ざんぎゃく)な時代を思い出させる。それもいまでは〈バター市場〉という無難な名前を与えられ、観光案内所のほかに、アメリカ風のカフェバーなどがいくつかあったりする。そのうちのひとつは大聖堂の入り口に寄り添うような形で立っており——大聖堂にも負けないくらいにぎわっているようだった。

あからさまな都市型の大量消費主義は、ウィスタブルのような小さな町とは非常に対照的だ。ウィスタブルでは独立型の個人店が前線に立って、スーパーマーケットやハンバーガーのチェーン店に侵食されないように戦っている。とはいえカンタベリーでも、目抜き通りを外れてパレス・ストリート、サン・ストリート、バーゲイトといった横道に入れば、それぞれに個性的な小店舗が立ち並んでいる。クレープ屋やタトゥーサロンが、エリザベス一世の前回の滞在を宣伝している十七世紀の屋根付き玄関ポーチと同居しているのだ。そして、いまとは違うかつての〝巡礼者〟たちがひしめき合っていたのはこういった通りだった。そこでパールは、学生時代に習ったチョーサーの文章を思い出した。『カンタベリー物語』ではなく、『トロイルスとクリセイデ』という物語長編詩のものだ。その中にはヒロインが、自分こそが自分の主人であるために、どんな男にも、〝万事休す（チェックメイト）〟だからという理由で自分を踏みつけにはさせないと決意する場面があるのだ。マグワイアが事件に関して言っていることも、要は〝手詰まり（チェックメイト）〟ということだ。マグワイアは、なんとかその現実をパールに伝えようとしている。だが昨日の夜に海で見たものを考えると、パールとしてはこれまで以上に捜査を続けなければと考えていた――マグワイアが、いようといまいと。

探していた小さな宝石店は、〈ゆがんだ家（クルックド・ハウス）〉という、パレス・ストリートに立つ有名な建物のそばにあった。その名の通り、建物の入り口が不安定な角度にゆがんでいるのだ。宝石店には、十代の二月の寒い日に、父親と一緒に来たことがあった。十六歳の誕生日のプレゼントを探しにきたのだ。指輪にしようと決めていた。けれど黒いビロードの敷かれたトレイに並ぶ半貴石の中からひとつに決めるのは、空からひとつの星を選ぶようで難しかった。そこで宝石商の妻が、みずがめ座なら、誕生石のアメジストがいいのではと助け舟を出した。結局パールは、小さなシルバーのロケットを選んだのだが、それがいまでも、お気に入りのアクセサリーになっている。あれから二十年以上がたち、年老いた宝石商もその妻もだいぶ前に亡くなった。だが娘が店を継いでいて、いまも、両親と変わらぬテキパキした態度で店を切り盛りしていた。

カウンターの前に立ったパールを見ても、彼女はかろうじて微笑んだだけだったが、パールのほうではポケットからあるものを取り出した。

「これを見てもらいたくて」パールは切り出した。「何かわかることがあったら教えてもらいたいの」

パールがそれを渡すと、宝石商はルーペを取り、そのアクセサリーをじっくりと調べた。しばらくの沈黙のあとに、宝石商が口を開いた。「石はターコイズで、しかも非常に品質の高いものよ」さらにカウンターの下から小瓶をふたつ取り出すと、ごく少量の液体を金属の上に垂らし、反応を待った。「銀ね」宝石商は「刻印はないけれど」と言いながら、パールにアクセサリーを返した。「非常に素晴らしいデザインだわ」

「どこで作られたものか見当はつくかしら？」

「まず間違いなくナヴァホだと思う」宝石商は言った。「カリフォルニアではターコイズがよくとれるのよ。最近ではインターネットによって市場が開かれてはいるけれど。これほどの品となれば、数百ポンドは下らないでしょうね」

「ひと組でってこと？」

「いいえ――片方で。ナヴァホのイヤリングの多くは、ひとつだけをつける形で作られるの。あなたのものも、そうなんじゃないかしら。その手のイヤリングは〝カフス〟と呼ばれているわ」

ふいに店の呼び鈴が鳴り、宝石商が顔を上げるのと同時に新しい客が入ってきた。若いカップルで、まっすぐに婚約指輪のコーナーに向かっていく。パールは手の上にあるターコイズのイヤリングを見下ろすと、周りには気づかれることなく、するりと店を出た。

ウィスタブルに戻る道では、仮設された信号機により足止めを食った。ルビーに降ろせと言われてから二十四時間とたたないうちに、その場所のすぐそばで、小さな道路工事がはじまっていたのだ。そのときのことを思い返してみると、ルビーの反応があまりにも彼女らしくなかったことに、パールはあらためて衝撃を覚えた。表面だけ見れば、ルビーは単純でお気楽なティーンエイジャーだ。いつも明るく陽気でもある——けれど彼女は不安定な幼少期を過ごしているわけだし、祖母の病気と向き合うプレッシャーにもさらされている。パールははじめて、ルビーが表に見せている顔は、もっと深く、暗い感情を隠すための仮面に過ぎないのかもしれないと思い当たった。そんなことを考えていると信号が変わったが、ウィスタブルのほうにではなく、優雅な敷地に立つフェアファクス・ハウスへと向かった。

メアリーの様子が前回よりもだいぶよかったので、パールはホッとした。メアリーはやはり窓際の椅子に腰を下ろしていたけれど、太陽は前回よりもよほど優しく老女とその周りを照らし出していた。銀髪はきちんと後ろにとかしつけ、小さなピンクの石をちりばめたルビーの髪留めでまとめられている。光がその石に反射して、踊るような光を壁に投げている。メアリーは、見舞客の姿を認めるなり声を上げた。「パール!」

「近くに来たものだから、どうしているかなと思って」

メアリーはカーディガンの袖からハンカチを取り出すと、そっと鼻をぬぐった。「元気にしてるよ」そう言って、メアリーはにっこりしながら隣の椅子を叩いた。「さあ、座って」

メアリーの笑顔は、パールが隣に腰を下ろしたときにも変わらなかった。

「こんなにお客様が来てくれるなんて嬉しいこと」メアリーは言った。「セイディがちょうど帰ったところでね。定期的に来てくれているんだよ」

「そうらしいわね」パールは言った。

メアリーはパールのほうに身を寄せながら、小さな声で言った。「セイディのことを、穿鑿好きな婆さんだという人がいるのは知っているけれど、心根は正しい人だと思うよ」

「それに、わたしたちの町の支柱でもある」

「まあ、そうなるしかなかったってとこだろうね」メアリーが言った。

「つまり、引退したからってこと？」

「そう。セイディは、もっとビリーとゆっくり過ごせると思っていたんだよ。それなのに、ビリーはほとんど家にいないってぼやいてた。釣りをしたり、釣り餌を集めたり、それから――」

「マシソンのところでの仕事もあるし？」

「ビリーが引退なんてするもんですか」メアリーが鼻を鳴らした。「マシソンに必要とされているかぎりはしないね。世の中には人の先に立つ者と、あとをついていく者がいて、わたしたちにもどちらがどちらか自然とわかっているものだろ？」メアリーは、パールが自分の後ろの壁を見つめていることに気づいてギュッと相手の手を握った。「娘のことは知らなかったはずだね？」

ばさんのことを聞かせて。どんな人だったの?」

「ええ」パールは、時を超越したその姿に目を据えたままでこたえた。「知り合えていればよかったんだけれど、わたしたちは通っていた学校も違ったから」パールが言葉を切った。「娘さんのことを聞かせて。どんな人だったの?」

メアリーの声には愛情がにじんでいた。「物静かで、少しシャイだったね。ほかの女の子たちがつまらないことでキャッキャと盛り上がったり、騒々しい小川のようにペチャクチャしゃべり続けているときにも、うちのキャシーは――美しい湖のようだった。あの子の心がどれほど深いか、わたしにはまったくわかっていなくてね」メアリーはそこで言葉を切ると、表情をこわばらせて、なにやら音も立てずに口の中でつぶやいた。

「メアリー?」

ようやくメアリーは、言葉を口にすることができた。「あれは、バラにからみつくヒルガオだよ」

「え?」パールは困惑した。

「あの子にとってのデイヴィさ」メアリーの声は苦々しかった。

「ルビーの父親ってこと?」

メアリーはゆっくりうなずいた。「キャシーにもそれはわかっていたから、別れようとはしたのさ――けれど長いこともたずに、またよりを戻しては、いいように振り回されてしまって。性根の腐った男でね。あの子にいろいろ教え込んだのさ。あの男に会うまでは、ドラッグのことなんか何も知らなかったのに。あの子が死んだのは、薬物のせいでね」

「知っているわ」パールは哀しそうに言った。

「だけど、すべてを知っているわけじゃないだろ」メアリーが言った。「検死では自殺とされたんだけれど、それは違うね。自分の娘のことならわかっているもの。あの子はデイヴィなしで問題なくやっていた。なのにあの夏にデイヴィが戻ってきたもんだから、また何もかもおかしな具合になってしまって。あの男に捨てられたんだよ。キャシーは落ち込んで、またドラッグに手を出しはじめた」メアリーは目をぬぐった。

「過剰摂取ね」パールはつぶやいた。

「そう。だけど、わざとじゃないよ！」メアリーは激しい口調で言った。「長いことやめていたからね。体がドラッグにうまく反応できなかったのさ」

パールは壁に飾られた写真の中の若い女性に意識を集中させた。キャシー・ヒルの命が意味もなく失われたことを痛切に感じながら——生きてさえいれば、彼女の母親やルビー、そしてほかにも彼女を愛することのできた人がいたはずなのに。同時に、キャシーがメアリーの記憶の中で、いまだに活き活きと生きていることも明らかだった。おそらくはメアリーが、彼女をはっきり覚えている最後の人になるのだろう。

「それで、あんたのボーイフレンドはどうしてるんだい？」メアリーは、まっすぐにパールを見つめながら言った。その口元には、どことなく不調和な笑みがたゆたっている。「浜辺で一緒にいるところを見たんだよ。いい男じゃないか。まさに美男美女カップルだ」

パールは、メアリーが時間を逆戻りしていることに気がついた。老女に合わせて、パールの過去もまた、現在の中に溶け込みはじめた。パールがチャーリーの父カールと浜辺に並んで腰を下ろしてから、もう二十回の夏が過ぎた。だがあの夏の出来事の真実が、メアリーの問いによって引き出され、いつものように甘やかに、痛みをもって蘇(よみがえ)った。

「そうかしら?」パールはそっと言った。

メアリーは、パールの声に哀しさを聞き取った。「どうかしたのかい? 彼のことはドリーも気に入っているんだろ? ドリーが自分でそう言っていたよ。それに——母親ってのはよくわかっているものさ」

「ええ」パールはため息をついた。「母さんは気に入っているわ」

「なら、どうしたというんだい?」

パールは黙り込んだ。その話は、もう長いことしないようにしてきたのだが、相手がメアリーならば大丈夫であることもわかっていた。「カールはオーストラリア人なの」パールはとうとうそう切り出した。「ウィスタブルには通りかかっただけでね。いまは熊と鍵亭で働いているけれど、お金が貯まったら極東に向かうつもりなの。カールはアーティストだから。繋ぎ止められるのがいやなのよ」

「一緒に行くことはできないのかい?」メアリーが促すように言った。「あんたはまだ若い。なんだって好きなことができるんだよ」

パールは首を横に振った。「わたしには警察の仕事があるし、これから訓練もはじまる。ここを離れることはできないわ。少なくともいまは」

メアリーは目をそらしながら、なんとか話を理解しようとしているようだった。「だったら、問題はあんた自身の中にあるんだよ」メアリーはようやくそう結論を出した。その顔は、何かを思い出したかのように活き活きしている。「母がよく言っていたもんさ。『何かを愛したときは、一度自由にしてあげなさい。もしも戻ってきたならば、それはおまえのものになる』ってね」

「そして戻ってこなければ」パールは口の中でつぶやいた。「決してそうはならない」

メアリー・ヒルは目を閉じると、ハミングをはじめた。その姿はパールに、大きな苦痛を微笑みながら乗り越えている人を思わせた。それから数秒もするとメアリーは眠りに落ちており、パールの携帯がメッセージの着信音を鳴らしても目を覚まさなかった。パールはショートメッセージを開いたけれど、読み取ることができなかった。そこでしぶしぶ老眼鏡を取り出すと、ごく短いメッセージを読んだ。

お望みのものを入手。

十分後、忍び足でメアリーの部屋をあとにしたパールは、フェアファクス・ハウスの駐車場にとめてあった車に近づきながら、携帯でリチャード・クロスと話をしていた。

「間違いないのね?」

「ああ」リチャードはこたえを待っていたが、パールのほうはマグワイアのことを考えていた。リチャードが掘り出してくれた新しい証拠を知ったら、どんな反応を見せるだろうか。「それで、ネタはいつもらえるのかな？」リチャードははやる声でたずねた。

パールは車のロックを外して乗り込むと、運転席についたところで、ようやくこたえた。

「あなたはもう手にしているわよ、リチャード。それが特ダネなの」

「え？」リチャードが困惑した声を上げるなかで、パールはエンジンをかけた。「ちょっと待って、ノーランさん？　パール！」だがすぐに携帯の電源は切られ、助手席にポイッと置かれると、パールはアクセルを踏み込んでいた。

家に着くまでに、マグワイアには三回も電話をかけていた。ヴォイスメールに切り替わって、いただいたお電話にはできるだけ早く折り返しご連絡いたします、というメッセージを聞くたびに、パールはカッカするばかりだった。せっかくの発見をしたにもかかわらず、アイランド・ウォールに着くまではなんだかだまされたような気分だったが――そこで、家の前にとまっているのが、マグワイアの車であることに気がついた。マグワイアは浜辺の、水際のほうに立っていて、パールの存在を察知したかのように突然振り返った。それから一瞬心配そうな顔を見せたが、小さな笑みによってその緊張が解けた。パールのほうでは、どうしてこんなに早く来られたのかしらと不思議に思った。

しばらくすると、マグワイアはパールのあとからシースプレー・コテージの居間に入っていた。パールが窓を開けてひんやりした風を入れたので、白いモスリンのカーテンがはためいた。振り返ったパールが手を差し出した。見ると、そこにはターコイズのイヤリングがあった。

「これは？」

「ヴィニーに浮気相手がいたんじゃないかってコニーが疑っていた理由よ。ヴィニーの船で、何週間か前に見つけたんですって」パールは相手の反応を待ったが、マグワイアは確信が持てないというような顔でイヤリングを見つめているだけだった。パールはイヤリングを取り戻した。「わたしも信じていなかった。コニーの勘違いに決まっているってね。なにしろヴィニーは浮気をするようなタイプじゃないから」パールは言葉を切った。「でも、コニーならするかもしれない」

「なんの話だ?」

「コニーはマシソンと付き合っているかもしれないの。しばらく前からね」パールはマグワイアの目をとらえた。「コニーはヴィニーの死に打ちのめされていたけれど、怒ってもいた。彼女がホッとしたように見えたのは、保険証書が有効で、掛け金もきちんと支払われていたと確認が取れたときなのよ」

「それで?」

「それで、わたしはたまたま数日前に、コニーが事務弁護士の事務所から出てきたところを見ているの。コニーはお金の話をしにいったのよ」

「それは事実として知っているのか?」

「いいえ、でも——ねえ、コニーは遺書の件で弁護士を訪ねたに決まってる。だって——」マグワイアは顔を背けたが、パールは言いつのった。「あなたがどう思おうと、辻褄は合うわ」

突然外から人の声がしたかと思うと、風に乗ったバドミントンの羽根が庭に落ちるのが見えた。少年が海沿いの壁を乗り越えて羽根を取りにきたところで、マグワイアがようやくパールのほうに顔を向けた。

「その事務弁護士となら俺も話をした――ところできみは、その弁護士について、これまで話しそびれていたようだな？」マグワイアから責めるような目で見られたけれど、パールはたじろがなかった。

「なら、言った通りでしょ？」パールは言った。「コニーは、遺書の件であそこに行った」

「だがその遺書は、彼女の利益になるものではないんだ」

パールは虚（きょ）をつかれた。「どういうこと？」

子どもたちの声が遠のくなかで、マグワイアが言った。「ヴィニー・ロウは二十年前に、すべてを妻に遺（のこ）すという遺書を作っている」

「ティナね」

「そうだ。そしてなんらかの理由から、ヴィニーはその遺書を書き直さなかったんだ」

パールはその情報を飲み込むのに苦労した。「どうして？」パールは言った。「新しいパートナーと、養わなければならないふたりの子どもができた時点で、どうして書き直さなかったの？」

「おそらく、死ぬのはまだまだ先だと思っていたんだろう」マグワイアが肩をすくめた。「彼には将来の計画があり――体も丈夫で、健康の問題もなかったんだ」

「ついでにお金もなかったわ」パールは素早く付け加えた。

マグワイアもその点を考えているようだった。「遺すものがないとすれば、遺書を書き直す必要もないんじゃないのか？」

「でも、保険が——」パールは声に出して考えていた。「かなりの額かもしれないのよ」

「その通り」

「だったら、そこでマシソンが出てくるのよ。お金」パールの声には軽蔑が表れていた。「言ったでしょ。あの男にとっては、お金がすべての動機になるんだって。わたしはコニーが事務弁護士の事務所を出たところで、マシソンの車に乗るのを見たの——」

「その情報についても、これまでは言いそびれていたらしいな」マグワイアが口を挟んだ。

「だがマシソンからは話を聞いている。遺書について、コニーから相談を持ちかけられたそうだ。それで、法的な助言を得るために費用の援助を申し出たのさ」

「つまり？」

「裁判でティナ・ロウと戦うつもりなんだ」

パールが窓のほうに顔を向けると、蜂が怒ったように窓ガラスにぶつかっていた。「そんなことができるの？」

「ヴィニーの子どもの母親としてならできる。だが時間はかかるだろう」

「じゃああの夜、ネプチューンで口にした言葉はそういう意味だったのね。ティナと戦うようなことを言っていたもの」蜂は窓ガラスを這い上がり、また落ちた。パールは続けた。「だとしても、今日わかった事実が変わるわけじゃないわ。ある人を使って調べてもらったの。バートールドは表向きには、カンタベリーのホテルの開発を宣伝しているけれど、ここに来たほんとうの目的はこれよ」パールはバッグから大きな白い封筒を取り出すと、マグワイアに渡した。「見てみてちょうだい」パールは勝ち誇ったように言った。「レッド・サンズ要塞の再開発に関する計画申請書が提出されているの。あの要塞は沖合十三キロにあるから、規制のたぐいをすっかり無視できるってわけ」

「それなら知ってる」マグワイアが硬い声で口にしたひと言が、パールの期待を打ち砕いた。「あの日、浜辺できみから要塞のことを聞いたあと、要塞の維持を行なっている慈善団体に話を聞きにいったんだ」マグワイアは続けた。「彼らにも彼らのスパイがいるらしくてな」

マグワイアにしてみればパールの期待を潰したことに得意な思いなどはなかったので、かすかに微笑んで見せたのだが、笑顔は返ってこなかった。「情報の共有もここまでね」パールは重々しく言った。

「こちらに情報を共有する義務はないはずだろ、パール。俺は刑事なんだぞ」

「わかったわよ」パールは苛立ちながらも負けを認めた。「だけど、この情報が重要じゃないとは言わせないわよ。なにしろこれで連中のつながりに説明がつくんだから。バートールドにハーコート、それから言うまでもないだろうけど――」

「ラドクリフ議員かい？」マグワイアが言った。「その通りだ。おそらくはあの家に望遠鏡があったのもそれが理由だろう。バートールドが妻と息子を連れて、世界のどこかのリッチなリゾートではなく、あの屋敷で過ごすことにした理由もな。だとしても――ヴィニー・ロウの死につながるものは何ひとつないんだ」

それに続いた沈黙の中で、パールの意識に、窓ガラス相手のダンスを続けている蜂の姿がまた入ってきた。そこではっと気がついた。もう少し早くこの情報をくれていれば、もっとほかのことに

「ルビーについてはどうなの？

――」パールの言葉が途切れた。

「ほかのこと？」

「ルビーがちょうど昨日、祖母を守るようなことを言っていたの。それでわたしは、歴史が繰り返しているんじゃないかと思いはじめたのよ」パールは、ほんの数日前にティジーと話題にした家族写真に目を落とした。「ルビーの母親はドラッグの過剰摂取で命を落としている。ただし一般には、恋人のデイヴィに捨てられた傷心から自殺したと思われているの。ふたりは旅のキャラバンと一緒に、ロマのような放浪生活を送っていた。ルビーが生まれたあとでさえね」パールは言葉を切った。「あなたはあの日浜辺で、ドラッグはわたしたちの文化の一部になっていると言った。その通りだわ。デイヴィはドラッグを常用していた」パールはマグワイアのほうに顔を上げた。「もしかしたら売人でもあったのかも。もしもシェーン・ロウにドラッグを売ったのが彼だとしたら？」

「パール――」

「いいから聞いて」パールは言った。「キャシー・ヒルと別れたはずのデイヴィが、あの夏、ウィスタブルに戻っていたの。ひょっとすると、シェーンの死がデイヴィのせいだと知って、

その罪悪感から、キャシーはまた、もう一度だけとドラッグに手を出してしまったんじゃないかしら」

マグワイアはゆっくりと首を横に振った。「それはすべて推測に過ぎない」

「たまたま今日メアリーに会ってきたんだけれど、彼女はその話しかしないの。メアリーは、娘との過去に閉じ込められているのよ」

「彼女は認知症なんだ」

「そしてときどきは意識が鮮明になる」

「自分の言っていることをよく考えてみろ。どこをどう組み合わせたところで、ひとつの確固たる事実にはならないじゃないか。ヴィニー・ロウとストラウドの死を結びつける、はっきりした証拠はないんだ」

「でも、あるはずなの」パールは言った。「どこかに。これまでに起こった出来事の中のどこかに。わたしたちはただ、そのすべてをまとめる触媒を探せばいいだけなのよ」

パールはマグワイアが、窓ガラスとの格闘を続けている蜂にならって、逃げ出したいというようにチラッとドアのほうに目をやったのに気がついた。わたしは彼をうんざりさせているのかしら。そう思った瞬間、パールの頭に閃(ひらめ)くものがあった。

「電話したのよ」パールは言った。「ここに帰ってくる途中で何回か——それなのにあなたは、わたしがここに着いてみると、すでに浜辺に立っていた。電話のメッセージは聞いていないんでしょ？　それならどうして、わたしをここで待っていたの？」

マグワイアは上着の内ポケットから書類を出すと、それをパールに渡した。

「検死結果？」

マグワイアはゆっくりとうなずいた。

「それで、わかったことは？」ページをめくりはじめていたパールに向かって、マグワイアは言った。

「打撲だ。頭部への外傷は、重たい錨によって船べりを引きずられたという仮定と一致する」

「そんな！」パールは叫んだ。「その傷なら、ヴィニーがほかの方法で運ばれたとしてもできたはずじゃない。あなただってそれはわかっているのに、事故と考えられる証拠を探しては前に進んで、ほかの事実は無視しようとしているのよ」

「事実だよ、パール」マグワイアがピシャリと言った。「これはきみが作り上げる料理とは話が違う。生と死の問題なんだ。それにきみだって、踏むべき手順があることはよくわかっているはずだ」

「それであなたは、それに従うってわけね？」パールは辛辣に言うと――息を整えたところで、あることを悟ってはっとした。「これ以上は調べないつもりなのね？　だからわざわざここに来て、わたしを待っていたんだわ。捜査の打ち切りを伝えるために」

マグワイアが自分に顔を向けたとき、パールはその目に浮かんだ表情を悟った。自分が何度もマーティに向けてきたまなざしと同じように――すべての機会が失われたことを告げる、拒絶の色が浮かんでいたから。「何も俺が決めたわけじゃない」マグワイアは検死報告をパールの手から取ると、ドアに向かった。

「待って！」パールはすがるように言った。「もしも自分の知っている誰かの死だったら、あなたはこれで満足できるの？」

パールが自分を見つめていたが、マグワイアは、別の時に別の決定により別の事件の捜査が打ち切られたこと——そしてドナのことしか考えられなかった。もし何かが違っていたら、もし別の方法が——償いのひとつの形として、過去のあやまちを正す方法があったなら——だがようやく、マグワイアはパールにこうこたえた。

「もう俺にはどうしようもないんだ」

「マグワイア警部？」

マグワイアが車に乗りかけたとき、パールがあとを追いかけてきた。「あなたの言う通りだわ」パールは言った。「確かに現在わかっている証拠は充分ではないと思う。でもわたしには、確かな証拠がどこかに必ずあるはずだという確信があるの。おまけにヴィニーの死体の発見者として、直感的に、何かがおかしいと感じているのよ。わかったわ、これからはもっと情報をきちんと渡すようにする」パールは譲歩するように言った。「だから今後は協力するようにしましょうよ——もう少しだけでいいから。お願い」

「無理なんだよ、パール」マグワイアはきっぱりと言った。「俺はこの地を離れるんでね。異動願を出して、どうやら通りそうなんだ。今夜ここに来たのは、そのためでもある。さよならを言おうと思って」

パールは、言われたことをなんとか理解しようとした。

「異動？」

「ロンドンに戻る」

「だけど、そんなの理解できない！」

「理解する必要はない。俺がここに来たのは――」マグワイアは何もかも、彼女に打ち明けてしまいたかった――ドナのことでさえ――だがたとえそうしたくても、決してふさわしい言葉が見つけられないこともわかっていた。「ただ――しばらく離れる必要があっただけなんだ」

パールはなんだかお払い箱にでもされた気分で、相変わらずマグワイアを見つめていた。マグワイアのほうは、いまならパールになんなくキスできるだろうと思った――それも、さよならのキスではないキスを。だがそうはせずに背を向けると、車に乗り込んだ。

車の音が遠ざかっていくと、パールはコテージに引き返した。玄関を閉め、フランス窓に近づくと、窓ガラスと戦っていた蜂はすでに姿を消していた。なんとか逃げ道を見つけたらしい。パールはコーヒーテーブルから眼鏡を取ると、そこではじめて、自分がずっと間違っていたことを認めた。マグワイアのことを含めて――何もかも。パールはもう、何をどう考えたらいいのかわからなかった。

19

「なら、あの警部はいなくなるんだ？」チャーリーは、パールのキッチンテーブルについて、コーヒースプーンをいじりながら母親のこたえを待った。

「捜査すべき事件はもうないんですって」

チャーリーはその言葉について考え込んだ。「ふーん、そういう結論に達したんなら、よかったんじゃない――つまり、事故だったってことでしょ。そうとわかれば、みんなの気持ちも落ち着くわけだし」

パールはチャーリーの表情を見て、そのみんなの中には自分も含まれているのだと感じた。しばらくはコーヒーを飲みながら、息子のことを観察した。髪を切ったばかりで、しかもずいぶん短めにしているけれど、これもティジーの好みなのかしらと思いながら。

「今夜はやっぱり、来てくれるつもりなんだよね？」チャーリーが突然そう言った。

「もちろん。でもおばあちゃんにコンサートは無理よ。まだ腰が痛くて寝ている状態なんだから」

「どうして医者に診てもらわないのかな？」チャーリーはじれたように言った。

「知ってるでしょ。おばあちゃんは石頭で、権威のある人たちはみんな、大いなる陰謀の一味だと信じているのよ」

「それはそうだけど――医者だよ？」

「『カッコーの巣の上で』を読んで以来、ずっとあんな感じなの」

「カッコーの、何だって？」

「小説よ」パールが言った。「古い小説で――素晴らしい映画にもなってる」チャーリーはポカンとした顔のままだった。

「とにかく」チャーリーは言った。「あのスペイン人のボーイフレンドにでもおばあちゃんを浜辺まで運んでもらってよ。コンサートのあとに、バーベキューをするつもりなんだ」

「いいわね。でも、天気が悪くなるかもしれないって話だけど」

「大丈夫だって」チャーリーは楽観的な態度を崩さなかった。「大丈夫だと思っていれば、きっと大丈夫」

どうやらドリーから仕込まれた〝ポリアンナ〟的な思考らしい。チャーリーはドリーによく似ているものの、外見的に言うと、このところ父親にますます似てきている。まるで両親の遺伝子が、互いの優位性を争っているかのように。いつかはチャーリーから、父親の不在について、もっとはっきりした説明を求められる日が来るだろう。だがいまのところチャーリーは、父カールについて現在知っていることで満足しているようだ。でなければ、もっと知りたいと思っていることを、思い切って言えずにいる可能性もあるけれど。

「コンサートのあとで、ティジーにちょっとしたサプライズを用意しているんだ」チャーリーは続けた。「プレゼントしたいものがあって」

その瞬間、パールは指輪を贈るつもりなのかしらと思った。チャーリーのほうも、その思いを読み取ったらしい。

「心配しないで。プロポーズをするつもりはないから。単なるプレゼントだよ。ぼくが自分で作ったものさ。まだ仕上げてはいないんだけど」

「仕上げるって何を?」

チャーリーは照れ隠しのように、いくらか早過ぎる手つきでコーヒーをかき混ぜた。「ティジーからはずっと、もう一度何かアート作品を作るようにとせっつかれてたんだ。だからコラージュを作りはじめて。それを今夜のコンサートの前にここに置いていくようにするから、バーベキューのときに渡せたらと思ってるんだ。母さんさえよければだけど」

「もちろんいいわ」

「別に傑作ってわけじゃないよ。ただちょっと――写真を中心にして作ってみたんだ。夏に関するものだけを集めてね。何か、思い出になるものがいいと思って」

チャーリーがカップを持ち上げ、コーヒーを飲み干すかたわらで、パールの思いは、オフィスの引き出しにしまってあるスケッチに飛んでいた。二十年も前に描かれた、デッサンや水彩画。思い出になるもの。

「感傷的過ぎたりしないよね?」チャーリーが突然不安になったような顔で言った。

「ええ」パールが優しく言った。「ちっともそんなことないわ」チャーリーが帰ろうとしているのを見て取りながら、パールはもうひとつだけ質問をした。「チャーリー、母さんがしてきた選択に対して、あなたは満足しているのかしら?」

チャーリーは面食らったように顔をしかめた。「なんだよそれ?」

「自分でもわからない」パールは正直に言った。「最近なんだか、もしも自分が違う選択をしていたら、わたしたちはみんなどうなっていたんだろうと思うことが多くて」

「それなら誰だってそうさ」チャーリーは分別臭くそう言うと、母親のほうに身を寄せた。「けど、母さんとおばあちゃんは、ぼくのためにできるだけのことをしてくれたじゃないか。ぼくが何かの機会を失ったなんてありっこないよ」チャーリーは笑顔を浮かべたが、パールの思いはカールへと漂っていた。ひとつだけ、チャーリーは〝父親を持つ機会〟を失ったのだと意識しながら。チャーリーは母親の頰に軽くキスをした。「ほんとにもう行かなくちゃ」チャーリーは言った。「あとで、ハーバーに来てくれるよね、母さん?」

「ティジーにも楽しみにしていると伝えて」

チャーリーはすぐに出て行った。パールは時計を見るなり、すぐに動かないと次の約束に間に合わないことに気がついた。

マーゲイトのクリフトンヴィルにあるウォルポール・ベイ・ホテルは、第一次世界大戦の前に建てられたものだ。さまざまな所有者の手を経て八十年がたったときに、エドワード朝様式の壮麗な建物を当時のままに復元しようという驚くべき計画が立ち上げられた。その計画は資金不足にもかかわらず、ビショップスという新たなオーナー一家の情熱により続けられたのだった。その〝生きた歴史博物館〟ともいえるロビーの中央には、いまも、エレベーターについた昔ながらの格子状の開閉扉があって、歴史を記録する一風変わったコレクションのひとつとなっている。サネット島にある八千万年前のチョーク層から発見されたさまざまな化石が飾られているほか、古風なエレベーターに乗って、五階あるすべての階、スプリングの入ったメープル材のダンスフロアが広がる舞踏室、古風な呼び出し装置と銅製の蒸留器のついた、かつてのメイドの食器洗い場などを見てまわることもできる。ホテルの制服が、一九二〇年代に流行ったフラッパー・ドレスと一緒に展示されている。当時は料理用の昇降機が、二十四時間、五階のすべての階に料理を届けていたという。

このホテルに足を踏み入れるたびに、パールは家に戻ったときのような、特別な感慨を味わうのだった。自分も〝生きた歴史博物館〟の一部でもあるかのように、守られ、大切にされているような気がするのだ。だから時間を見つけてはホテルまでドライブし、花で飾られたテラスでお茶を楽しむ。そしてお供には、長い忘却より救い出されて久しい陶製のティースタンドから、高く積まれた、耳のない白い三角形のサンドイッチを選んでつまむのだ。だが今日は大理石のステップの前を通り過ぎて、ビーチへと下りられるアールデコ調のエレベーターに乗った。

マーゲイトの沿岸の景色は、いくつもの木製の防砂堤で仕切られているウィスタブルの海岸線とはかなり違っている。パールのいるウォルポール・ベイの東遊歩道からだと、海に見えるものといえば、一九〇〇年に作られた巨大な海のプールだけだ。潮の干満によって自然と水が引き、また満たされるようになっており、海水だけでなく豊富な海の生物も取り込むので、その多くがプールの中に閉じ込められる。というわけで時折の清掃で水を完全に抜くときには、その機会を利用して、沿岸警備員や生物学者がその内容を調べにくるのだった。

その中には牡蠣さえいる。厳しい天候や捕食者から守られながら、さまざまな海綿動物のそばでぬくぬくと大きく育つ。プールの壁に血赤色のウメボシイソギンチャクが並んでいるかたわらでは、ヴェルヴェット・スイマー・クラブという蟹が泥の詰まった割れ目を厳しい冬の避難所にしている。干潮のときには、スケトウダラやベラが、海底に茂るストロベリーアネモネの中をサッと泳ぎ過ぎる姿を見ることができる。これは満潮とともに、脱出する機会をうかがっているのだ。運よく逃げられるものもいれば、逃げられないまま死んでしまうものもいる。だがこの海のプールがあることによって、海やそこに生きるものたちが、短期間とはいえ注目を浴びることもあるのだった。

このプールは、大きな海の縮図だ。そういう意味では、ウィスタブルという土地とも共通するところがある。カールは大海で生きる小さな魚でいることを選んだのだと、今日のパールにはそれがはっきりわかったような気がした。いっぽう自分は干潮時の水たまりに捕まった生き物のように、そこから出ることも、壁の外に広がる大きな世界を見ることもできないままでいるのだった。

海岸からの冷たい風にあおられて顔を背けると、ホテルのある方角から近づいてくる人影に気づいた。ティナ・ロウはキャメル色の軽いコートを羽織り、彼女には珍しくペタンコな靴を履いていた。そのせいで背が低く見えるばかりか、顔にはほとんど化粧っ気がなく、いつものふてぶてしい表情の代わりに、おどおどとした笑みを浮かべていた。

「来てくれるかどうか自信がなくて」ティナは切り出した。「二度と会いたくないと思われってしかたないしね。正直言って、あたしのために少しでも時間を作ってくれるのは、ウィスタブルでもあなただけだから」

「どうしていたの?」ティナの態度がいつになく謙虚なのを感じて、パールはたずねた。

「大体のとこは素面でいるわね。ここ何日か、まったく飲んでないの。ホテルにいる友だちからは、アルコールミーティングに行くように言われてる。もしもあたしがまともになったら、仕事を紹介してもいいとさえ言ってくれてるの」

「仕事って何をするつもりなの?」

ティナは肩をすくめた。「ウエイトレス? 部屋係? 恵んでもらう立場じゃ選り好みはできないからね。とにかく、何かしら見つけないと」ティナは言葉を切ってから、次の質問に向けて声をこわばらせた。「遺書については聞いてるんでしょ?」

パールがうなずくのを見て、ティナは言った。「お金はコニーに渡るわ。彼女にはヴィニーの子どもがいるのよね?」

ティナが頭上にそびえる白い石灰岩の壁に目を上げるのを見ながら、パールはその問いが、形ばかりのものであることに気づいた。「ヴィニーと一緒にここに来たときのことを何度も思い返していたの。ふたりともまだ子どもだった。晴れた日にはときどき学校を抜け出して、あの崖の上を一緒に歩いた」ティナは日差しに向けて目を細めた。「古めかしいウォルポール・ベイ・ホテルを眺めては、『いつか一緒に泊まろうね』って。そしたらどう？　実現しちゃった。あたしたち、ハネムーンのときにはあのホテルに部屋を取ったのよ」

「知らなかった」パールは言った。

ティナはうなずいた。「それからは毎年泊まってた。シェーンが小さかったときには、マーゲイトの遊園地に連れていったりね」

「ドリームランド？」

「そう。あたしは毎回ヴィニーに言うのよ。『来年の夏はどこか別の場所に行こうよ。外国がいい。ヨーロッパのどこかに』って」ティナはパールのほうを振り返った。「そのころには、それだけの余裕もあったしね。だけどだめ。ヴィニーはそういう人だった」ティナは大きく息を吸い込んだ。「ヴィニーにはここで充分だったの。ドリームランドで充分に幸せ。もっと世界を見たいと思っていたのは、あたしのほうだった。だからそうした。シェーンがあんなことになって——逃げ出すしかなかったから」ティナはポケットに両手を突っ込んだ。「地中海の国にはすべて行った。夢に見るしかなかったあらゆる土地を見てまわった。それなのに、それでもやっぱり、新しい日はまた——天国のような場所での空虚な一日に過ぎなかった」ティナはしばらく黙り込んでから続けた。「でも、もうこれ以上は逃げないつもりよ、パール。あたしにはほかに行く場所なんかない。だからここに残るわ。過去のことを考え続けるのも、もうやめる」

ティナの決意はよく理解できたけれど、パールにはそれがティナにとって——そして町の人々にとって——いかに難しいことかもよくわかっていた。

「あの警部に言われたのよ」ティナが打ち明けるように言った。

「何を?」パールがサッと目を上げた。

「ネプチューンから連れ出されたあの夜に、飲むのは寂しいからだって話したの。そしたらあの警部、寂しいのはそれだけのことがあったからだって」ティナはひと呼吸おいてから続けた。「シェーンを失ったからだって」ティナはパールを見つめた。「心が癒されるためには、そのための余白を必要とすることがある。あたしがお酒を飲むのは、たぶん、誰かを自分に近づかせないための、あたしなりの方法なんだと思うって」

パールはその言葉について考えながら、マグワイアの言う通りだと思った。おそらく彼は、パールもまた、人を近づけ過ぎないための方法を持っていることに気づいているのだろう。

ふいに突風が吹きつけて、暖かくはあったけれど、ティナは慰めを求めるかのようにコートをギュッと引き寄せた。それから崖の上のほうを示してみせた。「一緒に戻る?」

「無理なの」パールは言った。「オイスター・フェスティバルの最終日だから、いろいろやることがあって」自分なしで進んでいく人生の現実を突きつけられて、ティナは一歩下がりながらつかえがちに言った。「あたしの人生、遅過ぎはしないよね、パール?」

パールはうなずいた。「大丈夫よ、ティナ。誰にとっても、遅過ぎるなんてことはないんだから」ティナがゆっくりとホテルのほうに向かうなか、パールは自分の言葉を胸の中で抱き締めた。

ハーバー・ストリートに戻り、花束と、買い物の袋で両手をいっぱいにしながら歩いていると、ドリーの家の玄関から誰かが出てくるのが見えた。その女性は、まっすぐにハーバー・ストリートを歩きはじめた。あのライラック色の髪、見間違えようもない。

「セイディ？」

セイディ・クラウチが振り返り、相手が誰だかに気づくと、どことなくがっかりしたように顔をしかめた。セイディはドリーの家の玄関のほうを親指で突いてみせた。「お母さんの様子を見にちょこっと寄ったんだよ。マーゲイトに出かけてたんだって？」

パールの口元で笑みがこわばった。セイディときたら、何かというと、パールがドリーを利用してサボっているような気分にさせるのだ。「ええ、でも戻ったわ」

「それでこのあとは、コンサートに出かけるんだろ？」

パールが言い返す前に、セイディは独善的に続けた。「状況が状況だからね。誰かが顔を出して、あんたのお母さんが大丈夫か見てあげる必要があると思ったのさ」

「わたしがこれからそうするつもりだったんだけど」

セイディはパールが握っている鍵に目を落とすと、「それはよかった」と鼻を鳴らしてから、またドリーの家の玄関を見つめた。「あたしが顔を見せたら、ドリーはだいぶ具合がよくなったみたいよ。なにしろ病人ってのは、誰かがそばにいてくれるだけで、ちょいちょいよくなるってことがあたしにはよくわかっているもんでね」

「母は病気じゃないわ」パールが言い返した。「昔からある単なる腰痛で――」

セイディが振り返った。「あんたもドリーの年齢になったらわかるはず――」

「わかるって何を?」パールは、「セイディ、あのね――」と切り出したものの、そこで尻すぼみになった。このおせっかい焼きに、ドリーの腰痛が、古いパブ、熊と鍵亭のダンスフロアで一九七四年に行なわれた、〈サタデー・ナイト・フィーバー〉というディスコイベントにまでさかのぼることを説明するのがバカバカしくなってきたのだ。「要は遺伝なのよ」パールは弱々しく言った。

セイディに納得した様子は見えなかった。「こうしておしゃべりしているわけにはいかないのよ。戻らないと」

「ビリーのところへ?」パールは少し茶目っ気を出して言った。「このごろじゃ、ビリーも少し休みたい気分かもね」

「どういう意味?」セイディがいくらか怪しむように言った。

「四六時中、マシソンのために働いているようだから」

セイディはかぶりを振った。「単なるパートタイムだよ。九時から二時までおしまい」

「時間外労働はなし?」

「あの人は遅くまで働いたりしないよ。釣り餌を針につける以外はね」

「なるほど」訳知り顔に微笑んだパールを残し、セイディは早足で買い物客の波を抜けていった。

玄関を開けると、ドリーがサンルームに置かれた寝椅子の上で上半身を起こしていた。

「ああ、来てくれてよかった」ドリーがうめいた。「ちょうどセイディが来ていたのよ。まったく、あのおせっかい焼きの偽善者ったら。てっきりファンだと思ってね。じゃなかったら、絶対に入れなかったのに。ファンがそろそろ、移動補助センターから戻ってくるはずなのよ」

「なんですって？」

「つまり、コンサートには行けないとしても、チャーリーのバーベキューには出席したくてね。あのプロムナードさえなんとか移動できれば――」

「車椅子で？」

「まさか」ドリーがパンフレットを投げて寄越した。「四ページのところに載っている、すばしっこい小さな乗り物を見てみてちょうだい。一時間に十六キロくらい走れるんですって」

パンフレットには、貸し出しが可能な電動カートが紹介されていた。パールは、ドリーの運転する電動カートが、ロンドンからの観光客たちをなぎ倒すところが頭に浮かんで気が重くなった。

ドリーは娘の頭の中を読んだようだった。「心配しなくて大丈夫。保険もついているから」

「ならよかった」パールはブドウを果物鉢に入れながら言った。

「マーティのことは聞いた?」ドリーが言った。

「なんだか知らないけど、まだ言わないでね」パールは言った。「窓のディスプレイで、彼が優勝したとか?」

ドリーが舌打ちした。「まさか。それなら、結果が発表されるのは明日なんだから」ドリーが言葉を切った。「どうやらマーティは、誰かのハートを射止めたらしいよ。セイディによると、新しく来た花屋とよろしくやっているってさ。あの赤毛の、背の高い女性」

「ニッキー・ドワイヤー?」

「そうそう。どうやらこのあいだの夜、マーティのほうからネプチューンで話しかけたみたいだね。そこからトントン拍子に――」

「ならよかった」パールが遮った。細かい話を聞きたくなかったのだ。

「そうね」ドリーが言った。「お似合いに見えるし。興味も合いそうだ」

「たとえば?」

「園芸に、金儲けに――」

「たぶんカヤックもね」パールは思ったことを、そのまま口に出していた。

ドリーは心得顔にパールを見た。「彼と話はしたのかい?」

「マーティ?」

「扁平足だよ」

「どうして話をしなくちゃならないのよ?」

「もちろん、お別れの挨拶だよ」ドリーがため息をついた。「けど、あんたはそういうのが得意じゃないもんね？」

パールは、手の中でしなびかけているスイートピーの花束を見下ろした。ちょうどマーティの店に寄って、彼はどこにいるのだろうと思いつつ、可愛らしいアシスタントから買ってきたところだった。これでパールにもわかった。マーティはようやく次の恋へと移ったのだ。「お客様用に、この花を活けてくるわね」パールは言った。

「ちょっと待った！」

パールが振り返ると、ドリーが果物鉢を抱え込んでブドウをつまんでいた。「彼はそう悪い男じゃなかったよ」

「誰のこと？　マーティ？」

「扁平足」ドリーはブドウをひと粒投げ上げると、見事に口で受けとめた。パールは部屋を出た。母さんは大体いつも正しいのよね、と思いながら。

午後六時。マグワイアは賭け屋のスクリーンを見上げていた。そこにはケンプトン・パークで行なわれる、夏競馬のナイトレースの出馬表が映し出されている。直近のレースでいつになく心を引かれたのは〈ニュー・ホライズンズ〉という馬だった。〝いつになく〟というのは、いつもならマグワイアは馬体や馬場状態を確認したうえで、出走馬の比較をするのが常だからだ。だがそのときは、大穴だという以外はなんの魅力もないにもかかわらず、そのアイルランドの牝馬が気になってならなかった。

マグワイアは賭け屋の中に目をやりながら、ここが以前のように、煙草の煙で濃く立ち込めていればいいのにと思った。煙草に関する禁止令が出されてからというもの、この店に引き寄せられるのが大きな哀しみか不安を抱えている男たちばかりである、という現実から逃れる言い訳はなくなっていた。この四方の壁の中で、女の姿を見たことは一度もない。ただし、金を受け取る係だけは別だ。彼女は四十代前半の年恰好で、カウンターの向こうに座り続けているせいか、腰の周りがだぶついていた。親しみや歓迎の色を見せることは一切なく、スイスのようにどこまでも中立的だ。そして金のためだけに、そこにいるかのようだった。賭けをしにきた客たちと同じように。だが後者に関しては、必ずしも金のためだけではないことが、いまのマグワイアにはわかっていた。

ギャンブラーにとって、金というのは二次的なものなのだ。運のみに依存する世界にのめり込む理由ならいくらでもある。厳しい人生を持ち直すチャンスに惹かれる者。あるいは、未知の結果との勝負に魅力を感じる明らかな依存症タイプ。同類の集まる場所に独自の聖域を見出す者もいれば、絶望的な状態から逃げ出す唯一の手段を見る者もある。マグワイアにとっての賭け事は――過去からの逃げ道――だからこそ、出馬表に現れたひとつの名前が、いまこのとき、彼の注意を引いてやまないのだ。新しい地平線。そのシンプルな名前が、自分が再び人生を歩みはじめる、はっきりした可能性を示唆しているように思われたのだ。ただし職場の異動が、古い地平線への逆戻りにならなければの話だが。

た。マグワイアは決めた。馬券にサササッと書き込むと、五十ポンド札と一緒に受付係に差し出した。いつもの我関せずという態度にもかかわらず、受付の女は、マグワイアの選択を二度見した。それでもマグワイアはためらわなかった。これまでに多くのものを失ってはいたけれど、ある日、自分の世界がまた変わるかもしれないという希望を捨ててはいなかった。確率には法則があり、どんな運も永遠には続かない。潮が変わるのと同じように。

マグワイアは受付の渡してくれた馬券を受け取ると、署に戻ることにした。勤務を終えて、あと数時間ののちには、また、この煙の気配さえない場所に戻ってきて、レースを見ることになるだろう。

パールが七時半きっかりにウィスタブル・ハーバーに着くと、ちょうど牡蠣食い競争が終わったところだった。すでに今年の参加者が牡蠣を平らげるために設けられた舞台の片付けがはじまっており、見物客たちはデッドマンズ・コーナーにある、大きな南向きのデッキへと向かっている。そこには新しいイベント用の舞台が設置されていて、人々がひしめき、コンサートがはじまるのを待っていた。年齢はさまざまだが、前のほうにいる客たちはかなり若い。地元の子が多かったから、パールもたいていは顔がわかった。みんなビールの缶を手に、それらしく酔った様子をしている。あたりは静かな興奮に包まれた雰囲気で、ティーンの女の子たちのグループが身を寄せ合いながらクスクス笑っているかと思えば、若者たちがふざけて組み合ったり、ももに膝蹴りをきめたりしている。フェスティバルのイベントでは、自分たちの土地ということもあって、たいていは地元の若者が大半を占める。これはパールの記憶にあるころからそうだった。ただし彼女がティーンだったころには、都会に住む人々はまだウィスタブルの存在には気づいていなかったから、夏のシーズンでさえいまのように観光客が集まることはなかったのだけれど。

シェーン・ロウが死んだのもそんな夜だ。キャッスルのそばで行なわれた、小さな野外コンサートのあとだった。パールにも、マグワイアが正しいことはわかっていた。シェーンに死をもたらした人物を突きとめることなどできないし、そしておそらくは、彼の死から学ぶ者もいない。いまここにいる若者の中にも、地元民と観光客の両方に、錠剤や粉、なんらかのドラッグを、生まれてはじめて、あるいは常習的にやっている子たちはいるはずだ。マグワイアがプロとしての確信をもって語っていたように、ドラッグはもう、若者文化の一部として切り離せないものになっているのだ。しかもパールにとっておそろしく思えるのは、誰かが犠牲になるまで、その若者がドラッグを使っているのかどうか知りようがないことだった。シェーン・ロウの場合にもドラッグをやっているような兆候はなかったから、一度かぎりの出来事が致命的な悲劇につながったようにしか見えなかった。ティーンの子どもは概して気分に支配されやすい。やたらよくしゃべると思っていたらブスッとふてくされたり、静かだったのが興奮したり。それがドラッグの影響によるものだと見極めることなどまず不可能だろう。気分が変わりやすいのは、若者にとっては自然なこと。好奇心についてもそうなのだから、新しい体験や、簡単に自信を得られて〝クール〟になれる方法に興味を引かれてしまうのも無理からぬことなのだろう。

パールは人混みを抜けながら、いまこのステージを取り囲んでいる若者のうち、どの程度の子が何かしらのドラッグをやっているのだろうと思った。自分もティーンのころに、浜辺で大麻煙草を試したことを思い出しながら。ただし彼女の吸ったものは色も香りもヘナに似ていて、赤ワインを飲み過ぎたあとに似た、渦の中に引き込まれるような眩暈を覚える程度のものに過ぎなかった。若者はいつだって自分なりに世界を見る方法を探るものであり、パールとしては、チャーリーに対する〝悪影響〟が、ボビー・パスコーという少年だけだったことをありがたく思っていた。ボビーはハーバー・ストリートをマウンテンバイクのウィリー走行で行き来しては、女の子を追いかけ回したり、年金生活者を怖がらせたりしていた。さらには爆竹を派手に使うというので、〈焚火の夜〉にはみんなから避けられた。だが若さとは永遠に続くものではなく、ボビーもいまでは足場職人の見習いとして働いており、さらには赤ん坊を溺愛する父親になっている。

若さに満ちた顔が海のように広がるなかで、パールはふと、マーティもニッキー・ドワイヤーと一緒に来ているのかしらと思った。この新しいカップルについてどう思っているのかは、自分でもよくわからなかった。心のどこかでは否定されたような気分だったけれど、それが筋の通らない話であるのもわかっていた。なにしろマーティは、パールを追いかけて充分過ぎるほどの時間を無駄にしているのだから。マーティはずっとパールのために蠟燭を捧げ続け、とうとう指に火傷をしてしまったのだ。おそらくはマグワイアが現れたことで、ようやく自分の立場に納得がいったのだろうか。あるいはふたりが浜辺にいるところを見ていたマーティは、パールの警部に対する態度に、何かを見て取ったのかもしれなかった。

パールはいまでも、どれくらいの頻度でマーティに盗み見られていたのかが気になっていた。ヴィニーの船に漕ぎ寄せたあの夜でさえ、どこかからこっそり見ていたのかもしれない。マーティが浜辺のどこかから、あるいは干潮の海に浮かべたカヤックの上から、遠目に自分を見ていた可能性はあるだろうか？　だとしても、もう確かめようがない。それにマーティが死ぬ前のヴィニーと交わしたという会話が、ほんとうに牡蠣殻（がら）についてだったという保証もない。とにかくマーティのほうは動きはじめたわけだけれど――どうやらパールには、それが難しそうだった。ついつい、マグワイアはいまごろどこにいて、何をしているのだろうと考えてしまう。もし今夜ここで会うことができたら、その機会をとらえて、きちんとさよならを伝えることができるだろうか？　わからなかった。それでもパールは人混みにマグワイアの姿を探しながら、母さんの言う通りだと認めざるをえなかった。わたしはつくづく、さよならをするのが上手じゃない。

そこでふと、腰の真ん中に手のぬくもりを感じた。振り向くと、マグワイアではなく、チャーリーが立っていた。

「例のコラージュを家に置いてきたんだ。ビールも何本か冷蔵庫に入れてあるから」チャーリーはにっこりした。

「あとで食べ物と一緒に持っていくわね」パールは言った。「ティジーはどう？」

「準備してる。蛇籠の壁の向こうに大きな古いテントがあるんだけど、出演者たちは想像力たっぷりに、そこを楽屋エリアってことにしててさ。ぼくはティジーの緊張が少しでもほぐれればと思って、飲み物を取りにきたんだ。本人は緊張なんかしてないと言い張ってるけどね」チャーリーは青空を見上げた。白い雲が点々と浮かび、するすると流されている。「天気はなんとか持ちそうだな。おばあちゃん、バーベキューには来られそう？」

「止められるもんならやってみるのね」パールが冗談めかして言った。その瞬間、ステージに一連の光がパッと灯って期待のざわめきが広がった。「ティジーのご両親がここにいないなんて、ほんとうに残念だわ」

チャーリーがこたえる前に、DJがステージに登場し、ドッと歓声が上がった。チャーリーは何かを伝えようとしていたけれど、周りの音がすご過ぎて聞き取れない。とうとうチャーリーは叫んだ。「ぼくは楽屋に戻るけど、一緒に来る？」

パールはかぶりを振った。「ここから観るわ。終わったら落ち合いましょう」

そのままチャーリーは、興奮に体を上下させている若者たちのあいだに姿を消した。スピーカーの音量が耳をつんざくばかりなので、パールは人混みの後ろのほうに移動すると、コンサートを観るのにもっといい場所はないかとあたりを見回した。そのときマシソンが、〈クラブ&ウィンクル〉というレストランのテラスから立ち去るのが目にとまった。エスコートをするように、女を先に歩かせている。パールは群衆の上に首をもたげてみたけれど、女の顔を確認することができなかった。にもかかわらず、それが誰であるかについての確信をもってレストランに向かった。そのあいだにも、港に面したレストランのドアからは目を離さなかった。波止場には食べ物や飲み物を売る屋台が並んでいたから、そこに隠れるようにしながらレストランに近づいた。

ドアがいきなり開いたかと思うと、若いＤＦＬのグループが、シャンパンのボトルを振り回しながらドッと外に出てきた。ドアが閉まりかけたところで、もう一度大きく開いた。今度はパールにも、戸口に立つコニーの姿がはっきり見えた。その後ろにはマシソンがついている。ふたりは歩きはじめたが、マシソンのオフィスがある方角にではなく、満車状態に見える駐車場のほうに向かった。車のところに着く前にロービームのヘッドライトが灯ると、マシソンはコニーのために後部座席のドアを開けてから、反対側にまわってやはり後部座席に乗り込んだ。ゆっくりと走りはじめた車の運転席についていた人物を見ても、パールはとくに驚きを覚えなかった。ほかでもない、ビリー・クラウチだったのだ。

パールがいま目にしたものについて考え込んでいるなかで、ダンスミュージックがビートを刻みはじめた。そこで港のほうに目を戻した。ヴィニーの船があの波止場につながれてから、まだ一週間しかたっていない。だがもうそこに船はなく、新しく作られた公共広場は、また今年も終わろうとしているオイスター・フェスティバルの最終日を祝おうと、お祭り騒ぎをする人々でごった返している。時はすでに動いているのだ。

音楽が終わるのと同時に歓声が上がると、ＤＪがまたマイクを手に取った。人々の顔には、次のお楽しみはなんだとワクワクした表情が浮かんでいる。そこへ突然、一本のスポットライトを浴びながらティジーが登場してきた。ドラマーとギタリストも、彼女のかたわらについた。ティジーはにっこりと笑顔を見せながら、「フィレンツェです」と名乗った。ティジーの目が人混みの中に誰かを探しているのを見たとき、きっとわたしだと感じて、パールは本能的に手を挙げていた。ふたりの目が合い、パールはティジーの着ているのが、彼女の贈ったライラック色のシルクのベストであることに気がついた。パール自身はもう二十年近く着ていなかったけれど、そのベストはいま、ステージの上の美女によって新たな命を与えられている。

ティジーは手を振り、マイクをつかむと、長い髪を美しい顔からかき上げながら、ドラムのビートがはじまるのを待った。ギタリストがゆったりしたコードをいくつかかき鳴らすと、ティジーはリズムに合わせるように頭を振ってから、とうとう歌いはじめた。力強く、心に染み入る声だった。いまにもかすれそうなほど張り詰めた高い声で、喪失と哀愁に満ちた曲を歌い上げた。その歌は聴く者の意識をしっかりととらえて放さず、騒々しいティーンエイジャーたちでさえ静まり返っている。インストの部分に来ると、ティジーは目を閉じたまま、音楽に合わせて体を揺らした。それからひとつの澄んだ音が夕景の中に伸び渡り、時空を超えた瞬間を作り上げたかと思うと――ティジーが曲の終わりを告げるように目を開いて、デッドマンズ・コーナーにドッと歓声が上がった。パールはそこで、ティジーがチャーリーのためだけの笑顔を浮かべたことに気がついた。舞台袖に立っているチャーリーもまなざしを返している。その顔には誇らしさと、観客に見事な魔法をかけてみせた若き美女に対する敬意がありありと表れていた。

パールは自分でも、みんなと一緒に熱狂的な歓声を送っていた。それからドラマーが、先ほどよりも速いリズムを刻みはじめた。ティジーがそのレゲエのビートに合わせて、拍手をするように観客を促した。ティジーはスポットライトを連れて舞台を動きまわりながら、ステージと、一緒に歌っている観客全体を自分のものにしていた。チャーリーも舞台袖で手を叩いていて、あちこちで観客が踊りはじめ、子どもたちも体を揺すっている。パールも一緒に手を叩きながら、すっかり演奏に聴き惚れていたけれど、そこで群衆の中にひとり、じっと立ち尽くしている人物が目にとまった。

ルビーだ。最初はてっきりティジーを見ているのかと思ったけれど、それからパールは、ルビーのまっすぐに見つめているのがチャーリーであることに気がついた。パールがルビーに呼びかけたときに、ちょうどティジーがまた歌いはじめて、その声をかき消してしまった。パールは踊っているティーンエイジャーたちをかき分けながら進もうとしたけれど、そこで音楽がふいに終わると、群衆が腕を突き上げて喝采し、アンコールを求めはじめたので、パールは立っている場所から動けなくなってしまった。喝采が静まったときに、ルビーが立ち去ろうとしているのが見えた。隣にいた青年はほんのしばらくそこにとどまってから、もつれた金髪を片手でかき上げると、慌ててルビーのあとを追った。そこでパールにも顔が見えた。アレックス・バートールドだ。

その瞬間、DJがまたステージに現れ、パールはまたもや、ステージから後方のバーカウンターのほうに流れてきた観客に道をふさがれてしまった。そのほとんどがいなくなったときには、もうルビーとアレックスの姿はなかった。野外のバーカウンターの前にできている行列に目をやり、また東埠頭に目を戻した。古いボウリング場の脇を通るメインルートにもふたりの気配はない。パールがデッドマンズ・コーナーの西側へ向かうと、道の前方に、生意気そうな若者たちがたむろしていた。通りかかった人がいないか聞こうとする前に若者たちはちりぢりに去ってしまったが、その代わりに視界が開けて、東埠頭へとまっすぐ通り抜けられる門の鍵が、開いたままになっているのが見えた。

〝進入禁止〟の看板を無視してするりと向こうに出ると、古い骨材会社の建物があった。その鉄塔と比べると、港にある釣り船のマストがちっぽけに見える。骨材会社は休暇のため閉まっていたが、背後から聞こえてくる音楽や笑い声が遠ざかるなかで、通路に敷かれている砂利がパールの足元で音を立てた。野外バーの周りに集まっている人たちに見られることもなく、すぐに東埠頭にある、看板をかけた一軒のバーの裏手に出た。

その古い小屋のようなバーは、地元では〈樽屋〉の愛称で親しまれている。くたびれたキャンピングカーがそばに一台遺棄されていて、そのあたりの荒廃した雰囲気をさらに強めていた。そこで声が聞こえた。パールは足を止め、小屋の壁に背を押し当てた。話し声は、小屋の角を曲がった先から聞こえてくる。声が小さ過ぎて聞き取れないため、パールはじりじりとにじり寄りたくなったが、そこで車のサイドミラーの中に、もめているらしきアレックスとルビーの姿が映っていることに気づいた。

「何が悪いんだか教えてくれよ」アレックスは頼むように言った。

ルビーはこたえなかったが、次の瞬間、サイドミラーの中からその姿が消えたかと思うと、ひとり残っていたアレックスがまたルビーに訴えた。「頼むから落ち着けって」

「いやよ！」ルビーは言い返した。「こんなんじゃ足りないってのがどうしてわかんないの？あたしにはもっと必要なの」ルビーの姿が、またパールの視界の中に戻り、反応を確かめるかのようにアレックスを見つめるのがわかった。サイドミラーに映っているルビーは、アレックスを前にして静かな怒りに震えており、パールにはまるではじめて見る人のように思えた。

「約束したじゃない」

「わかってるよ。でもきみは、ちっとも満足してくれないじゃないか」

「あなたがいなくなったら、あたし、どうすればいいの？」

ルビーの絶望感が伝わってきて、パールははっと胸をつかれた。

「言っただろ」アレックスが、残っていた冷静さを振り絞るようにして言った。「どこにも行きやしないさ」

「あなたはそう言うけど」ルビーは苦々しく言った。「どうせ連れていかれちゃう。大学にだって行かなくちゃならないんだし」

「そうだけど」アレックスはあきらめたように言った。「戻ってくるさ」

「いつ？」

パールにはルビーの顔が見えた。いつにも増して青ざめながら、震える手を見下ろしている。それから口走るように言った。「またひとりぼっちになるんだ。思い出と一緒に取り残されるんだ」ルビーは立ち去ろうとしたが、アレックスが手を伸ばし、ルビーを抱き寄せた。

「前にも言ったろ」アレックスが言った。「ぼくだっていろいろ思い出すはずだって。だけどとりあえず過去のことは忘れて、いまをできるだけ楽しもうよ」アレックスは手でルビーの顔の輪郭をなぞってから、じれたような声でささやいた。「いいだろ?」

アレックスがキスをしようとルビーのほうに顔を寄せたところで、パールは目を閉じた。理由の一部は恋人同士のプライバシーを大切にしたかったからだが、それにも増して、またしても過去と現在——ふたつの世界がぶつかり合って、目の前に現れたように思われたからだった。その瞬間、パールは仰向けられた自分の顔を撫でる暖かなそよ風と、決して忘れることのできない、あの優しいキスのことしか考えられなくなった。ようやく目を開けたとき、サイドミラーの中にはもう誰もいなかった。

そろそろと前に進んでみたけれど、見えるのは浜辺に打ち寄せる波だけで——アレックスとルビーは完全に姿を消していた。その瞬間を破るかのように携帯が鳴りはじめた。

「どこにいるの、母さん」

チャーリーの声に、パールは夢から覚めたような心地がした。「近くにいるわ」パールは小声で言った。「ティジーには、素晴らしかったと伝えてちょうだい」

「自分で伝えなよ」チャーリーが言った。「ここにいるからさ」

一瞬の沈黙があってから、ティジーの声が聞こえてきた。

パールはにっこりした。「ほんとうに素晴らしかったわ、ティジー。ひと晩中でも聴いていられそうなくらい」

「ありがとう」ティジーは言った。「楽屋に来ない？　ちょっとごみごみしてるけど、一緒に飲み物でもどう？」

パールは時計を確かめた。日没まで、もう二時間とない。「ありがとう。でもいったん家に帰って、バーベキューに必要なものを取ってこないと」パールは言った。「チャーリーには、いつもの場所でと伝えてちょうだい。あと、薪をたっぷり持ってくるようにって。そのときにまた話しましょう。あなたは歌うほうがいいかもしれないけど」

ティジーが笑った。「そうかも」

パールはもう少しやり取りが続くかと思ったけれど、ティジーはチャーリーに電話を返したらしく、電話はそのまま切れた。それから歩きはじめようとしたところで、車のサイドミラーに映っている自分の姿が目に入り、足が止まった。アレックスとルビーのことを思い出すと笑顔が陰ったけれど、できるだけ早く家に戻らなければと気を取り直した。

20

シースプレー・コテージに着いてみると、あたりはいつになく静かだった。波が繰り返し浜辺に打ち寄せる音を除けば、シンと静まり返っている。いつもなら引き潮の時間帯にはもっとにぎやかで、干潟の向こうからも声が聞こえてきたりする。大気がムッと肌に張りつくように感じられてきたかと思うと、潮が満ちるにつれて、またいくらかすっきりとした状態に戻るのだ。

耳の奥では、まだコンサートの大きな音が鳴り響いていたけれど、パールはティジーの歌ではなく、その前後に目撃したあれこれについて考えている自分に気づいた。コニーとマシソンを見たことよりも、ルビーとアレックスの関係の深さを知ったことのほうが驚きだった。ルビーがタンカートン・スロープスで誰かと一緒に、カイトサーファーを見物しているところを見たと思ったあの夜のことも思い出した。ルビーはあそこにいた事実そのものを否定してパールを煙(けむ)に巻こうとしたけれど、あれは間違いなく嘘だったのだ。どうしてそんな嘘をつくのか――単純に、ある青年に惹かれていることを知られるのが恥ずかしかったのかもしれない。だがアレックスはただの青年ではない――レオ・バートールドの息子なのだ。にもかかわらずパールは、彼をはじめて見たレストランの席で、アレックスがその魅力的な笑顔をあえてルビーに向けたところを目にしていた。

アレックスは落ち着いた若者だが、パールはどこか、両親とのあいだに奇妙な距離感のようなものがあるのを感じていた。母親のサラも言っていたように、たいていの時をビーチで過ごしているらしい。となるとここでひとつの可能性が浮かび上がってくる。この夏のあいだに、アレックスは海にいるヴィニーを見たことがあるのではないだろうか。パールは、機会のあったときにアレックスにたずねることを思いつかなかった自分を責めた。だがまだその機会はあるかもしれない。けれどももしそうだったとして――だからどうだというのだろう？　捜査は打ち切られ、マグワイアも町を去ってしまうというのに。

パールはしくじったのだ。ストラウドの依頼を受けられなかっただけでなく、ヴィニーの死が、事故死ではないという有力な証拠を見つけることもできなかった。ドリーは、何もかもそっとしておいたほうがいいと言っていた。パールにも、ドリーが滅多には間違わないことはよくわかっていた。

パールはチャーリーが置いていったビールをクーラーボックスに詰めると、バーベキュー用の食材をテキパキと準備した。父親の古い包丁で何匹かのスズキを手際よくおろしていく。包丁は相変わらずカミソリのような素晴らしい切れ味だったし、父親からの教えも頭に焼きついていた。自動的に手を動かしていると、思いはその夕方に見たことへと戻っていった。あの若くて無邪気なルビーが嘘をつくなんて。しかも嘘をついていることを意識さえせずに。アレックスとの関係について、ルビーを問い詰めることはできる——だとしても、それで真実を突きとめることができるかしら？「いまをできるだけ楽しもうよ」とアレックスは言った。それも悪くはないわね。パールはそう思いながら、もう少し手を入れる必要のあるスズキの切り身に目を落とした。

パールはスズキを、シェリービネガー、ローズマリー、タイム、生の生姜を合わせたマリネ液に漬け込み、思い出したようにシーアスパラガスを加えたが、心の中は相変わらずざわついていた。ルビーがこうまで見事に秘密を隠し通していた事実に加え、アレックスに対峙していたときの強い口調が気にかかった。「あなたがいなくなったら、あたし、どうすればいいの？」その問いと、結局は捨てられるのだという思いが、頭の中で鳴り響いていた。「戻ってくるさ」と、アレックスは言った。カールもやはり、別れの夜にはそう言った。パールは自分の経験——あまりにも長いあいだ、胸の中に抱え込んできた記憶——によって判断が曇っているのかもしれないとも感じた。アレックスがルビーに言っていたように、パールも過去を忘れるべき頃合いなのだろう。それでもやはり、何かが心に引っかかっていた。わたしが目にしたのは、夏のロマンスの哀しい結末？　それとも、もっと重要な意味が隠されているの？

コルク抜きを探して、しまってあるはずの引き出しを開けてみたけれど、カクテル用のマドラーとハロウィーン用のナプキンしか入っていなかった。パールの家のキッチンときたら、まるで常に整頓されている店の厨房に対して、反旗でもひるがえしているかのようなのだ。ナプキンを取り出してみると、それと一緒に一枚の紙が出てきて床に落ちた。ティジーからもらったカッチュッコ・ディ・リヴォルノのレシピだ。チャーリーの部屋であの料理を味わったのが、もう遠い昔のことに思える。あれもこの特別なフェスティバルと、夏のあいだに行なわれたイベントのひとつだった。そこで、チャーリーのコラージュを思い出した。居間のソファに立てかけてあるのだ。

確認しにいくと、コラージュは茶色の紙をふんわりとかぶせた上から、紐で固定されていた。一瞬、ほかの荷物と一緒に持っていくのは難しいかもしれないと思ったけれど、持ち上げてみると、意外なほど軽い。

好奇心に駆られて紐をほどくと、包装紙を外して作品をあらわにした。〝アンティーク調〟の木のフレームに入ったコラージュは、映画や芝居のチケット、乾燥した海藻やトウモロコシ、さまざまな写真を使ったイメージから作られていた。まるでウォルポール・ベイ・ホテルの生きた博物館のように、思い出の品々からできた心に響く作品だ。パールは午前中に交わしたチャーリーとの会話を振り返りながら、長い年月の中ではじめて、わたしはそう悪いシングルマザーではなかったのかもしれないと素直に思うことができた。それはなんとも甘い瞬間で、息子が成長し、自分から離れていこうとしている苦い現実をも乗り越えさせてくれそうなほどだった。

コラージュそのものが、その苦い現実をはっきりと語っていた。なにしろ使われている写真には、さまざまな背景の前で、愛しい恋人と幸せそうにポーズを取っているチャーリーの姿が写っているのだから。満ちつつある海を金色の矢のように貫いているストリート。タンカートン・スロープスに立つ鮮やかなビーチ小屋のテラス。ウエスト・ビーチに落ちていく夕日。こういったウィスタブルの風景は、たとえその中にいる人々が——パールとカール、ルビーとアレックス、ティジーとチャーリー——と移り変わっても残り続けるだろう。しばらくすると、パールは視界が曇るのを感じた。日差しが陰りはじめて細かい部分がよく見えないので、ハンドバッグに手を入れて小さなケースを探すと、これからは頼らなければいけないのだという現実を今度こそきっぱりと受け入れて、眼鏡を取り出した。

眼鏡をかけて、チャーリーの作品を見直すと、何もかもがはっきりと見えた。浜辺にいるティジーの姿がとらえられていた。二十年前、チャーリーの父親が、スケッチや水彩画でパールの姿をとらえたように。けれどいま、もうひとりの若い女性は、太陽のほうに顔をもたげながら木製の防砂堤に腰を下ろしていた。ティジーの美しい顔は穏やかで、若いモナ・リザのようにどこか謎めいた微笑みをカメラに向けている。いっぽうでパールの笑顔は曇り、フレームの中ではコラージュのイメージが、一点をのぞいて次第にかすみはじめた。

その一点だけがますます主張を強めるとともに、パールの意識は、ズームアップするレンズのように引きつけられていった。視線の先にあるのは、あの、三角形のシルバーのイヤリングだ。その中央では、青いターコイズが、ティジーの耳を飾りながら煌(きら)めいていた。

21

マグワイアが報告書を書き上げたときには、夜の八時五十分になるところだった。官僚主義的な確認手続きにはつくづくうんざりだったが、ウェルチ警視がそれをやたらと重視しているのだ。がんばったご褒美（ほうび）として、賭け屋に戻って夜のレースを見る前に、冷えたビールを楽しんでいくことにした。署の近くにある小さなバーなら、マグワイアの定番であるメキシコのビールを置いている。表の席に座れば、店内のやかましさや、作り物のサボテンやソンブレロを使ったごてごてした装飾が気になることもない。だが心のどこかでは、ネプチューンという浜辺のパブに心が惹かれていた。あそこで日没を眺めながら、オイスタースタウトで唇を湿らせることができたら。オフィスの椅子の背にもたれて目を閉じると、またしても、目の前に座っているパールの姿が見えた。彼女が、彼の知らない何かについて説明をしている。レッド・サンズ要塞、密輸社会、そして小さな町の生活にかかわるつかみどころがない現実について。

つかみどころがない。それこそが、ケントで過ごしたこの夏に対する、マグワイアの印象だった。ところどころで、何度もパールに出くわした夏。パールは邪魔者で、批判的で、彼の手法を軽視していたが、それでいて、逆説的ではあるものの、彼の捜査を奪おうとせんばかりの彼女の気力と厚かましさが、いまとなってはこの夏における唯一の重要なものだったようにも思えるのだ。彼女は、今回の事件そのもののように、ひとつの謎だ。その事件の捜査は打ち切られ、何かがまだ胸でうずいてはいたものの、マグワイアとしてもこれ以上できることがないのはわかっていた。その代わりに、ニュー・ホライズンズの勝利の可能性を夢見て自分を慰めることにすると、ポケットの中の馬券を確かめた。オッズは三十三対一。もしもその牝馬（ひんば）が先頭でゴールラインを切ろうものなら、千五百ポンド以上の儲けになる。それだけの金があれば、ロンドンへの引っ越しもだいぶ楽になるというものだ。

上着を羽織り、ドアに近づいたところで携帯が鳴った。おそらくウェルチだろうと思い、電話をポケットから出すのをためらった。六回のコールで留守電に切り替わる。だが好奇心が勝った。五回目のコールで携帯を取り出すと、誰からの着信かを確かめた。

「あなたの助けが必要なの」

いきなりそう言われた。声が切羽詰まっている。マグワイアは壁の時計に目を上げた。ニュー・ホライズンズの出走時間まで三十分もない。デスクも片付いているし、良心にも曇りはなかった。だがそれでも、気づくとこうこたえていた。「どうしたんだ、パール？」

ホテル・コンチネンタルの外には人だかりができていた。ふいに、カモメの鳴き声を思わせる騒々しい笑い声が、バーにたむろしているほろ酔い加減の若い女たちから上がった。ホテルのバルコニーも客でいっぱいだ。みんな手に飲み物を持ち、満ちかけた海のほうに顔を向けている。それまで晴れ渡っていた空には雲の縞が浮かびはじめ、大気も重たくなっていた。ひと筋の雨雲が、沈みゆく太陽の前を横切っている。開いた窓のひとつから、ダンスミュージックのベースラインが、タンカートン・スロープスを歩いているパール自身の心臓のように激しいリズムを刻んでいた。そこで、水際に立っている人影が目に入った。背後から砂利浜を近づいてくる足音を聞きつけて、ティジーが振り返った。「チャーリーは薪を取りにいってるけど、すぐに戻るから」ティジーは防砂堤のそばに積まれた山の上に海藻を投げながら、空に目を上げた。「雨になると思う?」

それから目を戻すと、パールが手を差し出していることに気がついた。その手のひらには、ターコイズのイヤリングが。

東埠頭の砂州から流れてくる暖かな大気に乗って、背後ではまだ音楽が鳴り響いている。パールは気を強くして、口を切った。「チャーリーの写真の中で、あなたがこれをつけているのを見たから。きっと、どこかで落としたのね」

ティジーが近づいてきてイヤリングを調べ、「ええ」と言いながら顔をしかめた。「でもいったいどこで――」そこでパールがイヤリングをギュッと握り締めてしまったので、ティジーは驚きにあとずさった。

「ヴィニー・ロウの船で見つかったのよ」

ふいにティジーの顔が曇った。困惑したように眉をひそめている。「それって、あの漁師のこと?」ティジーがゆっくりと首を振った。「でも、どうしてそんなところに?」

パールはティジーの目をとらえたままで言った。「波止場で落としたんじゃないかしら。あの船は、ちょくちょくあそこにとまっていたから。そのときに船の中に落ちたのかも」

「そうね」ティジーは自信がなさそうに言った。「そうかもしれない」

「でも実際には」パールが言った。「そうじゃなかったんでしょ?」

ティジーが顔を上げた。

「人々がどんなふうに自分を見せてしまうものか、わたしに話してくれたときのことを覚えているかしら? ちょっとした表情や小話によって――」パールはゆっくりと手を開き、手の中のイヤリングにちらりと目を落とした。「わたしたちは手がかりを残すと。その通りだわ、ティジー。あなたがくれたレシピ――何度も何度も読み返した。材料や料理法ではなく、あの紙に書かれた言葉そのものが、何かを示しているような気がしたの」

ティジーが首を横に振った。「意味がよくわからない」

「お父さんの事故について話してくれたでしょ。あの、夕食を振るまってくれた夜に」

遠くのほうで、風力発電の光が瞬(またた)いた。ティジーはそれを見つめていたが、黙り込んだままだった。うつろな目をして、身動きもせずにいるところは、まるで美しい蝋(ろう)人形のようだ。

「あんな話をする必要はなかった」パールはそっと言った。「けれどその船に乗っていたのは、あなたのじつの父親ではなかったんでしょ? 彼の名前はパオロ・ラグネリ。リヴォルノの当局に問い合わせたの。彼は義理の父親。そしてあなたの話してくれた事故は、死につながるものだった」

パールは言葉を切ると、ティジーに近づいた。「それなのに、あなたは話した」

ティジーはようやく目を瞬いた。その目には涙が浮かんでいるように見えたけれど、彼女が話し出したとき、その声には感情がなかった。
「そうよ」ティジーは認めた。「パオロは義理の父親だった。でも――あれはほんとうに事故だったのよ、パール」彼女の美しい顔が、苦しみにゆがんだ。「わたしはあの人に、飲むのをやめるように言った。あの日、船の上でね。でもあの人は聞かなかったのよ、パール。自業自得だわ」その言葉が夕暮れの中を漂った。「母が義父と結婚したとき、わたしが何歳だったかは当局から聞いてるの？」

パールは首を横に振った。

「わたしは十二歳で、義父から好かれていると本気で思っていた。思わない理由がある？　あの人は、ほんとうにたくさんの時間をわたしのためにさいてくれたのよ」ティジーは言葉を切ると、心を落ち着けるようにしてから、すぐにまた続けた。「その理由を悟るのに、そう長くはかからなかった」

ティジーのまなざしに、パールは殴られたような気がした。パールは木製の防砂堤に近づくと、そこに腰を下ろした。「義父に言われたことを、母に打ち明けることはできなかった。あの人には、話したところでどうせ信じてはもらえないとも言われた。あまりにもひどい現実だったから」ティジーはここで言いよどむと、両手のひらを顔の前に上げた。まるで洗い清めたいとでもいうかのように。「義父が死んだからには、何もかも元通りに、あの人がわたしたちの人生に入ってくる前のようになると思っていた。義父はお金を遺してくれていたから、わたしは母に、どこか別の土地に行こうと言ったの。何もかも乗り越えられるはずだった。でも、母は聞く耳を持たなかった。ずっと泣いてばかりいて。じつの父が死んだときのように、ただただ悲嘆にくれるばかりだった。あの男には、そんな価値なんかなかったのに」ティジーがパールを見返した。

「それで、お母さんに話したのね」

ティジーはうなずいた。「当然よ。母には、あの人がほんとうはどんな男だったかを知ってもらう必要があった。でも墓に入ってからでさえ、パオロは正しかった。母は、わたしを信じようとしなかったの」

パールは、黙り込んだティジーに近づいた。「それでどうなったの?」

ティジーはため息をついて立ち上がった。「わたしを追い払ったのよ。そのほうがわたしのためになるからって」

「ここに?」

ティジーは両腕を大きく広げてみせた。「いいえ。サルデーニャのグラン・パラッツォという学校によ。調理学校。わたしは丸々一年リヴォルノを離れて、イタリア料理の粋を叩き込まれたってわけ」

パールは手のひらに痛みを感じて、自分がイヤリングを強く握り締めていたことに気がついた。

「新しい役を突然振られたようなものよね」ティジーは続けた。「わたしもそれを楽しんだ。料理は好きだったし、腕もよかった――ただし、あなたほどではないけどね、パール」苦々しい笑みが、ティジーの唇をかすめた。「わたしは別荘のキッチンの手伝いを頼まれて、そこでひとりの少年に出会った。恋愛ではなかったのよ」ティジーがはっきりさせるように慌てて言った。「退屈したティーンエイジャーが、どちらも気晴らしの方法を探していたってだけ。でも冬になると、わたしは彼のあとを追ってクラヴィエーレに行った」

「スキーリゾートね」パールは言った。「そこであなたは、シャレーのメイドとして働いていた」

「そうよ」ティジーが思いを呼び覚ますようにしながら言った。「誰もが行くクラブがあったの。そこにいると、いつだって楽しかった。みんな、とにかく幸せそうで。その理由もすぐにわかった」ティジーがパールを見つめた。「はじめてコカインをひと筋吸い込んだとき、わたしは自分が輝いて、清められるのを感じた——まるで、星に照らされた雪みたいに。何もかもがはっきり見えて、わたしは、わたしのなりたかった自分になっていた。過去は消え、その瞬間だけがあって、物事がどうあるべきかが理解できたの。山の頂に上がり、世界のてっぺんに立っていた」ティジーの顔から突然生気が消えたかと思うと、彼女は黙り込んだ。

「何があったの？」パールが促した。

「そんなことは続かなかった。その男の子の母親が、彼のポケットからコカインを見つけてしまったの。彼は両親に連れ去られ、クラブも閉鎖されたわ」

「それであなたは？」

「母は何も気づかなかった。それどころか、一年間家を離れていたわたしを誇らしく思っていたみたい。母は、これで何かを学ぶ準備ができたわね、とわたしに言った。それで大学に進学したの。イギリスには、素晴らしい演劇の歴史があるでしょ？」ティジーが話にはそぐわない笑みを浮かべたとき、何人かの子どもが、スケートボードでプロムナードを駆け抜けていった。その笑い声が、どこか別の場所で続いている人生のことをパールに思い出させた。子どもたちの姿が消えると、ティジーがまた話しはじめた。「中毒になったことはないのよ。でも、何かドラッグの代わりになるものが必要なことはわかっていた」

パールは目を閉じ、チャーリーを思った。ティジーはその思いを読んだかのようだった。

「グルベンキアン（ケント大学のアートセンター）ではじめて会った夜、チャーリーはほんとうに魅力的で面白くて、とても——健康的だった。それから付き合いはじめたんだけれど、イースターのときに、仕上げなくちゃならないプロジェクトのために、ブルージュへ一緒に行かないかと誘われたの。わたしたち、それは素敵な時間を過ごしたのよ、パール。けれど最後の日、グルーニング美術館に戻って午後を過ごし、帰ろうとしたところで——」

パールが口を挟んで、その言葉を引き継いだ。「自分の過去と向き合ってしまった」

驚いているティジーの顔を見ながら、パールがその空白を埋めた。「イタリアで知り合った少年。アレックス・バートールドが現れたのね」

ティジーが息を呑んだ。「どうして知ってるの？」

「母親のサラが、家族でオランダとベルギーを訪ねたと言っていたのよ。夏は毎年、サルデーニャで過ごしていたこともね」

ティジーは目をそらしながら、その情報を吸収した。

「それから?」パールは暗澹たる気持ちでたずねた。「チャーリーにはどう話したの?」

「何も」ティジーが口ごもった。「だって――ほんとうに彼を見たのかどうかも確信はできていなかったの。チャーリーと一緒に美術館を出て、振り返ったときにはもう見えなかったから、きっと見間違えだったんだと自分に言い聞かせていた」ティジーが言葉を切った。「次の朝はイギリスに帰る日で、チャーリーのほうが早く起きたうえに、わたしは部屋に残って自分の荷造りをしていたの。それから朝食に下りていくと、チャーリーがテーブルで待っていたんだけれど――ひとりではなかった」

「アレックス?」

ティジーの口調が速くなりはじめた。「わたしたちの泊まっていた場所を突きとめたのよ――おそらくは、美術館からあとをつけていたんじゃないかしら。そのときのわたしにはアレックスの目的も、チャーリーに何を話したのかもわからなかった」ティジーが身震いした。「わたしはひと言も口をきかなかったのよ、パール。それからチャーリーの笑顔を見たときに、アレックスがわたしたちの過去については何も話していないのだとわかった」

パールはティジーを探るように見た。「それで、あなたもチャーリーには話さなかったのね?」

「そんな余裕はなかったの」ティジーが言った。「アレックスはわたしの反応を見て取ると、あとは会話を引き受けた。まるで一度も会ったことなんかないような顔で、チャーリーが自分に、わたしを紹介するのを聞いていたわ」ティジーが慌てたようにパールを見つめ返した。「もしいまチャーリーにたずねても、彼は絶対に覚えていないと思う。ホテルで会った他人同士なのよ。アレックスはチャーリーに、地図を貸してもらえないかと声をかけたの。それから出て行った」ティジーは苦々しい声で言った。「アレックスには、できれば二度と会いたくなかったのに、ここにいることを知られてしまった。チャーリーから、カンタベリーの大学に通っていることを聞き出していたのよ。だから――大学で見つけられてしまって」ティジーは訴えかけるように言った。「アレックスとはなんの関係も持ちたくなかった。ほんとうなのよ。そう彼にも言ったんだけど――アレックスはこれも運命だって。父親が仕事の関係でこの土地に来ているものだから、それであることを思いついたの」ティジーは乾いた唇を手の甲でぬぐった。

「続けてちょうだい」パールが静かに言った。

「アレックスは――わたしの部屋の壁から鏡を下ろすと、その上に、小さな袋から白い粉を空けた」

パールがはっと息を呑むなかで、ティジーは続けた。「一気に、クラヴィエーレに引き戻された気がした。アレックスはポケットから刃を取り出して、コカインを刻みはじめたわ。そうやって手を動かし続けながら言ったのよ――」ティジーは、波が打ち寄せている浜辺に一歩近づいた。「――アムステルダムに友だちがひとりいて、そいつがコカインをベルギーのゼーブルッヘ港から回してくれるんだ」ティジーは言いよどみながら、海のかなたに目をやった。

「それを置いていってもらうのに最適な場所も、すでに見つけてあるって」

パールはティジーの視線の先に目をやった。「レッド・サンズ要塞ね」

ティジーがゆっくりとうなずいた。「アレックスはあの要塞については父親からすっかり情報を得ていたし、人が近づかないことも知っていた。しかも下には足場用のプラットホームが設置されているから、アレックスとしては、準備ができたときに出かけていって、持ってくればいいだけだったの」

「理解に苦しむんだけど」パールが言った。「どうしてアレックスのような子が、そんなことをする必要に駆られるのかしら？　何もかも持っているっていうのに」

「それでも充分じゃないのよ」ティジーがすぐにこたえた。「アレックスは父親のようにはなれないし、自分でもそれをわかっている。彼はすでに両親をがっかりさせていたけれど、自分なりの方法で成功できると考えていた。なにしろそれほどの資金をつぎ込むことなく、二十五万ポンドが手に入る見込みだったのよ。しかも有害な物質を使って、かさ増しをする必要さえなかった」

「だとしても、彼にはあなたが必要だった」

「そう。売る手助けをする人間が――大学と、このウィスタブルでね」ティジーはため息をついた。「パール、あなたもどれだけの人がこのフェスティバルに集まっているかは見たでしょ？」

パールはホテルからの音楽が相変わらず鳴り響いているなかで、しばらく考え込んだ。それからきつい口調でティジーに言った。「あなたには、そんなことをする必要などなかったはずよ」

「わたしだって断ろうとはしたの」ティジーが言い返した。「アレックスには、チャーリーとのことも話した。どれほど過去を忘れたいと思っているかも。一緒に過去を忘れようって、説得しようともした。でも、アレックスは聞く耳を持たなかった。何があろうと――わたしが協力しようがすまいが――自分はやるって。それからアレックスは、鏡の上にコカインで長い線を二本引くと、わたしのほうに差し出したの。『やれよ』と彼は言った。『お望みなら立ち去ってもいいんだ』って」ティジーは、恥ずかしさのあまりパールの目を見ることができないまま、顔をうつむけた。

「できなかったのね」パールはそっと言うと、一歩前に踏み出した。ティジーを慰めたくなったけれど、まだ半分しか話を聞いていないことを思い出した。「それでルビーは？　ある晩、浜辺で見かけたのよ。アレックスと一緒だったけれど、そのときにはまだ確信が持てていなかった」

ティジーはぼんやりと言った。「例のものがビーチ小屋に置いてあったの。荷物が到着したばかりで、最初のひとつをあそこに移してあって。アレックスはそれをすぐに処理したがった。暗くなりかけたころに、ほとんど終わりかけたところで、あのウエイトレスの子がこっそり見ていることに気がついたのよ」ティジーはパールのほうに目を戻した。「ルビーは夜になると、いつも浜辺に来ていたの。アレックスを探しにね。あの子は、あなたが思っているほど純粋じゃないわ。なにしろ、自分が何を見ているのかもきちんとわかっていたんだから」

「母親が薬物に依存していたのよ」

ティジーはたじろいだ。「それは——知らなかった」

「とにかく、あなたはルビーをなんとかしなければならなかったわけね？」パールが促した。

ティジーはやましそうな顔でうなずいた。「アレックスは、彼女の好意に気づいていた。だから言い寄って、コカインをひと筋吸わせたのよ。あとはもう、彼の思いのままだった」

パールは、ルビーが職場でも介護施設でも、たびたび不安定な様子を見せていたことを思い出した。あの青ざめた顔と小さな体は、ただ単純に、ドラッグによる影響を受けていたのか。

「アレックスは、ルビーを黙らせておく目的で、ドラッグを与えるたびに少しずつ量を増やしていたの。でもすぐに、ほとんどのドラッグは地元の売人の手に渡ってしまった。残っている分はフェスティバルに合わせて回収するつもりだったんだけれど、そんなときにアレックスが、父親が何人かを連れて要塞まで出かけるつもりなのを知って、わたしになんとかしなくちゃと持ちかけてきたのよ」ティジーはそわそわしはじめた。「だからジェットスキーで出かけた。でも、アレックスが潮を読み間違えてしまって。波が荒くて、要塞のプラットホームにたどり着くころには、とてもはしごのところにまで行ける状態ではなかった」

パールはストリートの東側に広がる海を眺めながら、心の目で事件の全貌をまとめていった。

「そこで、ヴィニーに見られたのね」

「ええ。助けにきて、釣り船に乗せてくれたの。なんてバカなんだと怒られたわ。あんなところで何をしていたのかと聞かれたけれど、わたしたちは、ラジオ局があると聞いたから見にきたんだと嘘をついた。お願いだから誰にも言わないでくれって頼み込んだわ。アレックスの父親が知ったら、カンカンになってジェットスキーを取り上げてしまうからって。あの人は親切で、誰にも言わないと約束してくれた。二度と要塞には行かないという条件付きでね。海岸に下ろしてもらったときには、お礼まで言ったくらい」

パールはまだ手の中のイヤリングを見つめていた。「でもそのときに、これを落としたのね？」

ティジーは息遣いを荒くしながら、長い髪を片手でかき上げた。「てっきり海に落としたんだと思っていたのに。あとは、あの漁師がわたしたちのことを忘れてくれることを願っていたの。アレックスにも言ったのよ。危ないところで逃げられたんだから、残っている分は忘れましょうって。アレックスもそうすると言ったのに」

「しなかったのね」

「ええ」ティジーは首を振った。「ひとりで戻ったの。今度はうまくたどり着いて、荷物を回収することができた。でもプラットホームに下りてみると、あの漁師がそこにいて。このまま一緒に船に乗ろうとしないなら、沿岸警備隊に連絡をするとアレックスに詰め寄ったのよ」ティジーの声は震えていた。「半狂乱になったアレックスから、トラブルに巻き込まれたと電話がかかってきた。すぐに釣り船まで来てくれって」

ティジーは海を見やった。「フェスティバルの前の日で、誰もが港のほうにいるみたいだった。だからジェットスキーでネイティヴ号まで行ったの。そしたら——」ティジーは両手で顔を覆った。

「何?」パールが促した。「何を見たの?」

ティジーは手を下ろし、夢から覚めたかのように激しく目をしばたたいた。「海を漂っている船の上で、あなたの友だちのヴィニーが意識を失っていた。ヴィニーがネイティヴ号を岸に戻そうとしたところへ、アレックスが襲いかかったの。わたしは沿岸警備隊に連絡をして助けを求めるべきだと言ったんだけど、アレックスは聞こうとしなくて。すっかりパニックになっていて、父さんに知られたら大変だとひたすら繰り返すばかりだった。とても手に負えないから、これ以上話を聞いても無駄だと無線に近づいたところで押さえ込まれてしまった。そのときにヴィニーの姿が見えたのよ。立ち上がろうとしていたの——アレックスの後ろで。死んではいなかったけど、立ち上がるのには苦労していた」ティジーは涙をこらえながら続けた。「ヴィニーが前に出て、アレックスをわたしから引きはがした。アレックスがほとんど反射的に殴りつけると、そのままヴィニーがデッキに倒れて。頭を——」ティジーはしばらく、正しい単語が出てこないというように迷ってから言った。「ラ・ガローチャ——索止め——に打ちつけてしまったの。それで、ひょっとしたらもう、このまま立ち上がらないんじゃないかって」

「死んだってこと?」パールが黙り込んだティジーに近づいて、こたえを求めた。「ヴィニーを殺したのはアレックスなの?」

ティジーは重たい声で言った。「そうじゃないわ。わたしがかがみ込んで脈を取ったから。

ヴィニーはまだ生きていた。でもアレックスが泣き出して。どうにかしてくれってすがりつかれたの」

「そこで、デッキにある錨(いかり)が目に入ったのね。それから事故に見えるように工作した」

ティジーはギョッとしたようにあとずさった。

「違うわ！」ティジーは言った。「誓ってもいい。錨は、わたしたちがジェットスキーに戻るときにもまだデッキにあったのよ。さっきも言ったように、船は海を漂っていた」ティジーは頭痛でもするかのように、眉のあたりをもんだ。「岸に戻るころには夕暮れが近づいていて、浜辺には誰もいなかった。例の小屋に向かおうとしたときに、どこからともなく声が聞こえてきたの」ティジーの声がしばらく途切れた。「それから姿が見えて——太った男が小屋のポーチに座っていた。帽子で自分をあおいでいたわ。なんだか夢、それも悪夢みたいだった。わたしは誰も見えていないかのように男を無視しようとした。でもまた男が声をかけてきた。しかもこう聞いてきたの。ヴィニーがいつ戻ってくるのか教えてくれって」ティジーはパールに目を向けた。「わたしはこれが現実ではないことを祈ったわ。けれど男はタンカートン・スロープスにある望遠鏡を指差しながら言ったのよ。きみたちがネイティヴ号から降りるところを見ていたんだって」ホテルからの音楽がやんでいて、ティジーも声を低くした。「アレックスがどうするつもりなのか見当もつかなかった。でもアレックスは男のほうを向くと、笑顔を浮かべながら、戻ってくるまでにはまだ少しかかると思うと言ったの」

波が浜辺に打ち寄せている。音楽も、人の声もしないなかで、ティジーが語り続けていた。

「それから、ジェットスキーを片付けるのを手伝ってもらえないかと男に聞いた。男は笑って、自分は心臓が悪いから無理だとこたえた。ポーチから立ち上がるときにも、ぜいぜいあえいでいたし。そしたら男が帽子を頭に載せたところに、アレックスが突然襲いかかって小屋の中に突き飛ばしたの。わたしもジェットスキーを置いて、ステップを駆け上がった。小屋の中では、男が息をしようとあえいでいた。『暴力はやめてくれ！』って男は叫んだ。でも、もうすっかり弱っていたから――アレックスは何かをする必要もなかった。床には錠剤の瓶が転がっていた。男はそれをつかもうと手を伸ばしたけれど、わたしたちは立ったままじっと見ているだけだった。瓶はコロコロ転がって――床の裂け目に落ちてしまった」ティジーはささやくように言った。「助けを求めにいくべきなのはわかっていたけれど、もう手遅れだったのよ。男は前に倒れ込んだ。そこでふいに、あえいでいた呼吸の音が止まったの」

波の上には暖かなそよ風が吹き渡っていたが、パールは残酷な真実という冷ややかな刃に切りつけられるのを感じて、ゾクリと身震いした。「小屋に閂をかけたのは？」

「アレックスよ」ティジーが言った。「これなら死体が発見されるまでに何日もかかるかもしれないって。そしたら次の日の朝にチャーリーから、あなたが死体を見つけたと言われた」ティジーはパールのほうに目を上げた。「嘘みたいだと思わない？　よりにもよって、あなたが見つけるなんて。それでアレックスから、あなたを家に招いて、何を知っているのか聞き出してほしいと頼まれたのよ。ぼくたちとしては、警察が証拠を発見できないまま、立件できずに終わることを祈るしかないんだって」

「でも、ルビーがあなたに気がついた」パールが言った。「だいぶあとに、ネプチューンでね。そして彼女は、ビーチ小屋で見たあなたのことを覚えていた。わたしもあのときのルビーの反応は見ていたのに、すっかり誤解していたわ。ルビーは、前にはアレックスといたあなたが、チャーリーと一緒なのを見て混乱したのね」

「そうよ」ティジーが言った。「わたしはあの夜浜辺のパブで、リハーサル場の管理人に電話をかけるふりをしたけれど、ほんとうはアレックスに電話をして、面倒なことになったのを知らせていたの」

「それでアレックスは、ルビーの携帯に電話をかけたの？」

ティジーはゆっくりうなずいた。「ルビーは動揺していた。あなたとチャーリーは家族も同然だから、これ以上は黙っていられないって」ティジーの声が、ふいに必死の響きを帯びた。「わたし、アレックスが何をする気かは誓って知らなかったのよ」

「料理をしたのはアレックスだったんでしょ？」

パールは相手がようやく認めるまで、ティジーの目を見つめていた。「森で採ったキノコを使ったの。森を散歩したときに、ルビーから毒のあるキノコだと教わると、アレックスは少し取っておいた。前々から、ルビーを黙らせておくために、少し脅かす必要が出てくるかもしれないとは言っていたわ」

「しかもそれはうまくいった」パールは決定づけるように言った。

ティジーは負けを受け入れるように認めた。「わたしたちのしたことは間違っていた。でも、何もかも包み隠さずに打ち明けたわ。これであなたにも、事件の全貌がわかったでしょ?」ティジーは探るようにパールを見た。「わたしは誰も傷つけたりしていない。何もかも——そういう成り行きになってしまっただけなのよ」

「成り行きですって?」パールが繰り返した。「ふたりの人間が死んでいるのよ!」

「わたしだって、生き返らせることができたらと思ってる」ティジーが声を上げた。「でもそんなふうにはいかない。もう手遅れなのよ」

手遅れ。その言葉が、マグワイアが繰り返しているかのようにパールの頭の中でこだました。だが真実を突きとめるのに、手遅れなどということがありえるのだろうか?

ティジーが立ち上がり、パールに近づいた。「わたしたちならうまくやれるわ、パール。あなたとわたしなら」

パールは困惑にギョッとしながら、ティジーを見つめ返した。

「いま話したことは忘れてほしいの。わたしのためにではなく、チャーリーのために」

「チャーリーですって?」パールは強い口調で言った。「あの子にどんな関係があるっていうの?」

「すべてにおいてよ」ティジーが簡潔にこたえた。「あなたは彼を愛している。わたしもそう。だからこそわたしたちはお互いに理解し合って——チャーリーが何も知らないようにする必要があるのよ」

パールは突然、ティジーに呪文でもかけられたような気分になって、目を閉じた。いま聞いたすべての事実が、波のように打ち寄せてくる。執拗（しつよう）に、励ますように、じりじりと浜辺を上がってくるその波は、やはりそうして、オイスター・フェスティバルの前夜には、ヴィニーの死体を包み込んでいたのだ。真実を無視することなど、ほんとうにできるのだろうか？　満ちてゆく海に飲み込まれる浜辺の砂のように、覆い隠すことが可能なのだろうか？　たとえそれが、チャーリーのためであるとしても。

パールはヴィニーを思った。そして自分こそが、彼の死体の発見者であることを。ヴィニーはずっと大切に育ててきた在来種の牡蠣（かき）をそばにして、自分の船の下に横たわっていた。ヴィニーを家に連れ帰ったのはわたしなのだ。

花火が突然打ち上がり、夜空をキャンバスにパッと花開いた。その光があっという間に消えたかと思うと、雨がポツリと顔に落ちてきた。浜辺を近づいてくる足音がして、パールははっと我に返りながら振り向いた。てっきりチャーリーだと思ったのだが——立っていたのはアレックスだった。アレックスは邪気のない笑顔を浮かべると、ポケットから携帯を取り出して言った。「メッセージを受け取ったから」

パールは何も言わなかったが、アレックスの目はティジーのほうに動いた。

「メッセージってなんのこと？」ティジーが顔をしかめると、アレックスは携帯を差し出した。ティジーは画面をちらりと見てから、携帯を返した。「それはわたしの番号じゃないわ。チャーリーのよ」

「チャーリーの電話を使っていると言ってなかったか？」

ティジーは疑わしげな顔をしてから──目をパールのほうに戻した。アレックスの目もその動きを追った。「いったいどうなってるんだ？」

「パールはもう知ってるの」ティジーが言った。「わたしが何もかも打ち明けた」

アレックスが顔をしかめたので、ティジーははっきり伝わるように、もう一度、簡潔に繰り返した。「何もかもよ」

アレックスは呆然と立ち尽くしてから、パールのほうに注意を向けて言った。「彼女から何を聞いたにせよ、全部嘘だから」

「アレックス！」ティジーが大きな声を上げたが、アレックスはそれを無視した。

「いやほんと」アレックスは続けた。「まったく彼女は女優だよ！」アレックスはティジーを見つめた。「やったのは彼女、なんだ」

「事故に偽装したのは彼女だってこと？」パールが言った。

「ああ。漁師をあのままにはしておけないからって、アンカーチェーンを取ってくると、それを足首に巻きつけて──」

「嘘よ！」ティジーが言った。「わたしたちが船を離れたときには、まだ生きていた。意識を失ってはいたけれど、生きてたわ」

「黙れ！」アレックスが叫んだ。

ふいに波がひとつ、浜辺で砕けた。パールはティジーの顔がゆがみ、こわばっていくのを見つめていた。

「どうしてそんなことを言うの?」ティジーがアレックスに言った。「パールはバカじゃないのよ。まだわからない? あなたにメッセージを送ったのはパールよ——あなたはここに誘い出されたの」ティジーはゆっくりと事態を悟りながら、パールを見つめた。「パールにはもう、何もかもわかっているんだわ」

アレックスの手は震えていた。息遣いが速まり、目にもパニックの色が浮かんでいる——ヴィニーが死んだ夜も、やはりこうしてパニックを起こしたのだろう。アレックスが前に踏み出したかと思うと、ほんのすぐそばまで迫ったので、パールの顔に相手の温かな息がかかった。「そうなのか?」アレックスが押し殺した声ですごんだ。「どうしてぼくにメッセージなんか送って寄越したんだ?」

パールはアレックスの青い瞳をのぞき込みながら、気持ちを落ち着かせた。「確かめる必要があったからよ」パールは穏やかな声で言った。「これで確信できたわ」

アレックスがこの言葉に反応する前に、パールはポケットから携帯をつかみ出して、ちょうど届いたばかりのメッセージに目を走らせた。タンカートン・スロープスのほうに目を上げると、突然二台のパトカーが、道から広い草地の端に飛び込んできた。一台目のドアが勢いよく開いて、四人の警官が降りてくる。カモメが空へと舞い上がり、集まりはじめていた雲の中へとちりぢりに飛んでいった。

アレックスが追い詰められた動物のようにキョロキョロしているところへ、私服の警官のふたりが草の茂る斜面を素早く下りはじめた。「なんなんだ?」アレックスは言った。「いったいどうなっているんだ?」

マグワイアが二台目のパトカーから飛び下りるなり、パールが無事なのを見て、安堵に大きく息を吐き出した。それから携帯をするりとポケットにしまうと、車から離れて、後部座席に別の警官とともに座っている人物が見えるようにした。

下の浜辺にいたパールは、アレックスの反応を見守った。後部座席から自分を見下ろしている男が誰であるかに気づくと、アレックスは眉をひそめた。

「お父さんは警察に供述をしたのよ」パールが言った。「罪を告白したの」

「まさか。嘘だ!」アレックスが言った。

「お父さんが釣り船に戻ったのね」パールは続けた。「そして、意識を失っているヴィニーの体を海に沈めた。事故に見せかけたのよ。あなたを守るために」

アレックスはまだ否定しようとしていたが、目に盛り上がっている涙が、おそろしい真実と向き合わねばならない現実をはっきりと示していた。

「あの晩、あなたが家に戻ってみると、お父さんがそこにいた」パールは静かに続けた。「お母さんは教会に出かけていた。晩禱(ばんとう)式に出席していたのね。けれどお父さんは、あなたの様子を見て、何かが起こったのを察した。ひょっとすると寝室にある望遠鏡で、あなたが岸に戻るところを見ていたのかしら? あるいは、ドラッグをやっているのではと疑ってさえいたかもしれない。お父さんとは言い合いになったの?」

アレックスはしばらく顔を背けてから、しゃがれた声で言った。「父さんのせいじゃない。

父さんは、ぼくを助けようとしただけなんだ。父さんは――何もかも大丈夫だからって」

ティジーが前に出て、口を開いた。「お父さんに話したの?」いかにも信じられないという口調だった。「よくもそんなことができたわね」

「だって、ぼくの父さんだから」アレックスは簡潔にそう言った。

それから、何かこたえをくれ、というようにあたりを見回したけれど、パールもティジーも言葉を持ち合わせていなかった。砂利浜に、キビキビした重たい足音が近づいてきたかと思うと、あとは警察に引き継がれた。パールはふたりの若者が目の前で手錠をかけられ、彼らの権利を告げられるのを見守った。ふと肩にマグワイアの手を感じて、その温かい手を心強く思った。パールはマグワイアの目をのぞき込み、相手の存在に感謝しながら、こたえるように軽くうなずいてみせた。

もう一度タンカートン・スロープスを見上げると、ほんの一瞬だけレオ・バートールドと目が合ったが、レオはゆっくりと目をそらして前を向くと、揺るぎのない視線でフロントガラスの向こうをまっすぐに見つめた。ヴィラ・レオーニで撮られた昔の写真の中の彼と同じように冷静で断固とした顔だ。ただしあのころの彼であれば、こんな将来など思い描いてはいなかっただろうけれど。

22

リーヴズ・ビーチの、〈オイスター・ストアーズ〉というレストランのすぐ東側に出ると、パールは爽(さわ)やかな空気にひと息つくことができた。ここのところ、重く垂れこめた雲の後ろに太陽が隠れたままなので、海と空の境目を見分けるのも難しいくらいだ。それでもいまは入り江に潮が満ち、水銀のシートのような水の上に、空から淡いバラ色やアメジスト色の光の筋が落ちては、オパールのようにあちこちでキラキラと輝いて、どんなにひどい日であっても、このあたりの空には、画家ターナーをして〝ヨーロッパ一〟と言わしめた価値があることを思い出させるのだった。

天気は、オイスター・フェスティバル最終日の夜から不安定なままだ。数週間が移ろいゆく光のように流れるなかで、天気の変化は、まるでパール自身の心持ちを映しているかのようだった。そこには喪失感があった。またひとつの夏が終わるとともに、人生の現実が戻ってくる。海からは、娯楽用の乗り物が消えた。ジェットスキーやウィンドサーフィンの帆ももう見られない。高いマストをつけた、伝統的な〝テムズ川の平底帆船(テムズ・セイリング・バージ)〟である遊覧船の〈グレタ号〉だけが、まるで幽霊船のように、かすむ水平線のあたりに点々と見えるレッド・サンズ要塞の周りを回っている。

雨雲の影が突然消えたかと思うと、淡い陽光が水面に注いだ。そこで小石を踏む音がして、パールは誰かが防波堤をこちらに近づいていることに気づいた。マグワイアが黙ったまま、隣に腰を下ろした。沈黙を破る役目は、パールにまかされたようだ。

「嵐になるわね」

その点には確信があったものの、ほかのことについてはそうでもなかった。これからはじまる裁判によって、事件の報告や評価が行なわれ、ひとりの漁師の死に関する最終的な真実が明らかになるのだということはわかっていた。だが、確実だと言えることはひとつしかない。つまり、レオ・バートールドの金も、法律の重みからは、彼自身や、彼の息子を守ってはくれないということだ。

「まだ供述を撤回することもできるんだ」マグワイアが、パールの頭の中を読んだかのように言った。

パールは首を振った。「そんなことをすれば、どうしたってアレックスを巻き込むことになる。その点に関しては、もう完全に詰んでいるのよ」パールはマグワイアを見つめながら、ふと、かけがえのないふたりの男を失うサラのことを思った。それからティジーの母親のことも。大学での勉強の報告を楽しみにしていたはずなのに、逮捕を告げる電話を受け取るだなんて。「わたしたちは確かに真相を突きとめたかもしれない」パールは続けた。「でも、この話の結末が、違っていたらよかったのにと思わずにはいられないわ」

マグワイアにも、パールがチャーリーのことを考えているのはわかっていた。「息子さんの様子は?」

その問いが、気まずい空気をはらんでふたりのあいだをたゆたうのを感じながら、パールはもっと自信を持ってこたえられればいいのにと思った。

「わからない」正直にそう言った。「ただ、大学に関してはひとつの決断を下したわ。つまり、とりあえず大学には戻らないけれど、借りている部屋は手放さないというの」パールは顔をしかめた。「一年休学して、そのあいだに専攻を、グラフィックデザインを学べるコースに変えられないか試してみたいって」そこでふいに、チャーリーがデザインしてくれた自分の名刺のことを思い出したけれど、それがまるで大昔のことのように思えた。「たぶんそっちのほうが、もともとあの子がやるべきことだったんだと思う」

そう口にした瞬間、もうひとつの人生に対する思考がパールの頭に蘇(よみがえ)った。もしもいまの大学に進学していなかったら、チャーリーの人生はどうなっていたんだろう? ある夜に芝居を観にいくこともなく、ティジーという女性に出会うことがなかったとしたら。

「チャーリーはもう二回、面会に行っているんだけれど」パールが言った。「ティジーは面会を拒絶しているの」パールは反応を求めて、マグワイアに目を向けた。

「だったら、きみとしては彼女に感謝すべきなんだろうな」マグワイアは、パールが要塞のほうに目を向けるのを見て、彼女がそのこたえに満足していないのを感じた。「人間は、生き残るようにプログラミングされているんだ。チャーリーはまだ若い。必ず乗り越えるさ」

「母も同じようなことを言ってた」パールはマグワイアのほうを振り返った。「若い人には順応性があるんだって」

「お母さんの言う通りだ」マグワイアが言った。

そうね、とパールは思った。母さんはたいてい正しいんだから。「だとしても」パールは考え込んだ。「人は初恋を忘れることができない」

マグワイアは目を落とした。ほんとうにその通りだと思いながら。

「ところで」パールが少し明る過ぎる声で言った。「異動の件は最終的に決まったの？」

マグワイアがうなずいた。その瞬間、パールはみぞおちに一発食らったような衝撃を覚えた。大昔に、恋によって自分の人生のはじまりを感じたこの浜辺で、その相手であるチャーリーの父親から別れを告げられたときと同じように。わたしはあの別れを乗り越えたと、パールは哀しみの中で思った。だからこの別れも、きっと乗り越えられるだろう。

「やめたんだ」意外にもマグワイアはそう言うと、パールを見つめた。そしてそのまま、彼女のまなざしに捕らえられた。

「どうして？」

マグワイアは、いまならいくつかのことを言葉にできるかもしれないと思った。ロンドンへ戻れば、痛みに満ちた思い出が待っていること。この個性豊かな小さな海沿いの町での短い夏が、彼にありがたい逃げ場を与えてくれたこと。それから浜辺にゆっくりと沈みつつあるパブで売っているオイスタースタウトという名のビールが、パールを見つめているときに、どうして自分を奇妙に酔わせるのかをたずねてみてもいいかもしれない。マグワイアはいまもパールの灰色の目を見つめながら――結局は、ただこう口にした。「自分がこの土地に、まだ充分なチャンスを与えていないような気がしたのかもな。よく人は、新しい世界(ニュー・ホライズンズ)について語るじゃないか」

そう言った瞬間、マグワイアはふと、財布に入っている馬券のことを思い出した。レースの夜に、邪魔が入ったせいで見にいけなかったのだ。だがある意味では、マグワイアの勝ちだったともいえる。ニュー・ホライズンズは第二コーナーで倒れ、三十三対一の賭けは失われていたのだから。

パールはストリートに目を向けた。「ビリー・クラウチが、ヴィニーの牡蠣(かき)棚を引き継ぐことになったことは話したかしら?」

マグワイアはかぶりを振った。

「ビリーはコニーと契約を交わしたのよ。その取引にマシソンがかかわっていたの。コニーとマシソンの関係は、純粋にビジネス上のものだった」パールはゆがんだ笑みを浮かべた。「だからわたしは、その点でも間違っていたってわけ」

「だがきみの直感は正しかった。あの夜、俺に電話でリヴォルノの当局に確認を取ってほしいと頼んできたとき、きみは、犯人がレオかもしれないと言った。息子のあやまちを隠蔽(いんぺい)しようとしたんじゃないかと」マグワイアは言葉を切った。「どうしてわかったんだ?」

パールはマグワイアを見返して、肩をすくめた。「わかっていたわけじゃないのよ。少なくとも確信はなかった。でも、あのとき浜辺であなたから言われたこと――若者とドラッグのこと——が頭にこびりついていて。サラは、アレックスが健康の問題を抱えていたと言っていた。彼女にはどこか息子を見張っているような、自分の見ていないところでは何をしているかわからないと疑っているようなところがあって。それには、それなりの理由があるはずだと思ったの。それからあのコンサートのあとで、アレックスとルビーのあいだに何かがあるのを知った。ふたりの会話を盗み聞きした段階では、その内容がきちんと理解できていなかった。古いキャンピングカーのサイドミラーを使っていたから——映り込んだところだけで——ふたりの姿がすっかり見えていたわけではなかったしね。でもそれから、どうやら聞き取った会話の内容が、自分の間違った思い込みによって、いくらかゆがめられているようだと気がついた。ルビーがアレックスに惹かれていたのは確かよ。けれど——アレックスはルビーにドラッグを与えていたの。ルビーが、アレックスがいなくなったら自分はどうしたらいいのかと言っていたのはドラッグのことだったのよ」

「ルビーが嘘をついていたと知ったことで、わたしには考え直す必要が出てきた」と、パールは続けた。「それもすべてにおいてね。サラは、ヴィニーの死んだ夜には晩禱式に出ていた。例のディナーパーティのときに本人がそう言っていたの——みんなで歌ったのは〈危険な海にいる人々のために〉だったって——けれどレオは、すぐにその話題を変えさせた。レオだけが、例の事件について話したがっていなかった。そこで気がついたのよ。もしレオが、ヴィニーの死んだ夜に家にいたとしたら、彼にはヴィニーを殺せる機会があったんだって——だとすると、動機は何かしら？　そう考えたときに、サラが言っていたことを思い出したの。レオは、自分の投資対象には異常なほどの執着を見せるって。『それが彼を動かしている』とサラは言った。そこで思ったの。父親にとって、息子ほどの大きな投資があるかしらって」

パールはひと呼吸置いてから続けた。「あのイヤリングがティジーのものだとわかった以上、彼女はヴィニーの船にいたことになる。それからあなたに確認してもらって、ティジーが義理の父の死について嘘をついていたことがわかったとき、どうしてそんな嘘をついたんだろうと考えたわ。話を面白くするため？　いいえ。そこには何かがあるはずだった。でもそれは、あの浜辺で彼女自身が話してくれるまで、わたしにもわからなかった」

「だが、彼女は嘘をついているかもしれない」

「わたしはそうは思わない。ティジーは、ドラッグが過去を忘れさせてくれるかもしれないと錯覚することで間違いを犯した。ルビーもそうよね。あの夜、ネプチューンでルビーが過剰に反応するのを見たとき、ティジーとアレックスのあいだには、なんらかのつながりがあるのかもという気はしていたのよ。それからバートトールド一家が、イースターのころにはベルギーとオランダにいたことを思い出したの。ちょうどティジーもそのころ、チャーリーと一緒に、グルーニング美術館を訪ねる目的でベルギーにいた。そこでふと、材料がすべてそろっていることに気づいたのよ。あとは正しい形でまとめてあげればそれでよかった」

「手がかりだ」マグワイアが訂正した。

「材料よ」パールがにっこりした。それから少し、マグワイアの目を見つめ過ぎていたことに気づいて、まぎらわすために時計を確認した。「さてと、もう行かなくちゃ」

パールがサッと立ち上がると、マグワイアもそれにならった。「どこへ？」

「〈ドレッジャーマンズ・コート〉でコンサートがあるの。遅れたら母に殺されちゃうわ」

パールが駆け出すと、マグワイアもそのあとを追い、キームズ・ヤードのそばの露店に群がる買い物客たちをよけながら走った。店や市場をにぎわわせているのが、いまでは土産を買い求める観光客から、特売品を探す地元の人々に変わっている。

「待てよ！」マグワイアは叫んだ。「まだルビーの話を聞いてないぞ」

パールは食べ物の屋台が並んでいる場所で足を止めたものの、マグワイアのほうを振り返りはしなかった。

「あの子はもう大丈夫――じつを言うと、今夜はリチャード・クロスっていう新聞記者と出かけているの」パールはマグワイアに背を向けたままで続けた。「レッド・サンズ要塞の開発に関する特ダネのおかげで、彼が昇進したことは話したかしら？」

ようやくパールが振り返ったとき、マグワイアは彼女が紙皿を手にしていることに気づいた。皿の上には牡蠣がふたつ。パールはその上にレモンをしぼり、マグワイアに差し出した。マグワイアが首を横に振ると、パールは大きな声で言った。「ほらほら。ここはウィスタブルなのよ！　まだ一度も試していないなんてありえないわ！」

「アレルギーなんだ」マグワイアが唐突にそう言った。

「牡蠣の？」

マグワイアは、パールの顔にショックの色を見て取りながら肩をすくめた。「魚介全般」

パールはしばらく考え込んでから言った。「間違いないの？」

マグワイアが説明をしかけたけれど、パールのほうが早かった。「つまり魚介に対するアレルギーは、いくつかのカテゴリーに分かれることが多いの」

「パール──」

「いいから聞いて。たいていの人は、特定の種類の魚介に反応するだけなの」マグワイアのしかめ面を無視してパールは言いつのった。「ロブスターや蟹といった甲殻類がだめでも、牡蠣やイカなどの軟体動物は大丈夫だという人もいる」パールはマグワイアの目をのぞき込んだ。

「ほんとうのところ──牡蠣を食べたことはあるの？」

マグワイアはもう、紙皿を見下ろしてはいなかった。その代わりに、パールのまなざしをしっかりと捕らえていた。それから紙皿を受け取ると、屋台に置いた。「Rのつく月までとっておくことにするよ」

パールの顔にゆっくり笑みが広がった。「在来種ってこと？」パールはマグワイアを見上げながら、その顔がすっかり日に焼けていることに気がついた。ひょっとしたら、結局のところ、わたしと彼の祖先は同じ種族だったりして。マグワイアは、パールの首元から、ブラウスのネックラインの下に垂れているシルバーのロケットに目を引かれた。ギャンブル好きな男としては、そのロケットに入っている写真がチャーリーであることに賭けたところで、たいした倍率にはならないことがわかっていた。だとしてもいまは、そのロケットに──そして彼女の心に──ほかの誰かのための余地が残っているほうに賭けてみたい気分だった。

マグワイアは前方にゆっくり体を倒すと、パールの頰にキスをしようとしてためらった。彼女の唇がほんのすぐそばにあって、甘い息まで感じられたから。それから、頰にさよならのキスをした。体が離れたとき、マグワイアはパールの微笑みの中に浮かんでいた何かによって、ほんとうに久しぶりに、ようやく自分の運も変わりはじめたのかもしれないと感じていた。

「あれはマグワイア？」チャーリーが、ドレッジャーマンズ・コートの入り口へと駆け寄ったパールに声をかけた。警部はキームズ・ヤード駐車場へと上がる階段に向け歩いていく。その後ろ姿を見送っている母親に、チャーリーは「誘えばよかったんじゃないの？」と言った。

パールはかぶりを振り、息子に目を向けると、腕をつかんで自分のほうに引き寄せた。痛ましい出来事によって引き裂かれてしまった家族がいるいっぽうで、さらに絆を深めた家族がいることを意識しながら。この夏の出来事は決して忘れられないだろうけれど、その記憶が薄らいでくれることを願った。古い傷が傷跡へと変わっていくように、時が彼女の家族を癒してくれるだろう。そしてそれは牡蠣の中に入り込んだひと粒の砂のように、ひょっとすると、真珠を生み出すかもしれないのだ。

それから母と息子は、物音を聞きつけて一緒に振り返った。どこかちぐはぐな、カツカツいう音。ドリーがドレッジャーマンズ・コートの床板の上で、フラメンコのステップを刻んでいるのだ。パールは微笑みながら言った。

「この次にね」

献辞

この小説を書くようにせっついてくれた夫のカスにありがとう。家族の愛と、変わらぬ励ましにも感謝を。

有能なエージェントのミシェル・キャス、アレックス・ホリーの惜しみない支援にも心から感謝を申し上げます。マーク・ソールズベリー元警視正には、警察の手続きについて貴重なご教示をいただき――知識面で助けになったのはもちろん、いろいろと刺激もいただきました。最後にはなりましたが、〈コンスタブル&ロビンソン〉のクリスティーナ・グリーンには、ウィスタブル・パール・ミステリのシリーズを読者に届けてくれたことに対し、いついつまでも感謝をし続けることでしょう。

訳者あとがき

犯罪の手がかりは、〝料理の材料〟のようなもの。

三十九歳の新米探偵パール・ノーランは、経験豊富な捜査官であるマグワイア警部を前にして、憶せずにそう主張する。つまりはどちらも手に入ったものを吟味し、それを正しい方法でまとめ上げれば、必ず満足のいく結果が得られるというわけ。なにしろ彼女は、自分のレストランを持つシェフなのだ。しかも町一番のシーフードを出すと評判の人気店。それならばどうして探偵事務所などをはじめたのかというと、じつは若かりし日の夢が、捜査官になることだった。実際に警察に入り、その訓練まで受けたというのに、妊娠によりあきらめた過去を持つ。しかも当時は弱冠十九歳。彼女にとっては思わぬ妊娠でもあった。それからはシングルマザーとして、店を切り盛りしながら、息子ひと筋で生きてきた。ところがそのチャーリーが、大学進学と同時に家を出てしまう。住んでいるカンタベリーまでは車で二十分ほどだから、しょっちゅう会いにいっては世話を焼くのだけれど、パールはそれでも寂しくて仕方がない。エネルギーを持て余し、息子ロスに陥りそうないまこそ昔の夢を取り戻すチャンスだと、一念発起し、思い切って開業に踏み切ったのだ。

ところが周りの反応は冷たい。依頼はさっぱり入らないし、母親のドリーからも店に専念しろと言われるし。パールはひょんなことから、友人でもある牡蠣漁師ヴィニーの死体を発見してしまうのだが、なかでもその事件を担当することになったマグワイア警部の反応ときたら最悪だった。パールが探偵として捜査に協力したいと申し出ても、素人は邪魔をするな、シェフなら自分の仕事をしていろ、といわんばかりの態度で歯牙にもかけない。ところがどっこい、パールはめげない。自分には人間の気持ちを見抜く天性の才能があるのだという確信とともに、しつこく食らいついていく。手順を愛するマグワイアに対し、直感を大切にするパール。対照的なだけになおさら嫌がられつつも、パールがたびたび鋭い洞察力を見せるものだから、マグワイアも彼女を無視できなくなっていく。

舞台になるのは、イギリスの港町ウィスタブルだ。南東部の、テムズ河口から広がる大きな入り江の中に位置するのだが、このあたり一帯の海岸線から望む空は絶景らしく、画家ターナーをして〝ヨーロッパ一〟と言わしめたとか。新鮮な魚介が楽しめて、ロンドンからも日帰りできる距離にあることから、とくに夏のあいだは人気のリゾート地でもある。作中にも、独特の魅力と活気に満ちた田舎町の様子がふんだんに描き込まれているので、思わず行ってみたくなることは請け合いだ。潮の満ち引きにより様子を変える海、夏の熱気に包まれた浜辺、黄金の矢のように延びる砂州、個人店の立ち並ぶにぎやかな通り、フェスティバルに沸く港。実在の通りや場所もたくさん出てくるので、わたしも紙とウェブ、両方の地図を随所で確認しながら訳していたら、それこそ小旅行でもしているような気分を味わうことができた。

なお、本文中には〝防波堤〟と〝防砂堤〟という言葉が出てくる。似ているのでちょっとまぎらわしいが、このふたつは別の物。防砂堤は砂の動きを制御するためのもので、ウィスタブルの浜辺は、海のほうに突き出した木製の防砂堤により、等間隔で区切られているところが景観の特徴のひとつにもなっている。気になる方は、グーグルマップの航空写真モードでウィスタブルの海岸線をチェックしていただくと、防砂堤の役目がよくわかるはずだ。

ウィスタブルはローマ時代から知られる牡蠣の名産地であり、年に一度のオイスター・フェスティバルでも有名だ。コロナ禍のあいだは中止されていたようだが、二〇一五年に書かれたシリーズ第一弾である本作が、このフェスティバルの前日からはじまる点も心憎い。一大イベントで盛り上がる夏の港町を背景にした、牡蠣漁師ヴィニーの不審な死。それは単なる事故なのか、それとも殺人事件なのか。ヴィニーと元ボスの確執、抱えていた借金と家庭問題、パールのもとを訪れた謎の依頼人、地元の抱えている問題——さまざまな要素がからみ合うなかで、パールは真相を突きとめるため、そして自分の能力を証明するために、マグワイア警部に煙たがられながらも、独自の人脈を使って情報を集めていくのだ。

ところでパールの店〈ウィスタブル・パール〉はシーフードレストラン。牡蠣が大好物のわたしとしては、やはり名物の生牡蠣に惹かれてしまうのだが、そのほかにも、シンプルながら気の利いた、新鮮な魚介料理が楽しめるお店だ。ちなみに本作では〝カッチユッコ〟という、イタリア、リヴォルノの郷土料理が出てくる。何種類もの魚介をふんだんに使ったトマト風味のシチューで、これがなんともおいしそう。じつはこのレシピをパールに教えるのが、息子チャーリーの恋人のティジーだ。チャーリーがデレデレなだけに、息子ラブのパールとしては当然面白くないのだけれど、そのあたりを含めた人間模様も本作の読みどころのひとつになっている。たとえば一見クールなマグワイア警部は愛する女性を亡くした傷をいまだにひきずっているし、パールはチャーリーの父親に対する初恋を忘れられずにいる。本作ではさまざまな〝喪失〟が語られるとともに、〝家族〟も重要な要素になっているのだが、なかでも対照的ながら仲の良い親子、ドリーとパールのやり取りが随所で楽しい。

著者のジュリー・ワスマーは、もともとドラマの脚本家であり、作家としては二〇一〇年に出版した自伝 *More Than Just Coincidence* が、育児情報サイト〈マムズネット〉による二〇一一年のブック・オブ・ザ・イヤーに選ばれている。そして小説としてのデビュー作となったのが本作なのだが、原書では、すでに九作を数える人気シリーズ。イギリスでドラマ化もされており、シーズン1の好評を受け、現在シーズン2までが制作されている（日本では『港町のシェフ探偵パール』のタイトルで、ＡＸＮミステリーが放送）。

邦訳についても、すでに二巻目の出版が決まっている。舞台は夏から冬に変わり、町の雰囲気も見事に一転。そしてこれがまた、クリスマスにフィーチャーした、英国の香り満載の、なんとも魅力的なミステリに仕上がっているのだ。せっかくであればクリスマスシーズンに合わせてお届けしたい！　ということで、訳者としても、現在まさに取り組んでいる真っ最中なので、楽しみにしていただけたら幸甚だ。

それにしても、本シリーズは町の様子がほんとうに魅力的で感心しきりなのだが、それもそのはず、著者自身が、実際にウィスタブルに暮らすようになって長いのだとか。まさに著者の、ウィスタブルへの愛が詰まったシリーズとも言えるだろう。本作の原題は *The Whitstable Pearl Mystery* だ。店名でもあるウィスタブル・パールには、様々な意味が込められているように思う。まずはもちろん、パール本人の名前。それからそのレストランが、小さいながらも魅力にあふれた町の真珠のような店であること。さらにはウィスタブルそのものが〝ケントの真珠〟として知られる町であること。そしてウィスタブルの名産である牡蠣は、本作の中にもあるように、入り込んだひと粒の砂によって、「ひょっとすると、真珠を生み出すかもしれない」のである。

末筆ながら、東京創元社の小林甘奈さんには大変お世話になりました。

それでは読者のみなさまに、このミステリの美味を存分に味わっていただけることを願って。

二〇二三年　四月

坏香織

訳者紹介　上智大学国文学科卒。英米文学翻訳家。訳書にオルツィ「紅はこべ」、マクニール「チャーチル閣下の秘書」「エリザベス王女の家庭教師」「ファーストレディの秘密のゲスト」「ホテル・リッツの婚約者」、チュウ「夜の獣、夢の少年」「彼岸の花嫁」などがある。

検印
廃止

シェフ探偵パールの事件簿

2023年5月19日　初版

著者　ジュリー・ワスマー

訳者　圷（あくつ）香織（かおり）

発行所（株）東京創元社
代表者　渋谷健太郎

162-0814/東京都新宿区新小川町1-5
電話　03・3268・8231-営業部
　　　03・3268・8204-編集部
URL　http://www.tsogen.co.jp
DTP　萩原印刷
暁印刷・本間製本

乱丁・落丁本は、ご面倒ですが小社までご送付ください。送料小社負担にてお取替えいたします。

©圷香織　2023　Printed in Japan

ISBN978-4-488-27105-3　C0197

創元推理文庫

アガサ賞最優秀デビュー長篇賞受賞

MURDER AT THE MENA HOUSE◆Erica Ruth Neubauer

メナハウス・ホテルの殺人

エリカ・ルース・ノイバウアー　山田順子 訳

◆

若くして寡婦となったジェーンは、叔母の付き添いでカイロのメナハウス・ホテルに滞在していた。だが客室で若い女性客が殺害され、第一発見者となったジェーンは、地元警察から疑われる羽目になってしまう。疑いを晴らすべく真犯人を見つけようと奔走するが、さらに死体が増えて……。アガサ賞最優秀デビュー長編賞受賞、エジプトの高級ホテルを舞台にした、旅情溢れるミステリ。

ミステリを愛するすべての人々に――

MAGPIE MURDERS◆Anthony Horowitz

カササギ殺人事件◆上下

アンソニー・ホロヴィッツ
山田 蘭 訳　創元推理文庫

◆

1955年7月、イギリスのサマセット州の小さな村で、
パイ屋敷の家政婦の葬儀がしめやかに執りおこなわれた。
鍵のかかった屋敷の階段の下で倒れていた彼女は、
掃除機のコードに足を引っかけたのか、あるいは……。
彼女の死は、村の人間関係に少しずつひびを入れていく。
余命わずかな名探偵アティカス・ピュントの推理は――。
アガサ・クリスティへの愛に満ちた
完璧なオマージュ作と、
英国出版業界ミステリが交錯し、
とてつもない仕掛けが炸裂する！
ミステリ界のトップランナーによる圧倒的な傑作。

創元推理文庫

MWA賞最優秀長編賞受賞作

THE STRANGER DIARIES◆Elly Griffiths

見知らぬ人

エリー・グリフィス　上條ひろみ 訳

◆

これは怪奇短編小説の見立て殺人なのか？　タルガース校の旧館は、かつて伝説的作家ホランドの邸宅だった。クレアは同校の教師をしながらホランドを研究しているが、ある日クレアの親友である同僚が殺害されてしまう。遺体のそばには“地獄はからだ”と書かれた謎のメモが。それはホランドの短編に登場する文章で……。本を愛するベテラン作家が贈る、MWA賞最優秀長編賞受賞作！